新詩創作學

蕭蕭——著

【臺灣詩學論叢】第二輯
總序

詩學即詩之成學，舉凡詩人之所以寫詩、詩之形式與內涵、詩之傳播與涉及公眾等活動、詩之賞讀與評判分析等行為，甚至於詩與其他文類或藝術之互動等，皆其研究範疇。而當我們為詩學做了某種界定，在該詞前面加上諸如「古典」、「現代」、「空間」、「中國」、「女性」、「身體」、「山水」、「現代派」、「跨文化」等等，那這樣的詩學，必有依其理而建構起來的系統，此即《文心雕龍・序志》所說的「敷理以舉統」。

緣此，「臺灣詩學」自當在「臺灣」之「理」上去建構，包含其史地條件中的自然與人文因素：是島，則與海洋和大陸息息相關；在歷史發展進程中，原漢關係、閩客關係、漳泉關係，乃至近代以降之省內外關係、當代新舊住民關係等，都曾是眾所矚目的族群問題；除了清領，曾被荷蘭人、日本人統治過，四九年後美國人對它影響重大。想想，「詩」原本就言志、緣情，人心憂樂萬感都在其中，臺灣的詩是在這樣的背景下生長出來的，在不同的歷史階段，會有些什麼樣的詩人寫了些什麼樣的詩？會形成什麼樣的詩觀、發展出什麼樣的詩史？這些全在「臺灣詩學」的論述範圍。

這個「統」，對「詩」來說是「傳統」，世世代代繼承不絕；對「詩學」來說是「系統」，要能抽絲剝繭，多元統合。然則，這詩，這詩學，卻又不是孤立的，和中國有關，和東西洋有關，和全球的華文詩與詩學都有關。我們要有宏觀的視野，敏銳的思維，才能挖得深、織得廣。

創立於1992年的臺灣詩學季刊社，是一個發願「詩寫臺灣經驗」、「論說現代詩學」的詩人社團，迄今已歷二十五寒暑了，從兼顧創作和評論的《臺灣詩學季刊》，到一社雙刊（《臺灣詩學學刊》和《吹鼓吹詩論壇》），近年更輔以詩選、個人詩集、詩學論叢之出版，恢宏壯闊，誠當前臺灣文學美景之一。

　　去歲初，我們出版了「臺灣詩學論叢」四冊：白靈《新詩十家論》、渡也《新詩新探索》、李瑞騰《詩心與詩史》、李癸雲《詩及其象徵》，由秀威出版；今年，趕在25週年社慶前夕，我們接續出版第二輯六冊：向明《詩人詩世界》、蕭蕭《新詩創作學》、白靈《新詩跨領域現象》、雲朵《濛濛詩意──雲朵論新詩》、陳政彥《身體、意識、敘述──現代詩九家論》、林于弘與楊宗翰編著《與歷史競走──臺灣詩學季刊社25週年資料彙編》，蒙秀威慨允繼續支持，不勝感激。

　　我們不忘初心，以穩健的步伐走正確的詩之道路。

目次

┃散文詩的悚慄美學與築造途徑

摘　要

　　林以亮將「散文詩」列於「散文」與「詩」之間鼎立為三，余光中則認為「散文詩」非驢非馬，是一匹不名譽的騾子，缺乏兩者的美德，沒有詩的緊湊和散文的從容，卻留下前者的空洞和後者的鬆散。但也有散文詩能手如商禽、蘇紹連，以一半的寫詩精神在經營散文詩，因此，本文從歷史的發展中，尋索散文詩的真正義涵，追蹤散文詩的成長軌跡，分析出散文詩的美學特質，包括：散文詩大多有著小說企圖，以小說的面具去傳達詩的「神思」，因為韻律平穩，語言平和，少有金句警語，讀者不生戒惕之心，容易發展詩人的奇想、悚慄的效應。根據分析，詩人如何達成「散文詩」的小說企圖、悚慄效應，全面築造散文詩的美學途徑，大約可以歸納為四種：虛與實間雜，時與空交錯，情與境逆轉，物與我轉位，其中的細膩轉折，可以見出散文詩創作者的不同功力。

關鍵詞：散文詩、蘇紹連、小說企圖、悚慄效應、虛實間雜

一、尋索散文詩的真正義涵

　　散文詩是一個矛盾的組合，詭異的名詞。

　　或許就因為這種矛盾，詩的形式、語言，與詩的精神、內容之間，產生絕大的張力，因而形成散文詩傑異的美學特質。

　　散文，原是相對於「韻文」、「駢文」而言，她的字句多寡不受限制，篇幅長短沒有一定，句末不必押韻，句中字詞不用講究平仄、對仗，是相當自由的一種文體。

　　詩，依照傳統的解說，她是「韻文」的一種，句中字詞的平仄有一定的格律可資依循，句末韻腳的位置如何安排、如何轉換，也有既定的準則必須遵守。

　　散文與詩結合，會是什麼樣的面貌？屈原的「楚辭」，漢朝的「賦」，或許就提供了文言版「散文詩」的最初樣式。辭賦，兼具詩歌的韻律美與散文的靈活性，正合乎散文詩的一般定義：「在形式上說，它近於散文；在訴諸於讀者的想像和美感的能力上說，它近於詩。」[1]這是林以亮〈論散文詩〉中的見解，不同的是辭賦在歸類上屬於韻文，殆無疑義，但林以亮則將「散文詩」放在「散文」與「詩」之間，他說：「文學作品，從其內容上說，大體可以分為散文和詩，而介乎這二者之間，卻又並非嚴格地屬於其中任何一個，存在著散文詩。」「就好像白日與黑夜之間，存在著黃昏，黑夜與白日之間，存在著黎明一樣，散文詩是一種朦朧的、半明半暗的狀態。」[2]

　　林以亮只是將「散文詩」列於「散文」與「詩」之間鼎立為三，並無貶抑之意。余光中則持鄙棄的態度：「在一切文體之中，

---

[1]　林以亮：〈論散文詩〉，臺北：《文學雜誌》，1953。林以亮：《林以亮詩話》，臺北：洪範書店，1976。
[2]　同注1。

最可厭的莫過於所謂『散文詩』了。這是一種高不成低不就、非驢非馬的束西。它是一匹不名譽的騾子，一個陰陽人，一隻半人半羊的faun。往往，它缺乏兩者的美德，但兼具兩者的弱點。往往，它沒有詩的緊湊和散文的從容，卻留下前者的空洞和後者的鬆散。」[3]

　　散文詩，林以亮和余光中都將其排除於詩國之外，余光中還嘲笑它「高不成低不就」，在詩人眼中，「高」的當然是詩，「低」的則是指散文：「在通常的情形下，詩與散文截然可分，前者是美感的，後者是實用的。非但如此，兩者的形容詞更形成了一對反義字。在英文中，正如在法文和意大利文中一樣，散文的形容詞（Prosaic, Prosaique, Prosaico）皆有「平庸乏味」的意思。詩像女人，美麗、矛盾、而不可解。」[4]瘂弦也有「尊詩卑文」的情結：「散文缺乏詩的絕對性，詩有著比散文更多的限制，更大的壓縮和更高的密度，更嚴格的提煉和更嚴酷的可能。」但是，瘂弦並不蔑視「散文詩」，他承認：「散文詩，它絕非散文與詩的雞尾酒，而是借散文的形式寫成的詩，本質上仍是詩。」[5]

　　散文詩是詩，瘂弦斬釘截鐵將之歸類為詩，甚至於他也不以為散文詩是散文與詩的混合物。——余光中稱散文詩為「不名譽的騾子」，顯然是將散文詩當作是散文與詩的結晶，因此而有非驢非馬的感覺，加以鄙棄。

　　紀弦創作散文詩甚多，但在一九五六年十月出版的《現代詩》第十五期〈現代詩的特色〉一文中，曾言：「至於『散文詩』這一名稱，吾人最近主張把它取消拉倒，免得搞不清楚的人越搞越糊塗了。」[6]紀弦主張取消「散文詩」這個名詞，並非反對「散文詩」

3　余光中：〈剪掉散文的辮子〉，《文星雜誌》，1963，第68期。余光中：《逍遙遊》，臺北：文星書店，1965。
4　同注3。
5　瘂弦：〈現代詩短札〉，瘂弦：《中國新詩研究》，臺北：洪範書店，1982。
6　紀弦：〈現代詩的特色〉，《紀弦論現代詩》，臺中：藍燈出版社，1970。

此一存在的事實，在同一篇文章中，他說：「本質上的散文，即使格律嚴謹，一韻到底，也還是不能算詩；真正的詩，即使採取自由詩的形式，甚至不分行排列，亦不得目之為散文。」紀弦心目中的散文詩，形式上與「韻文詩」對舉，本質上則是詩，不可把它看作介乎詩與散文之間的一種文學。

把「散文詩」當作一種特殊的詩體而加以撰文討論的，首推羅青〈論白話詩〉與〈白話詩的形式〉這兩篇文章，[7]在這兩篇文章中，羅青認為白話詩可分為下列三種：一、分行詩，二、分段詩，三、圖象詩。分行詩就是我們一般習見的分行排列的作品，分段詩則是指一般習稱的「散文詩」，羅青說：「幾十年來所通用的『散文詩』這個名詞，其本身在意義上就含混不清，需要正名。其理由有二：第一、散文詩本為外來語，並不一定能夠標明本國創作的特色。第二、詩與散文不單文體不同，本質也不同。如果『散文詩』這個名詞成立，那稱之為『詩散文』也應該可以。」[8]

「分段詩」的名稱是否就優於「散文詩」？恐怕也未必然，否則，二十年來，「分段詩」早就成為詩壇習用的名詞了！羅青認為散文詩需要正名的理由有二，其實仔細思考未必充分，第一，散文詩為外來語，未能含括本國創作特色。如果以這種觀點詰問所有外來語，如象徵主義、超現實主義、後現代主義，則無一能含括本國創作特色，何獨苛責「散文詩」一詞？何況，此地的散文詩與他國內涵不同，「比較文學」才有存在的價值。更進一步，五四運動文學革命（詩開始分行書寫）以迄於今日臺灣的後現代現象（詩開始與其他電子媒體合流），無一不受西洋文化影響，「橫的移植」多於「縱的繼承」之時，外來語直接或間接地成為生活用語，已是臺灣文化的普遍現象，實不必排斥散文詩一詞。第二，詩與散文，文

---

[7] 　羅青：〈論白話詩〉與〈白話詩的形式〉，二文收入於《從徐志摩到余光中》一書中，
　　臺北：爾雅出版社印行，1978。對西方「散文詩」的發展脈絡敘述甚詳，值得參看。
[8] 　羅青：《從徐志摩到余光中》頁45。

體不同，本質不同。此點應該也無可爭議。散文詩是應用散文不分行的形式，以合乎一般文法、修辭的生活化語言，來完成詩的瞬間美感，或為驚喜之情，或為頓悟之境。散文詩是詩，詩為其目的，散文只是手段。反之，若以羅青這種觀點來看「圖象詩」，則圖象與詩，本質不同，類型亦不同，是否也無法合成「圖象詩」一詞？圖象詩可以成立，散文詩自然也可以成立。至於，有些散文詩缺少詩的質素，徒留散文鬆散的敘述語言，讓讀者混淆了詩與散文本質的差異，這不是「散文詩」這個名詞造成的差錯啊！

　　分段詩，其實也有他的優點，那就是他與分行詩、圖象詩，都是以詩的表現形式來分類，分類標準一致，邏輯理念清楚。然而，他也可能造成混淆，其一，分段詩的唯一定義是分段而不分行的詩，但是，散文詩也有只寫一段的，如商禽的〈行徑〉、〈天使們的惡作劇〉、〈路標〉、〈木星〉，這種「不分段」的現象如何能叫「分段詩」？其二，分行詩通常也分段，而且分的段數比散文詩還多（散文詩通常分兩段），若是，誰才是真正的分段詩？其三，有些詩首段以散文不分行的方式出現，次段以後則分行書寫，如管管的〈春天像你你像煙煙像吾吾像春天〉，如是，還可稱之為分段詩嗎？其四，抒情小品一樣分段書寫，分段散文與分段詩又如何分別？或許這又回到散文與詩的本質差異何在的老問題，可見，「散文詩」造成的混淆，「分段詩」亦不可免。

　　至於「散文詩」與「詩散文」還是有分別的吧！散文詩是詩，已如前述；詩散文則是詩化的散文，詩一般美的散文。古來評述韓愈與柳宗元，有這樣的結論：「韓詩如有韻之文，柳文似無韻之詩」，其間的差異性評價，不言可喻，或可做為「散文詩」與「詩散文」的思考佐證。或者，辨明「石屋」（石造之屋）與「屋石」（屋中基石）之異，散文詩與詩散文，亦可判然而分！

二、追蹤散文詩的歷史軌跡

散文詩，有人認為是「詩打破文體分類森嚴壁壘的界限，入侵散文領地之後的畸變。」[9]

依詩史之發展而言，此話未必精確。

楚辭、漢賦，我們可以稱之為文言版的散文詩，辭賦押韻，是詩，辭賦的句子可長可短，是散文（文言也是散文）。但戰國時代南方文學的楚辭，原不是春秋時代北方文學的詩經之反動，楚辭的作者包括漢朝的賈誼、東方朔等人，並非長期浸淫四言詩格律而想突破樊籬的人。詩經四言體，大體上是人民生活的實錄，情意的發抒；楚辭六七言長短句，則是士人的情志幻想，瑰異豐厚。一般文學史的發展，都是人民活潑的創造力經由士人的仿學而逐漸定型，因此可見，楚辭的長短句型原不是為了打破詩經四言句型而來，這是兩個不同的系統，因時因地而各自發展，呈現出定型與不定型的不同面貌。

白話的散文詩，一般以五四時期的沈尹默為其先驅，沈尹默的散文詩名作〈三弦〉發表於一九一八年《新青年》五卷二號，劉半農的散文詩〈曉〉發表於同年五月《新青年》，距一九一七年胡適、沈尹默、劉半農等最早發表白話新詩之日不到一年，其時，白話新詩還在嘗試衝破舊詩格律的努力，新詩的形式一直到今天還未定型，顯然，散文詩的出現不是為了掙脫新詩的某些形式鐐銬而奮戰。很可能，他還是古典詩詞書寫、印刷的遺跡，古典詩、文、詞、曲，都是直行書寫、印刷，由上而下，從右到左，不加標點，無分段落，一路而下；散文詩的排列方式，不就是承襲古典文學的舊路，拒採西洋詩分行的新徑嗎？

9　此語轉引自樓肇明：〈或是先知的箴言，或是撒旦的詩篇〉（《世界散文詩寶典》導言）。樓肇明、天波主編：《世界散文詩寶典》，浙江：浙江文藝出版社印行，1995。

臺灣的散文詩先驅仍然要以紀弦為最早，紀弦在一九五二年出版《紀弦詩甲集》、《紀弦詩乙集》二集，一九五四年五月出版《摘星的少年》，此三冊詩集絕版後，他匯集這三冊詩集為一冊，仍以《摘星的少年》為名，一九六三年四月再版印行。在《摘星的少年》詩集中，一共收入一百八十二首詩，其中散文詩只有兩首：〈燈〉與〈討你一點歡心〉，寫於一九四〇與一九四二年。其後，一九六三年十月出版《飲者詩抄》時，收詩一百六十二首，散文詩驟增為二十二首，寫作年代集中於一九四四年至一九四七年的四年中。這是紀弦大陸時期的作品而於一九五二年之後在臺發行的實況。一九四八年十一月紀弦來臺之後的作品，以編年方式輯入《檳榔樹》甲乙丙丁戊五集中，其前兩冊甲乙集裡，分別收入散文詩四首、十二首，甲集四首寫於一九五一年，乙集十二首寫於一九五四、五五年。不要忽略：紀弦於一九五三年二月獨資創辦《現代詩》季刊，一九五六年倡導成立「現代派」。紀弦推出散文詩最奮力的年代，也是他在臺灣詩壇最是叱吒風雲的時候，足見散文詩的寫作不是消極地、被動地想要突破新詩既定的格律，而是積極的、主動的，內在自我的要求。因為，那個時代新詩依然沒有一定的形式，詩人在努力尋找各種可能。

　　茲舉紀弦來臺後新寫的散文詩〈最後的一根火柴〉如下，此詩在簡單的詠物之作中開展敘事功能，呈現出紀弦詩作的一貫風格：以詩述志。

　　〈最後的一根火柴〉

　　最後的一根火柴，靜靜地躺著，在火柴匣子裡，沒有人知道他的價值和意義，也沒有人關心他的存在。他的熱量是極其有限的，他的光度是幾乎其不足道的。但他將帶給一個龐大的帝國以迅速的崩潰；使一曲交響樂的演奏突然中止；造成

今後歷史上三千個世紀的開明時代；或者是點亮了一盞新的天燈，當日月與星悉被摘去時也說不定。他靜靜地等待著

總有一天，會讓你們看見，悲劇的幕啟開，奇蹟出現：我是一根火柴，最後的。

　　日據下的臺灣詩壇也曾出現散文詩，著名的作品，如水蔭萍（原名楊熾昌）的〈茉莉花〉，一九三四年十二月作，原載《臺南新報》文藝欄：

〈茉莉花〉

被竹林環抱的園中有涼亭　玉碗、素英、皇炎、錢菊、白武君，這些菊花將園中空氣濃暖馥郁　從枇杷葉抓出跳蟲，金色的絲垂著皎皎月色，躕躇十三日的夜晚

丈夫亡故之後，扶拉烏傑就剪了髮　在白色喪服期間，太太磨著指甲　嘴唇用口紅裝飾　畫著柳眉

這麼美麗夫人對亡夫並不哭泣，她只在夜裡踏著月光與亡夫的花園

由房間洩出的是普羅密修斯的彈奏　抑或拿波麗式歌曲在白色鍵盤抖動　扶拉烏傑把杜步西掛上電唱機　涼亭裡白色剪髮的夫人懸著鑽石耳墜　拿著指揮棒　菊花葩有著精靈在呼吸

慘兮兮地夫人獨自黯然哭泣　短髮蕩漾沒人知道扔在丈夫棺中的黑髮　不哭泣的夫人備受誤會　要與丈夫亡故的悲痛巨

變搏鬥　畫了眉紅唇豔麗　那種痛若無人知曉

夫人抬頭了　修長睫毛泛著淡影　蒼白嘴唇沒有塗紅　結在
鬢角的茉莉花
於夜裡曳引著白色清香（月中泉譯）

　　楊熾昌，臺灣臺南人，一九〇八年出生，一九九四年辭世，曾
於一九三五年秋季與林永修、李張瑞、張良典，及日人戶田房子、
麗子、尚梶鐵平等組成「風車詩社」，發行《風車詩刊》，標明
「主張主知的現代詩的敘情」，「詩必須超越時間、空間」，「思
想是大地的飛躍」之外，並奉行法國超現實主義的宣言為創作圭
臬。〈茉莉花〉出現於臺灣詩壇，比紀弦一九五一年所寫的〈最後
的一根火柴〉要早十六年，此詩寫作方法相當傑出，寫高貴的夫人
在丈夫亡故之後內心深沈的悲慟，全詩以聲（普羅密修斯的彈奏，
拿波麗式歌曲，杜步西）、以色（不同的菊花，金色的絲垂著皎皎
月色，白色鍵盤，鑽石耳墜，黑髮）烘托悲痛，一般人只看見表
象：不哭的未亡人，詩人卻了解「不哭」之後的更深沈的悼念。
　　此詩符合下一節所要敘論的臺灣散文詩之美學特質，但原詩以
日文寫成，未能立即影響終戰後的臺灣詩壇，這種「斷層」現象，
又豈僅散文詩為然！
　　臺灣散文詩之蓬勃發展，還是從紀弦一九五一年發表與出版
散文詩作為起點，其後商禽、秀陶、瘂弦、管管繼起，桓夫、彭邦
楨、羊令野、菩提、梅新、沈甸、楚戈、張默、朵思等人亦偶一為
之，林煥彰、張錯是承續下來的另一個新生代，直至渡也、蘇紹
連二人都出版了散文詩專集而蔚為大觀。其中，一九七七年十二
月，《創世紀》詩刊四十六期曾出版「散文詩小輯」，亦有推波助
瀾之效。
　　蘇紹連於一九六九年即因周夢蝶之賞識發表了第一首詩〈茫

顧〉於「詩宗社」第一號叢書《雪之臉》，此詩就是散文詩，此後陸續創作了許多優秀作品。一九七四年八月到一九七八年二月，以三年半的時間，傾注心力，蘇紹連創作了六十首「驚心」系列散文詩作，引起詩壇長期矚目，推許為不可仿學的曠古佳構：

　　洛夫說：「蘇紹連在這些詩中企圖表現的既不是動人的溫情，也不是空靈的境界，或高妙的詩思，而是生命中冷酷的負面經驗，以及常人忽略了的事物真性，所以我認為他是一位知性詩人。」

　　張默說：「他一開始創作時，就深知錘鍊語言、塑造意象、創新形式、稠密詩質的重要。特別是他近年來在《創世紀》、《詩人季刊》發表的〈驚心詩抄〉，這些詩真是光芒四射，把讀者的心靈都燃亮了。」

　　「創世紀二十周年紀念詩獎」贊語：「蘇紹連的出現，意味著詩壇一種新的可能，他利用多變的意象，和戲劇性的張力，為現代人繪出一顆受傷的靈魂。」[10]

　　《驚心散文詩》，遲至一九九〇年方由爾雅出版社結集出書，此書為臺灣詩壇最早、最重要的一本純散文詩經典，她所顯露的特質足以做為臺灣散文詩美學探討的典範。蘇紹連認為散文詩是他的「原愛」，在此書〈後記〉中，他說：「我最初發現散文詩迷人之處，在於它的形式類似散文，但字字句句所構成的思考空間卻完全是詩。我不認為它是一種詩化了的散文，更不認為它是一種散文化的詩。散文詩，它自身存在，本質肯定是詩，絕不是散文。」蘇紹連於一九六九年出現詩壇之後，即在「詩宗社」叢書型的詩刊《雪之臉》、《花之聲》、《風之流》上發表散文詩，他承認「我對散文詩狂愛至極」，這一點，剛好也證明了散文詩原不是為了打破文體分類、詩體格律才出現的體式，蘇紹連後來詩風改變，跟一般詩人一樣也寫了很多分行詩，如同紀弦、商禽一樣，散文詩與分行詩

---

[10]　以上三處引語，均引自蘇紹連：《驚心散文詩》，臺北：爾雅出版社，1990。下引詩例即出自本書。

的創作並行而不悖。

　　《驚心散文詩》出版後三年,一九九三年六月,渡也才出版了他的散文詩集《面具》,[11]《面具》之〈自序〉中,渡也約略介紹了法國詩人波特萊爾是世界上第一位正式使用「散文詩」這個名稱者,其時為十九世紀七〇年代之前,中國首度提及「散文詩」則是一九一八年《新青年》四卷五期劉半農翻譯印度「拉坦・德維」作品〈我行雪中〉時(不過,秀陶卻以為是一九一五年,劉半農譯屠格涅夫散文詩,刊《中華小說界》第二卷)。[12]在此序文中,渡也不曾為散文詩下定義,只強調「散文詩是詩,不是散文。」不過,他透露前輩詩人商禽的詩集《夢或者黎明》[13]中的某些散文詩,影響他頗深。他在自序中說:

　　「名家之中影響我最深且鉅的首推商禽。而商禽寫過許多西洋超現實主義(Surrealism)的詩篇,因此我的某些詩作亦染上超現實主義的色彩,換言之,我和商禽擁有一共同的活水源頭——超現實主義。」

　　「不僅此也,甚至結構的安排,也向商禽學習。譬如我有些散文詩在結尾處佈置一個高潮(Climax),使人感到驚奇,以收震駭效果,〈池〉、〈耶穌〉、〈傘〉、〈火木仔的喜劇〉、〈父親與嬰〉、〈嬰〉等詩,即展現這類設計,不過,〈結構〉並非全然得自於商禽,西洋戲劇理論對形式的要求,也給我許多啟示。」

　　如是,商禽的第一本詩集《夢或者黎明》(其中散文詩篇數佔三分之二),在臺灣散文詩史上自有其舉足輕重的地位,此集出版於一九六九年,此年蘇紹連發表第一首詩散文詩〈茫顧〉,兩年後

---

[11] 渡也:《面具》,臺中:臺中縣立文化中心,1993。下引詩例出自本書。
[12] 秀陶:〈簡論散文詩〉,《新大陸》詩刊,1996,第13期,原注明「見黃偉經所譯《愛之路》譯後。」
[13] 商禽:《夢或者黎明》,臺北:十月出版社,1969;一九八八年九月,書林出版社再版印行,改題《夢或者黎明及其他》,書前有商禽自撰之增訂重印序,書後附李英豪評《變調的鳥》。下引詩例出自本書。

渡也開始創作散文詩（幾乎也是一出手就是散文詩），披露於當時的《青年戰士報》（今易名為《青年日報》）「詩隊伍」專刊（羊令野主編），及左營地區的《水星詩刊》（張默、管管主編）。早期的商禽作品以兩大特色為其主要風格，一是堅持超現實主義的精神，二是堅持散文詩的鬆懈形式，這二者構成了商禽持久性的確真面貌，也踏踏實實影響了臺灣散文詩的美學特質。

三、掌握散文詩的美學特質

臺灣散文詩美學，竟然可以用渡也與蘇紹連的散文詩的書名做為綱領來掌握其特質：

（一）面具──小說企圖

渡也的散文詩集叫「面具」。

散文詩的寫作，幾乎每一首都可以發現非常明顯的「小說企圖」。小說需要有人物、背景、事件，需要安排伏筆、懸疑、高潮，「小說企圖」則可以是「麻雀雖小，五臟俱全」的小說雛形，也可以是「驚鴻一瞥」的小說中的一個場景、一個事件，或者一聲驚嘆！甚至於，可以安置情節，但省略人物、時空、背景等細節的描繪；或者，特寫人物，卻省略情節與時空背景的鋪排；或者，虛設舞臺，人物與事件則待讀者的想像去添增，任由後人去琢磨、著墨。此之謂「小說企圖」。

遠的散文詩，如一九一八年沈尹默的〈三弦〉、一九三四年楊熾昌的〈茉莉花〉，即有小說企圖：

〈三弦〉

中午時候，火一樣的太陽，沒法去遮攔，讓他直晒著長

街上。靜悄悄少人行路；只有悠悠風來，吹動路旁楊樹。

　　誰家破大門裡，半院子綠茸茸細草，都浮著閃閃的金光。旁邊有一段低低土牆，擋住了個彈三弦的人，卻不能隔斷那三弦鼓蕩的聲浪。

　　門外坐著一個穿破衣裳的老年人，雙手抱著頭，他不聲不響。

　　張默曾作這樣的導讀：「〈三弦〉為沈尹默的代表作，其創作背景係以當時社會的勞苦大眾為抒發對象，作者採用的都是相當新穎的散文詩的形式，聽他娓娓的敘述，透過詩中輕柔的音律，鮮明的色彩和強烈的對比，使讀者從動靜有序的畫面中捕捉到那位隱遁者──彈三弦的人，其心境是如何的淒苦和悲涼……讀者更可從本詩特別造設的場景加以考察。首節是遠景（火一樣的太陽，直晒著長街上），次節是中景（誰家破大門裡，低低土牆，擋住了彈三弦的人），末節是近景（門外一個老年人，雙手抱頭，他不聲不響）。儘管在那樣破敗的情景下依稀讓人伸手可觸，俯耳隱聞，那三弦所透露的生命的信念與夫靈魂的悸動，又是怎樣的劇烈。」[14]

　　張默指出了這首詩的「小說企圖」──三個場景的造設，一個彈三弦的人，一個穿破衣裳的老年人（誰是主角？）。

　　中國沈尹默的〈三弦〉以穿破衣裳的老年人為詩中人物，臺灣楊熾昌的〈茉莉花〉則以懸著鑽石耳墜的貴夫人為詩中主角，同樣的小說企圖，不一樣的悲涼。

　　近的散文詩，如一九九六年五月一日發表在《中國時報》的朵思的〈剪刀〉，[15]也有小說企圖：

---

[14]　沈尹默：〈三弦〉（張默的鑑評），張默、蕭蕭主編：《新詩三百首》，臺北：九歌出版社，1995。
[15]　朵思：〈剪刀〉，余光中、蕭蕭主編：《八十五年詩選》，爾雅出版社，1997。

〈剪刀〉

　　手握剪刀，他使盡全力朝她背後刺去時，閃過身的她，
迅速返身，抓住他擅離輪椅扶手一尺有餘高舉的手臂

　　剪刀在光照下閃閃發亮，交錯的手勢剛手是X的一半，
她跪下來，指著胸口說：「這裡，是心臟。」

　　心電圖表一列起起伏伏的山巒，忽然沁出血來，那是他
的前世：有人用刀刺向她。他看不清殺手像不像面前這名女
子，──覺得剪刀被人奪下時，他看見她用那把刀刃殺了自
己的前世，然後，她筆直站在他面前。

　　交叉的X形「剪刀」，是一種很殊異的象徵物，似合而實相
分，似分實相聯，似聯而實相斥，似斥而實相和，以如此小小的女
紅工具要來含蘊前世今生的恩怨，了結前世今生的情仇，朵思的企
圖心不可謂不大，在相對相生的情愛結構中，她做到了這一點。

　　詩的小說企圖可以發展到如此龐大的情節，同時又能觀照到如
此細微的指向心臟的細節，其功其效，令人嘆服！然而，散文詩這
種形式為什麼比較適合寫作「極短篇」？羅青在〈論白話詩〉文中
曾討論到文言與白話的特性：「『文言文』使中國文字的跳躍性得
以展示，『口語』則使中國文字在文法上的分析性得以顯露；其跳
躍性適合表現抒情的題材，其分析性則適合表現敘事的題材。」[16]
以這樣的觀念來看同屬唐代的近體詩與傳奇，近體詩成為唐朝文學
輝煌的代表，文言短篇的傳奇在小說歷史中並未發皇光大；再以這
樣的觀念來比較「唐詩」與「宋詞」，「傳奇」與「章回小說」，
宋詞較唐詩接近口語，因而敘述性增強，章回小說多用口語、白
話，因而普及性加人，足見鬆散的生活白話，適合敘事、記事。如

---

[16]　羅青：《從徐志摩到余光中》，頁11。

果將羅青這一段話中的「文言文」改為「詩的語言」（濃縮、精鍊），「口語」改為「散文的語言」（平緩，淺易），則「散文詩」為什麼常常用來處理具有小說企圖的題材，其理更明。

葉維廉則以波特萊爾〈髮〉及其重寫成的散文詩做比較，也發現「散文詩用的語言，起碼在主要的推展上，是散文的，亦即是接近自然語的推展，接近一般傳達的語態，包括平平的說明與敘述，不會馬上用邏輯的飛躍，而慢慢地把讀者引進一個濃縮放射性的意義或複旨複音構成的詩的中心。」[17]

散文詩使用散文的語言、分析性強的句子，接近生活，接近口語，因此，連接詞、轉折詞、介詞大量留存，適於說明、紀錄，利於情節推進。散文詩大多有著小說企圖，以小說的面具去傳達詩的「神思」（羅青用語），一則可以保留散文語言舒緩的風格，逐層醞釀，兼具小說閱讀的樂趣；二則可以掌握詩的質素，使小說歷程更為簡鍊，去其糟粕，存其精華，剪除枝節，調整焦距，多處擬設懸崖、瀑布，模聲，狀色，兼具戲劇觀賞的效果。

瘂弦的〈鹽〉，可以作為這種小說企圖的純熟散文詩之代表作：

〈鹽〉

二嬤嬤壓根兒也沒見過退斯妥也夫斯基。春天她只叫著一句話；鹽呀，鹽呀，給我一把鹽呀！天使們就在榆樹上歌唱。那年豌豆差不多完全沒有開花。

鹽務大臣的駱隊在七百里以外的海湄走著。二嬤嬤的盲瞳裡一束藻草也沒有過。她只叫著一句話：鹽呀，鹽呀，給我一把鹽呀！天使們嬉笑著把雪搖給她。

---

[17] 葉維廉：〈散文詩探索〉，臺北：《創世紀》第87期，1992。《創世紀四十年評論選》，創世紀詩社，1994。

一九一一年黨人們到了武昌。而二孃孃卻從吊在榆樹上的裏腳帶上，走進了野狗的呼吸中，禿鷲的翅膀裡；且很多聲音傷逝在風中，鹽呀，鹽呀，給我一把鹽呀！那年豌豆差不多完全開了白花。退斯妥也夫斯基壓根兒也沒見過二孃孃。

（二）驚心——悚慄效應

蘇紹連的散文詩集叫「驚心散文詩」。

洛夫說：「讀蘇紹連的驚心諸作，給人一種驚愕、驚駭、驚悚之感。」六十首驚心散文詩，就等於是六十個引爆點，六十個驚奇劇場，六十部希區考克影片。

蘇紹連在此詩集的〈後記〉中描寫當時創作的情況：「我彷彿先置身於一幅詭異的畫前，或置身於一個荒謬的劇場中，再虛構現實中找不到的事件情節，營造驚訝的氣氛效果，並親自裝扮會意演出，把自己的情緒帶至高潮，然後以凝聚的焦點做強烈的投射反映，透過綿密的語言文字寫作，最後才完成了一首首《驚心》系列散文詩。」

生活中一個簡易的削梨動作，寬鬆的語言敘述，竟然成就了一首怵目驚心的詩：。

〈削梨〉

右手拿著一把雪亮的小刀，從巷口裡走出來，我面目漆黑，步步逼近左手中的一顆水梨。我旋轉刀子，斜刮水梨，聽到梨樹在呼喊。一層一層的梨皮逐漸削去，裸出水汪汪的白肉，香氣四溢，然而，右手拿住的刀子卻沾滿了血。

左手一直憤怒著，五指擠向掌心彎曲，抓壓，陷入梨肉中，捏緊，破碎無聲。後來，才發覺手中並沒有水梨，只是一個

拳頭就像一層一層的梨皮逐漸剝落。

　　這種「悚慄效應」不只出現在蘇紹連的散文詩中，也出現在其他人的散文詩裡，如前舉瘂弦的〈鹽〉：「二嬤嬤卻從吊在榆樹上的裹腳帶上，走進了野狗的呼吸中，禿鷲的翅膀裡。」二嬤嬤上吊而死，遺體無人收埋，被野狗、禿鷲所掠食，豈不是悲慘之事，令人毛骨悚然？朵思的〈剪刀〉，處理前世今生冤冤相報的刺殺事件，不也是驚悚之舉！

　　散文詩如前節所言，往往有小說企圖，小說為虛構之情節，不免荒誕、詭異，因而，悚慄之效應也就在不同作者的散文詩中出現了。特別是超現實主義的旋風在臺灣颳起之時。商禽即其代表。未必信奉超現實主義，卻生逢其時的詩人，也不免於其風之旋。秀陶即是。《六十年代詩選》曾選入秀陶的詩作，編者說他和商禽一樣，對散文詩的創作均有其獨到的技巧，說他是經歷痛苦最多且最善於表達痛苦的詩人，試看他的〈白色的衝刺〉，[18] 人與自我相對而立、而泣──

　　這是痛苦至極；而後，「我乃不得不退了幾步，採一個開跑的姿勢，揚臂，向他衝去」「而牆是白的」──不也是一種悚慄！

　　〈白色的衝刺〉

　　浴室的東端懸著一塊長四尺寬尺半的條鏡，每日在那裡我與
　　自己約會，而後總是沒有隱秘，沒有人流淚，我回去，自己
　　也回去。

　　一天，我不該多瞪了幾眼，也難怪我，看到他悵然若失地木

---

[18] 秀陶：〈白色的衝刺〉，《六十年代詩選》，高雄：大業書店，1961。

立著，下面是一個經年累月從菜場買回的大肚皮，而上面蓬蓬亂亂的如一本棄置於屋角的舊小說，兩眼懷著無奈的渴望，我先是跟他細語著，問他需要些什麼？而後我不得不大聲地叫喊，大聲地幾已超過了我可能的音域，而他卻悽然欲泣，啊！這樣冷漠而極需同情的人，我乃不得不退了幾步，採一個開跑的姿勢，揚臂，向他衝去。

而牆是白的，白得如我一樣強烈

　　自承身受超現實主義與商禽影響的渡也，有許多詩作如〈玩具水桶〉、〈巨樹〉、〈蠶絲〉、〈蓼莪〉是以悼念父親為其內容，這些詩作約寫於一九七六年，但一九九七年的今天，渡也之父仍健在。若是，讀這些虛構的「敬悼亡父」之詩，不也有一種悚慄的寒意自脊骨昇起？其後，渡也又寫了一系列以嬰（屍）為主題的散文詩，仍是悚慄的震撼：

〈嬰〉

　　一開始就注定要成為標本。
　　成為一種姿勢，永遠的，拒絕疲倦。沒有權利哭，笑，甚至摸一下玩具車，的春天，在瘦小的玻璃瓶中，在婦產科醫院裡，
　　被遺忘的，角落。

　　然而，何以散文詩這樣的形式適合處理悚慄的題材？這是因為散文詩不分行的節奏異於其他分行的詩篇，不分行的散文詩，節奏速度加快，但韻律平穩；語言又是平和的、不跳躍的生活口語，在讀者毫無戒心的閱讀習慣下，容易突襲成功。分行的、獨體的、詩

的語言，引人注目，讀者隨時戒備、防範；不分行的、集體的、散文的語言，不加鍛鍊的日常的口語，不會有金句警語，讀者不生戒惕之心，猝不及防，悚慄的效應自然產生。

否則，鬆散的語言，加上平舖直敘的內容，如何成為一首令人喜愛的詩，造就悚慄的美學特質？

四、築造散文詩的美學途徑

臺灣散文詩，彷彿是一朵罌粟之花，美而令人戰慄。這樣的美感經驗是否來自於四百年移民生活的不安定感，或是來自於人性底層對大自然的畏懼，或者僅僅是存在主義者對人類荒謬處境的嘲諷與省思，值得就社會學、人類學或文化現象方面再加探討。此節僅就詩美學方面追索詩人如何達成小說企圖、悚慄效應。

根據閱讀臺灣三百多首散文詩的經驗，可以解析出四項散文詩家最常運用的途徑：

（一）虛與實間雜

就「散文」此一文類而言，不論他的名稱是：文學散文、美文、純散文、小品文、現代散文；不論他的內容在：發揮議論、暢洩衷情、摹繪人情、形容世故、箚記瑣屑、談天說地，[19]必定是以「自我」為出發點，既以「自我」為出發點，則其為寫實之或然率必高。然而，詩與小說則不同，詩靠想像以拓展視野、心境，小說以虛構來滿足空虛的心靈，提昇精神的境界。如是，「散文詩」而又以小說企圖為其內涵，則詩、散文、小說的特質都將在小小的篇幅內盡情發揮，因而，虛與實間雜也就成為散文詩家必走的途徑。

最簡單的例子，桓夫的〈咀嚼〉足以說明「虛」與「實」的不

---

[19] 林語堂：《人間世》小品文半月刊創刊號之〈發刊詞〉，1934。

同層面。詩一開始，說明什麼是咀嚼——下顎骨接觸上顎骨，就離開——這叫做咀嚼。接下來有兩段在寫「實」的咀嚼：小耗子、蚯蚓、肉蛆、猴腦；有一行寫「虛」的咀嚼：坐吃了五千年歷史和遺產的精華。詩以這三行結束：

> 坐吃了世界所有的動物，猶覺饞然的他
> 在近代史上
> 竟吃起自己的散漫來了

以實境引出虛境，復以虛境來鞏固實境，虛實相間雜，相激盪，相補強。

朱雙一在論蘇紹連時，曾言：

「蘇紹連《驚心》散文詩的『驚心』效果，很大程度上得助於藝術上的經營。首先，蘇紹連將其詩藝建立於一種虛實相間的設計。既為散文詩，必然具有一定的敘事性，並以一定的真實細節和邏輯關係為基礎。詩人旨在審視人類生存境遇和命運，而這需將它們放入現實生活歷練中加以考察才有可能。這也許就是蘇紹連選擇〈散文詩〉的原因。但如果拘囿於實境的描寫，必然使詩等同於散文，為曾撰文呼籲〈消除詩中文意〉的蘇紹連所不屑。這就要求詩人扭轉散式直線、連續的思維路向，製造超現實的場境，以逃離散文的牽制。這雙重要求使蘇紹連常似設實境實為虛境，或從實境突轉為虛境，虛實相參，邏輯和非邏輯交錯。而在營造非邏輯的虛境時，蘇紹連常以超現實手法對描寫對象加以變形處理。這既能超越表象而達到本質的真實，又能造成藝術上的驚愕、悚慄效果。」[20]

---

[20] 朱雙一：〈我的肚腹發散出螢螢的綠光——蘇紹連論〉，劉登翰、朱雙一：《彼岸的繆斯——臺灣詩歌論》，百花洲文藝出版社，1996。

因此，蘇紹連的〈七尺布〉媽媽剪布可以剪破了孩子，商禽〈長頸鹿〉裡的囚犯，身高增高卻只增長了脖子。〈長頸鹿〉是商禽散文詩的名篇，值得欣賞：

〈長頸鹿〉

那個年輕的獄卒發覺囚犯們每次體格檢查時身長的逐月增長都是在脖子之後，他報告典獄長說：「長官，窗子太高了！」而他得到的回答卻是：「不，他們瞻望歲月。」

仁慈的青年獄卒，不識歲月的容顏，不知歲月的籍貫，不明歲月的行蹤；乃夜夜往動物園中，到長頸鹿欄下，去逡巡，去守候。

（二）時與空交錯

在虛境與實境間雜的詩中，時間與空間也必然交錯，時空交錯，二境才能疊合。仍然以商禽的詩為例：

〈躍場〉

滿鋪靜謐的山路的轉彎處，一輛放空的出租轎車，緩緩地，不自覺地停了下來。那個年青的司機忽然想起這空曠的一角叫「躍場」。『是啊，躍場。』於是他又想及怎麼是上和怎麼是下的問題——他有點模糊了；以及租賃的問題『是否靈魂也可以出租……？』

而當他載著乘客複次經過那裡時，突然他將車猛地剎停而俯首在方向盤上哭了；他以為他已經撞燬了剛才停在那裡的那

輛他現在所駕駛的車，以及車中的他自己。

（註）躍場為工兵用語，指陡坡道路轉彎處之空間

　　這首詩，羅青如此評述：「〈躍場〉一詩的『神思』內涵，是以『現在的現實之車』撞毀『過去的想像之車』為主。如此這般的構想（或詩想），當然適合詩的形式來表達。而其重點，當在『撞燬』此一動作之烘托。詩人為了使此一動作逼真，必須安排許多細節，讓讀者進入情況。然這些細節又必須平淡自然充滿了暗示，才不致於喧賓奪主。因此，詩人在處理這樣的神思時，最好避免在字句上做奇警駭人之舉，而儘量把重點放在整體結構的安排上，使所要表達的主要神思內涵，能在讀者讀罷全詩之後，霍然躍出。」[21]
　　「現在的現實之車」是「實」，「撞燬過去的想像之車」是「虛」，而此一「撞燬」之所以形成，就是因為時空交錯。蘇紹連〈七尺布〉以母親裁布縫衣的情境揭示成長之痛，也是以過去的我與今日的我，母親印象中的我與現實生活的我相疊相會，二者皆因今與昔之時空交錯而「哭」。

（三）情與境逆轉

　　張默曾稱許「魯迅真正是中國現代散文詩的旗手」（見《新詩三百首》〈魯迅鑑評〉），葉維廉曾以五、六千字仔細評述魯迅的〈復仇〉（見葉維廉論文〈散文詩探索〉）。他們兩位都以極大的篇幅頌揚〈復仇〉的成就，其實以四個字──情境逆轉──就足以說盡這首（或其他）散文詩的成功處。
　　〈復仇〉的第一段：「人的皮膚之厚，大概不到半分，鮮紅的熱血，就循著那後面，在比密密層層地爬在牆壁上的槐蠶更其密的

---

[21] 羅青：《從徐志摩到余光中》，頁51。

血管裡奔流，散出溫熱。於是各以這溫熱互相蠱惑，煽動，牽引，拚命地希求偎倚，接吻，擁抱，以得生命的沈酣的大歡喜。」──

〈復仇〉的第二段：「但倘若用一柄尖銳的利刃，只一擊，穿過這桃紅色的，菲薄皮膚，將見那鮮紅的熱血激箭似的以所有溫熱直接灌溉殺戮者；其次，則給以冰冷的呼吸，示以淡白的嘴唇，使之人性茫然，得到生命的飛揚的極致的大歡喜；而其自身，則永遠沈浸於生命的飛揚的極致的大歡喜中。」──這是生命的「飛揚的」極致的大歡喜。同是「大歡喜」，第一段是「生」，第二段是「死」，情境完全逆轉，讀者是否察覺了？

接下來以六段描寫兩人對峙，路人聚集賞鑑這擁抱或殺戮。結果，最後一段又來一個情境大逆轉：

> 於是只賸下廣漠的曠野，而他們倆在其間裸著全身，拈著利刃，乾枯地立著；以死人似的眼光，賞鑒這路人們的乾枯，無血的大戮，而永遠沈浸於生命的飛揚的極致的大歡喜中。

原是路人冷漠賞鑑他們兩人，卻逆轉為他們賞鑑路人的冷漠──無血的大戮──這才叫做「復仇」吧！「復仇」不也就是情境逆轉，施暴者成為被強暴者，殺戮者成為被殺戮者。

如此悚慄的復仇，是以情境逆轉達成。

溫暖的春景的醒悟，也要以情境逆轉達成。試以管管的散文詩為例：

〈春天像你你像煙煙像吾吾像春天〉

春天像你你像梨花梨花像杏花杏花像桃花桃花像你的臉你的臉像胭脂胭脂像大地大地像天空天空像你的眼睛眼睛像河河像你的歌歌像楊柳楊柳像你的手手像風風像雲雲像你的髮髮

像飛花飛花像燕子燕子像你你像雲雀雲雀像風箏風箏像你你
像霧霧像煙煙像吾吾像你你像春天

春天像秦瓊宋江成吉思汗楚霸王
秦瓊宋江林黛玉秦始皇像
　　「花非花
　　霧非霧」

　　渡也就是以情境逆轉加以分析：
　　「以層出不窮的明喻（Simile）串聯成的這首詩，乍看之下酷似遊戲玩票之作，其實意義極端嚴肅不過。一開始以出神的意識狀態觀察世界，進入一種『既像……又像……』的周延性綜合瞭解，個人溶於外物的神秘行為，俾使人、我、世界、歷史等的關係被完全體會。所呈露的無非是莊子思想，自然萬物渾然一體，絲毫無有差別相。末段旋即推翻天人合一的觀念，以〈既不像〉、〈亦不像〉的新關係的發現，來全盤否定萬物恆常不變與萬物一而二、二而一的觀念，對宇宙人生與歷史正式提出嚴苛的批判，由『見山是山，見水是水』通達『見山不是山，見水不是水』的這種意外的發現與驚歎形成此詩表現的主體，迅雷不及掩耳地向讀者揭示喬艾斯（James Joyce）所謂的『頓悟』（epiphany）。」
　　「雖然讀者習慣性的預期在抵達詩的終點時，由於逆轉而立即受到挫折，但這種逆轉反而能催促讀者在驚異之中，更深刻更全神貫注地體悟到異常情境：『花非花，霧非霧』的可能存在，讀者的意識至此急速昇高且進入一種更豐富更成熟的狀態。」[22]
　　散文詩的喜愛者渡也，頗能道出打破慣性原理的創作技巧，因「情境逆轉」而產生「期望落空」的驚愕，渡也之論如此，渡也之

---

[22] 渡也：〈新詩形式設計的美學基礎──層遞篇〉，渡也：《渡也論新詩》，臺北：黎明文化公司，1983。

詩也如此實踐：

〈面具〉

　　聽說劇毒的你仍在人間，我立誓懷著清冷的劍，到處找你。到蒼老的高山，陰暗的大海找你，容我翻遍整部無人的江湖，苦苦找你。然而，春去秋來，都沒發現，你的下落。猜想你是那些可疑的葉那些花，我立誓逢花殺花，揮汗決鬥，遇樹砍樹。——聽說，劇毒的你仍在人間……

　　直到滿山的秋花冬葉都已落盡，我才撲倒在含恨的山裡，宛如最後飄落的葉片，碎裂在無邊的夜暗中，我才發現，原來，你始終站在那裡，默默無言，站在那裡，長得與我一模一樣，空張開沒有花葉的枝枒，含著淚水，站在那裡，

　　　　站在我心底深處

（四）物與我轉位

　　物與我轉位，在現代詩中常有這種例子，但不如散文詩內容如此豐富，技巧如此多變。在「虛與實間雜」中「虛」的部分，大抵採用「物我轉位」（自我變形）。紀弦〈最後的一根火柴〉是最基本的轉位法，蘇紹連的〈削梨〉、〈螢火蟲〉、〈獸〉則已相當傑出，請看悚慄驚心的蘇紹連變形：

〈獸〉

我在暗綠的黑板上寫了一隻字「獸」，加上注音「ㄕㄡˋ」，轉身面向全班的小學生，開始教這個字。教了一整個上午，費盡心血，他們仍然不懂，只是一直瞪著我，我苦惱極了。背後的黑板是暗綠色的叢林，白白的粉筆字「獸」蹲伏在黑

板上，向我咆哮，我拿起板擦，欲將牠擦掉，牠卻奔入叢林裡，我追進去，四處奔尋，一直到白白的粉筆屑落滿了講臺上。

我從黑板裡奔出來，站在講臺上，衣服被獸爪撕破，指甲裡有血跡，耳朵裡有蟲聲，低頭一看，令我不能置信，我竟變成四隻腳而全身生毛的脊椎動物，我吼著：「這就是獸！這就是獸！」小學生們都嚇哭了。

或許引錄一個不常以散文詩形式寫作的人，竟然一寫起散文詩，也以物我轉位為方法，更能見證這種技巧之出神入化。下面這首是張默的散文詩：

〈垂釣、日出〉

在一方小小青石築成的硯池裡，我以國產的羊毫作一種蜻蜓點水式的垂釣，我磨墨，我旋轉，我泅泳，我吮吸，揮舞那一方臨風生姿的竹葉劍，刀鋒過處，那一抹清清淺淺黑色的漩流也被撥弄得更彎了。

我飲風，我餐露，我緣逆流而上
我發現左邊黑，右邊黑，前前後後黑，上上下下黑，今生今世黑
我欣喜若狂地酣舞在黑與黑之中
終於旋成一道霞光萬丈亮著一個大窟窿的開天闢地的日出。

我們也許可以用卡夫卡的小說《變形記》（Die Verwandlung）來印證蘇紹連的〈獸〉，商禽的〈阿米巴弟弟〉，但無法以存在的

幻象、人生的荒謬來概例所有變形、轉位的散文詩。洛夫在序《驚心散文詩》時，曾企圖以人心中的「人性、獸性、神性」來解釋其中的轉折與蛻變，但面對紀弦的「火柴」，張默的「日出」，又似乎不是人獸之爭的問題而已！歸其根，究其柢，生命的起源，天地的肇始，詩的神話學研究或可從此開其端緒。

　　臺灣散文詩仍將繼續創作，散文詩的美學特質也將繼續開展他們的新界域，值得繼續觀察。

一九九七年七月寫於臺北

參考文獻

中文書目（依作者姓名筆畫序）

商禽：《夢或者黎明》，臺北：十月出版社，1969；書林出版社再版印行，1988，改題《夢或者黎明及其他》。

渡也：《面具》，臺中：臺中縣立文化中心，1993。

瘂弦：《中國新詩研究》，臺北：洪範書店，1982。

蘇紹連：《驚心散文詩》，臺北：爾雅出版社，1990。

中文篇目（依作者姓名筆畫序）

朵思：〈剪刀〉，余光中、蕭蕭主編：《八十五年詩選》，爾雅出版社，1997。

朱雙一：〈我的肚腹發散出螢螢的綠光──蘇紹連論〉，劉登翰、朱雙一：《彼岸的繆斯──臺灣詩歌論》，百花洲文藝出版社，1996。

余光中：〈剪掉散文的辮子〉，《文星雜誌》第68期，1963。余光中：《逍遙遊》，臺北：文星書店，1965。

沈尹默：〈三弦〉（張默的鑑評），張默、蕭蕭主編：《新詩三百首》，臺北：九歌出版社，1995。

林以亮：〈論散文詩〉，臺北：《文學雜誌》，1953。林以亮：
　　《林以亮詩話》，臺北：洪範書店，1976。

林語堂：《人間世》小品文半月刊創刊號之〈發刊詞〉，1934。

秀陶：〈白色的衝刺〉，《六十年代詩選》，高雄：大業書店，
　　1961。

秀陶：〈簡論散文詩〉，《新大陸》詩刊第13期，1996，原注明
　　「見黃偉經所譯《愛之路》譯後。」

紀弦：〈現代詩的特色〉，《紀弦論現代詩》，臺中：藍燈出版
　　社，1970。

渡也：〈新詩形式設計的美學基礎──層遞篇〉，渡也：《渡也論
　　新詩》，臺北：黎明文化公司，1983。

葉維廉：〈散文詩探索〉，臺北：《創世紀》第87期，1992。《創
　　世紀四十年評論選》，創世紀詩社，1994。

樓肇明：〈或是先知的箴言，或是撒旦的詩篇〉（《世界散文詩寶
　　典》導言），樓肇明、天波主編：《世界散文詩寶典》，浙
　　江：浙江文藝出版社印行，1995。

羅青：〈論白話詩〉與〈白話詩的形式〉，《從徐志摩到余光
　　中》，臺北：爾雅出版社，1978。

圖象詩的裝置藝術與創作技巧

摘　要

　　圖象詩就是變化文字，應用符碼，以創造空間，模擬物象的詩作。詩人在創作圖象詩之前，必須簡鍊語言，壓縮詩質，靠一幅簡明的形象引人入迷，如果強求一首詩要以完整的面貌具體呈現圖象，往往也不容易達成，全形圖象詩少，半形圖象詩多，就因為圖象詩具有邊界性格，容易出手，也容易縮腿。圖象詩類型持續擴增，是詩人創意的表現，目前以所「象」的對象加以辨識，分為五種：象形圖象詩、象事圖象詩、象意圖象詩、象聲圖象詩、象空圖象詩。究其創作技巧，則有六項：排列圖形、裸裎字貌、複疊字形、扭轉字體、藉助符碼、妙用空白等。圖象詩伴隨現代派的新詩革命爆發力量，激生後現代主義各類型的拼貼技巧，其裝置藝術已經成為新詩創作的基本功夫，繼續配合網路數位詩的成長，將有一番繽紛可以期待。

關鍵詞：圖象詩、邊界特質、後現代主義、裝置藝術、數位設計

一、緒論：圖象詩的邊界特質

以詩的數量而言，圖象詩與散文詩都不是臺灣新詩的大宗，如果以比例來對照，圖象詩與散文詩的數量，不過是分行詩的千分之一二而已，其中，圖象詩的數字又比散文詩更低。在討論圖象詩，時常被提及的林亨泰，全集六冊中僅得十五首而已，而且又集中完成於幾個月之間[1]；白萩的圖象詩〈流浪者〉、〈蛾之死〉常被討論，除此之外也只有〈仙人掌〉、〈曙光之昇起〉、〈路有千條樹有千根〉等三首而已。奇特的是，作為《蛾之死》這本詩集的主題詩〈蛾之死〉，並未納入白萩自己編選的三民版《白萩詩選》[2]，顯然白萩放棄這首詩在圖象詩發展過程中的歷史意義；而且，除〈路有千條樹有千根〉出現在白萩的第三本詩集《天空象徵》之外，其他四首都緊連著出現在《蛾之死》詩集的最後，顯然也是相近的時間裡，為證明自己當時的詩論所作的實驗結果。

但是，數量低並不表示價值少，羅青三冊《從徐志摩到余光中》[3]的書，前二冊都將圖象詩與分行詩、分段詩（即散文詩）並列，顯然將圖象詩當作是新詩的重要類型來探討。青年學者丁旭輝更以圖象詩作為研究對象，出版《臺灣現代詩圖象技巧研究》[4]專書。他們兩位都十分重視圖象詩存在的事實，專章、專書，加以鑽探。

1　林亨泰：《林亨泰全集》，彰化：彰化縣立文化中心，1998，頁141。
2　白萩：《白萩詩選》，臺北：三民書局，1971。
3　羅青：《從徐志摩到余光中》共出版三冊，第一冊即以此為名，臺北：爾雅出版社，1978，此書將新詩分為分行詩、分段詩、圖象詩。第二冊以「從徐志摩到余光中2」為副題，書名改為《詩的照明彈》，臺北：爾雅出版社，1994，將新詩分為自由詩、格律詩、分段詩、圖象詩。第三冊稱為《詩的風向球》——從徐志摩到余光中3，臺北：爾雅出版社，1994。
4　丁旭輝：《臺灣現代詩圖象技巧研究》，高雄：春暉出版社，2000年12月出版，臺灣第一本研究圖象詩的專書。

到底什麼是圖象詩？如何界定圖象詩？詩人其實是一路摸索過來的。

詹冰是臺灣最早創作圖象詩的詩人，頗得羅青與丁旭輝的推崇，早在1943年他就已創作出〈Affair〉、〈自畫像〉兩首圖象詩，但他遲至1965年才出版收入這些圖象詩的詩集《綠血球》[5]，遲至1978年才發表圖象詩觀點，他認為圖象詩是「詩與圖畫的相互結合與融合，而可提高詩效果的一種詩的形式。」[6]但找遍詹冰所有圖象詩卻未出現詩與圖畫結合的例子（詹冰〈自畫像〉一詩有圓圈圖形，也不能算是圖畫）。如果真有所謂詩與圖畫結合、融合的作品，應該是指八〇年代臺灣曾經盛行的「視覺詩」[7]，楚戈如此區隔二者：「圖畫詩是把詩用文字排成圖畫的形式，視覺詩則是圖畫詩的擴大，完全用視覺效果來表達詩意。從前的圖畫詩無論是把文字排成車子、房子、鏡子等……形狀，文字的意義還是存在的。目前的『視覺詩』則不一定，有的有文字、有的根本就沒有文字，就是有文字，也可以根本不必去細讀文字的內容，祇要通過『看』而得到視覺之滿足就夠了。」[8]這樣的說解已夠清楚，不過，楚戈將一般習稱的「圖象詩」說成「圖畫詩」，仍會引發詩與繪畫糾纏不清的可能，依據他所說的「圖畫詩」是指「把詩用文字排成圖畫的形式」，並未出現真正以畫筆畫成的圖畫，所以，還是確定以「圖象詩」為最佳通稱。

詩，基本上是以語言為媒介的時間藝術，當語言書寫為文字，其實又有空間藝術的功能。因此，詩畫之間的遞進可以用下圖表示：

5　詹冰：《綠血球》，臺中：笠詩社，1965，頁33-34、35。
6　詹冰：〈圖象詩與我〉，《笠》詩刊第87期，1978年10月，頁58-62。
7　視覺詩相關作品與論述，可參看《心的風景》，臺北：時報出版公司，1984。杜十三：《行動筆記》，臺北：漢光出版公司，1988。商禽：《用腳思想》，臺北：漢光出版公司，1988。
8　楚戈：〈視覺詩的傳統〉，《心的風景》，臺北：時報出版公司，1984，頁14-15。

詩歌藝術→（加入空間感）→圖象詩→（加入圖畫）→視覺詩→（去除文字障）→繪畫藝術

　　如果將文字也視為一種符碼，那麼，林亨泰掀起圖象詩運動第一波高潮時，紀弦將圖象詩稱做「符號詩」，也就十分貼切。林亨泰從1955年秋季開始陸續發表他的符號詩（從《現代詩》第十一期的〈輪子〉，到第十八期的〈患砂眼的城市〉、〈體操〉），紀弦則在第十四期為文評論，稱之為「符號詩」，說這些詩是以「形態」「直接訴諸視覺」，是一種「佔領空間的表現方法」[9]，這兩句論述顯示紀弦掌握了圖象詩的特質，是圖象詩理論最好的開端。

　　關於圖象詩的理論，林亨泰自己除〈符號論〉中強調詩的象徵是詩語言的「符號價值」之應用，〈中國詩的傳統〉中提出漢字的特色在於象形的「視官上的認識」，並未再有其他說詞。跟詹冰一樣，詹冰在1943年開始創作圖象詩，1978年才發表圖象詩觀點（詩與圖畫的結合）；林亨泰1955年開始發表符號詩，1982年以後的訪談中才陸續提出他的論點：

　　「中國文字不但是一種記錄語言的工具，同時也可以當作客觀的存在看待，也就是說，可以把文字當作物，乃至『對象』，借文字的多態、筆畫、大小、順序等的感覺效果來指揮詩的效果。」[10]

　　「象形的中國文字本身就是『立體主義』。」[11]

　　「詩畢竟是詩而非繪畫，空間藝術的繪畫可以整幅畫同時而全面性的收容在視界裡，嚴守詩界限的〈風景〉一詩，卻必須逐字地、逐行地念下去，以表現時間的進行。」[12]

　　從創作與訪談紀錄中，丁旭輝指出林亨泰符號詩有三個特

9　　紀弦：〈談林亨泰的詩〉，呂興昌編：《林亨泰研究資料彙編》，彰化，縣立文化中心，頁14-29。
10　　林亨泰：《林亨泰全集》，頁65。
11　　林亨泰：《林亨泰全集》，頁157-183。
12　　林亨泰：《林亨泰全集》，頁32。

色：一、他的符號詩是把「文字」視為「符號」、「立體」、「圖象」；二、堅持詩的時間性而嚴拒詩的繪畫性；三、為了增強詩的表現能力與「符號性」，詩中可以加入非文字的圖形或符號。[13]這三項結論突出了符號詩的特質，但其中第二項「嚴拒」二字似可改為「不排斥」，更能貼切林亨泰既強調詩是時間藝術，又要有符號效果的革命衝勁。林亨泰說過：「詩人的創作對『繪畫性』有所偏愛時，也應當不至於偏愛到把『繪畫』入詩，或將詩寫成圖畫。」[14]可見他「嚴拒」的是以「繪畫」入詩、將詩寫成圖畫，不是詩的「繪畫性」；否則圖象詩也就失去存在的意義了。

　　「繪畫性」與「音樂性」之不可偏倚，白萩有邏輯性的分析與堅持：「『詩』並不像過去那樣的祇認為存在於『音樂中』；今日我們寫有關於圖象的詩，也並不祇認為『詩』存在於『繪畫中』，而是視『意義』的需要或為『音樂性』或為『繪畫性』的，但其地位祇是『意義』的附從而已。」[15]這樣的見解所強調的是，圖象詩必須先是「詩」（意義），「圖象」（或音樂）祇是技巧的選擇，不必堅持但也不必放棄。張漢良也強調幾何圖形的具體詩，「必須配合聲音、節奏、字義」，「形式與內容合一」，否則「不專注於詩中文義格局的建立，……而徒然從事陳腐的圖形安排」，就是失敗之作。[16]

　　白萩個人只創作了五首利用圖象技巧的詩，但對圖象詩的鼓舞卻是令人振奮的：「一首純粹的圖象詩，它不僅給你『讀』，並且給你『看』，它的存在，就如大自然界中的一物引你去瞭解它，它的好處，就是我們在讀它們的第一個字之前它對你已經開始，這種以非言辭開始的言辭，對於一個讀者宛如魔術般的引他入迷，對

[13]　丁旭輝：《臺灣現代詩圖象技巧研究》，高雄：春暉出版社，2000年，頁44-46。
[14]　林亨泰：《林亨泰全集》，頁31。
[15]　白萩：〈由詩的繪畫性談起〉（此文原發表於《創世紀》詩刊第14期，1960年2月），《現代詩散論》，臺北：三民書局，1972，頁4。
[16]　張漢良：〈論臺灣的具體詩〉，《現代詩論衡》，臺北：幼獅文化公司，1977，頁103～126。

於一個詩人的詩藝上，也進一步的把握了『簡鍊』的本質。」[17]這也就是說，詩人在創作圖象詩之前，必須簡鍊他的語言，壓縮他的詩質，要靠一幅簡明的形象引人入迷，圖象詩的特質就在於此；但是，如果強求一首詩要以完整的面貌具體呈現圖象，往往也不容易達成，全形圖象詩少，半形圖象詩多，就因為圖象詩具有這種邊界性格，容易出手，也容易縮腿。

　　紀弦與林亨泰最早（1956年）稱圖象詩為「符號詩」，白萩以後（1960年），羅青、丁旭輝及其他詩人、論者，習慣稱為「圖象詩」，但張漢良在1974年發表的論文〈論臺灣的具體詩〉（《創世紀》詩刊第37期）則改用「具體詩」之名，其後，「具體詩」、「具象詩」、「具形詩」（Concrete Poetry）的譯名，也與「圖象詩」並行。這三組名字以「圖象詩」風行最久，最容易在讀者心中留下具體印象，本文從眾，也以「圖象詩」為這種詩作定型。

　　張漢良對「具體詩」的定義是「任何訴諸詩行幾何安排，發揮文字象形作用，甚至空間觀念的詩。」他對於當時臺灣出現的具體詩分為四大類型：

一、藉文字之印刷安排（Typography）達到象形作用，如白萩的〈流浪者〉。

二、藉文字之外的視覺符號，以達到具體效果，如碧果的〈鼓聲〉，以逐漸縮小的黑點，表示鼓聲的漸漸遠去。

三、以發揮詩的空間為目的，藉單字、詩行或意象語之重複或平行排列，造成無限之空間疊景，如林亨泰的〈風景，其二〉，葉維廉的〈絡繹〉。

四、一種特殊的具象詩，如王潤華的〈象外象〉，把中國文字的象形、象意，和形聲作用，藉詩人豐富的想像力與說文解字詮釋過程，重新具體地發揮出來。理性的詮釋是詩，前面的篆文是

---

[17]　同前注，白萩：〈由詩的繪畫性談起〉，頁7～8。

詩的本體或具體化（Concretization）。[18]

　　張漢良的〈論臺灣的具體詩〉，對臺灣的具體詩具有定型、定音的作用，鼓舞了臺灣第二波圖象詩寫作的風潮，其後二十多年，非馬、杜國清、羅青、蘇紹連、杜十三、陳黎、顏艾琳等人，大膽嘗試更多的圖象詩可能，創造更多的圖象詩類型，沿著前輩詩人的摸索行徑，繼續行進。因此才有丁旭輝《臺灣現代詩圖象技巧研究》專書出現，這時，圖象詩的定義漸趨完善：「利用漢字的圖象特性與建築特性，將文字加以排列，以達到圖形寫貌的具象作用，或藉此進行暗示、象徵的詩學活動的詩。」[19]更簡單的說：圖象詩就是變化文字，應用符碼，以創造空間，模擬物象的詩作。這樣的詩作類型繁多，隨時更易，值得探索。

二、臺灣圖象詩的基本類型

　　圖象詩的類型將隨詩人的創意而持續增加，如羅青曾說「抽象思維過多或過於繁複的神思」，難以用圖象詩處理[20]，丁旭輝則舉證非馬一九七三年的〈鳥籠〉、一九八一年的〈都市即景2〉、一九八九年的〈再看鳥籠〉，蕭蕭一九九九年的〈空與有三款〉、一九九八年的〈邈遠之心〉，就是以圖象詩處理這種繁複神思的作品[21]。如張漢良將白萩〈流浪者〉的文字排列視為受西洋詩影響，稱為西式具體詩；王潤華的〈象外象〉是以中國文字結構為基礎，稱為中式具體詩；但面對蕭蕭的〈英文六書〉[22]以英文字母為圖象而展開想像，將不知納入中式或西式的具體詩中。

　　類型持續擴增，是詩人創意的表現。目前以所「象」的對象加

[18]　張漢良：〈論臺灣的具體詩〉，《現代詩論衡》，頁107～108。
[19]　丁旭輝：《臺灣現代詩圖象技巧研究》，頁1。
[20]　羅青：〈圖象詩〉，《詩的照明彈》卷三，臺北：爾雅出版社，1994，頁69。
[21]　丁旭輝：《臺灣現代詩圖象技巧研究》，頁96。
[22]　蕭蕭：〈英文六書〉，《凝神》，臺北：文史哲出版社，2000，頁112-123。

以辨識，或可分為下列五種：

（一）象形圖象詩

　　「象形圖象詩」是指以文字、符號等不同的符碼，共同結合成具體的圖象效果，且內在的文字仍進行意義的傳達，情緒的感染，哲理的啟悟，具有暗示作用、象徵功能，完完整整一首真正的圖象詩。一般所謂「圖象詩」應該是指這種圖象詩而言，這時所書寫的客體，大抵以名詞為多，有形可象，所以稱之為「象形圖象詩」。最早的經典名詩是詹冰的〈水牛圖〉[23]（請詳見下頁）。

　　〈水牛圖〉以文字排列成四隻腳站立大地，頭部擺向讀者，尾巴自然下垂的一隻臺灣水牛。精心的設計，包括：凸起的兩個「角」字，字義與圖象兼顧；粗黑的「黑」字，在字義上呼應了水牛毛色的灰黑，在圖象上局部特寫牛眼（「黑」字框內兩點）、牛鼻（「黑」字豎筆）、牛嘴（「黑」字橫筆兩劃）、牛鬚（「黑」字下面四點），極為傳神。第五與第七行，第十四與第十六行所形成的四隻牛腳，是設計上的基本需要，但九至十三這五行的字數加多，凸顯牛肚微挺，則是觀察仔細的結果；十九行的「只」字獨立一行，才能使最後降一格的「等待等待再等待」順利完成微翹的尾巴效果，驚嘆號（！）的出現更使牛的尾毛有隨風飄拂的動態美。如是，詹冰完成工筆的水牛圖。

---

[23]　詹冰：〈水牛圖〉，《實驗室》，臺北：笠詩刊社，1986，頁18-19。

角
　黑
角

擺動黑字型的臉
同心圓的波紋就繼續地擴開
等波長的橫波上
夏天的太陽樹葉在跳扭扭舞
水牛浸在水中但
不懂阿基米得原理
角質的小括號之間
一直吹過思想的風
水牛以沉在淚中的
眼球看上天空白雲
以複胃反芻寂寞
傾聽歌聲蟬聲以及無聲之聲
水牛忘卻炎熱與
時間與自己而默然等待也許
永遠不來的東西
只
等待等待再等待！

就外觀而言，以文字排列成圖形，雖是圖象詩的第一要義，但這樣的工作即使是文盲也可以做到，因此，如果未能在文字意涵上有所蘊蓄，即使是再維妙維肖的拼圖仍然只是拼圖，遊戲仍然只是遊戲。反觀詹冰的〈水牛圖〉，掌握了臺灣水牛的特質，寫夏日總喜歡泡入水中的水牛盪開了同心圓的波紋，使岸上太陽與樹葉的倒影波動，十分寫實；運用阿幾米得洗澡時，以溢出的水計算物質的重量，反襯水牛的優遊自在，可以視之為知性的反應；以「角質的小刮號」圖象「牛角」，則是全圖象詩裡出現的小圖象，這是詩人的機智；「角質的小刮號之間」是指牛的頭部，所以「吹過」「思想的風」，再次證明牛的悠閒，因而可以傾聽無聲之聲，可以忘卻炎熱；至於「複胃反芻寂寞」，則是牛體與人心合一的擬人化思考，為這首詩的主題意涵「等待等待再等待」的生命體悟，做出準備。

　　外型與內涵，圖象與詩，至此緊密結合為完整的真圖象詩。

　　水牛是動物，具體可象，詹冰的〈水牛圖〉將全詩排列為完整的一條水牛，是象「物象」之形的「象形圖象詩」。詹冰另有一首〈三角形〉[24]，則是象抽象的「圖象」之形的「象形圖象詩」，為真圖象詩再立一個典範：

---

[24]　詹冰：〈三角形〉，《笠》詩刊第十六期，臺北：笠詩刊社，1966年12月，頁5。

三
　　角形
　那只是
　三邊三角
　但邊邊相關
　角角相呼相應
　充滿朝氣和活力
　富於積極性發展性
　再有彈韌性變化無窮
角邊角邊角邊循環不息
　你看色散七彩的稜鏡
　你看埃及的金字塔
　　數學美學的精華
　　哲學的完美像
　　宇宙精神的
　　神聖象徵
　　哦妳的
　　三角
　　　形

整首詩是一個完整的全圖象詩，開始與結束的兩行又形成全圖象詩裡的小圖象——兩個直角三角形，與〈水牛圖〉中的「角質的小刮號」，都在印證詹冰具有敏銳的圖象感，時時要以圖象之美為讀者帶來閱讀的喜悅。〈三角形〉從圖象三角形的靈活性，說到三稜鏡的七彩變化，金字塔所象徵的人類文化美學的極致，而後竟從三角形的知性想像，迅速切入女體的三角形——可以是圓錐體的乳房，也可以是生命之所從出的女陰，為單調的三角形圖象帶來溫潤的生命氣息，圖象之所以可以為詩，就在這種生命情調的捕捉。

　　對於這種有形可象的圖象詩，羅青曾提出創作三原則：「一、內容與圖形應配合無間，相輔相成，相互發明。這也就是說圖形必須為內容創作之一部分，而內容亦應包含在圖形創作之中，成為渾然的整體，不可分割。二、內容必須是詩，必須具備有詩的要素，而圖形的安排也必須對詩的內容有啟發、闡揚或暗示、象徵的功能。三、寫圖象詩必須有基本的繪畫修養，對構圖及造型了解深刻，是有助於創作的。」[25]詹冰所以能成為臺灣圖象詩重要的啟蒙者，就是因為能從物象中嗅到詩意，找到系聯，看到肌理。

　　特殊的是，這類象形圖象詩是所有圖象詩類型中比較容易用一整首詩的全貌供給一個完整的圖象，如以上所舉〈水牛圖〉、〈三角形〉就是，我們稱之為「全形圖象詩」；如果只有局部的圖象效果，只能稱做「半形圖象詩」。以下各類型圖象詩，大部分只能提供局部圖象效果。

（二）象事圖象詩

　　「象事圖象詩」只能說是準圖象詩。因為事而能成象，其實並不容易，事件的進行一定牽連時間、人物、動作、狀態，以進行式在推展，很難以平面、靜態的圖象完整表達，因此，往往需要切割

---

[25]　羅青：〈白話詩的形式〉，《從徐志摩到余光中》，臺北：爾雅出版社，1978，頁69-70。

畫面，難以同時呈現，如林亨泰的〈進香團〉[26]，需要讀者的想像
參與期間：

旗——
▼　黃
　　▼　紅
　　▼　青

善男1　拿著三角形
善男2　拿著四角形

香束
燭臺
~~~~█████
~~~~█████

信女1　拿著三角形
信女2　拿著四角形

　　從詩中，我們看見局部的、靜態的三角旗和燭臺之形，也看
見排著隊伍的善男信女，但善男信女如何拿著三角形的旗、四角形
的燭臺去進香，詩人無法具體呈現，我們無從得知。「進香團」的
「進」才是動詞，才是事件的推演，要以詩去「具象」這個場景，
顯非易事，因此，「進香團」三個字只好成為靜態的集合名詞，
「進香」只好以停格的方式象其形。誠如羅青所言：「圖象詩的創
作，是有相當大的局限性的，往往無法處理敘事題材，及抽象思維

---

[26] 林亨泰：〈進香團〉，《林亨泰全集》，彰化：彰化縣立文化中心，1998年。

過多或過於繁複的神思。」[27]這種難以處理的「象事圖象詩」，往往要將「事」當「物」看待，才能以圖象顯形。

象事圖象詩也有整首提供一個完整場景，進行一個完整事件的作品，如詹冰的〈Affair〉[28]（附圖一）：

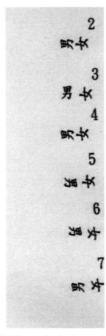

附圖一：詹冰〈Affair〉

Affair就是「事件」，詩中利用男女二字的正、反、向、背，阿拉伯數字1至7的秩序，推演一齣「最短最簡單用字的詩劇」[29]，這是同一對男女的事件，有時間介入，歷程逐漸演變，合乎起承轉合規律的戲劇；〈Affair〉這首詩，也可以解讀為同一時間裡，七對

[27] 羅青：《從徐志摩到余光中》，頁69。
[28] 詹冰：〈Affair〉，《綠血球》，臺中：笠詩社，1965，頁33-34。
[29] 陳千武：〈視覺性的詩〉，《笠》24期，1968年4月，頁61-62。

不同男女的愛恨情仇（或者：七種不一的性愛體位），彷彿同時展讀七則極短篇。這首詩，男女二字以正、反、向、背的姿式推演事件，「事」是在讀者心中完成。蘇紹連四言體的《河悲》系列，其中〈夫渡河去〉[30]是一首敘事詩，張漢良與丁旭輝都把它當作是圖象詩看待，「事」也是在論者心中完成（請詳見下頁）。

　　張漢良認為幾何圖形或特殊印刷方式可以表現空間（甚至時間）概念。他說：「全詩可分為三部分，第一部寫渡河的夫，作者用一句『十年河東，十年河西』的成語，點出時間觀念，以『不渡河回』、『不渡河來』構成平衡與對位。中間橫排的兩行介紹出空間概念，河東與河西等八個字表現出寬闊難渡的河。末段突然出現了佇立岸邊望夫的妻，與淤泥下撈起的屍首。寬廣的河，東岸（第一段）是夫，西岸（末段）是妻，一河之隔，生死兩判。」[31]丁旭輝則說：「全詩就像一條河流的橫切面，左右各五行為河岸，中間橫排的二行八個字為河面，在看似簡單的圖象中，隱含了時空動靜交織而成的動人敘述。……全詩雖然無一字道及『淚』字，但全詩的心酸絕望之情，令人有『淚流成河』的想像與同悲。十年來，河旁淤泥已造出新的河岸，她就站在這新的河岸上繼續她絕望的守候，而當她最後一次望夫時，終於望見了，但卻是望見『河上浮夫』，所以在這時候，『河東無夫河西無夫』卻成了屍浮河上、由河東逐漸漂向河西的圖象。」[32]他們兩位都以此詩為敘「事」詩，都將「河上浮夫」當作是河上浮屍，因而充滿人倫悲劇性，盼望十年，盼回的卻是浮在河面上的丈夫。此「事」如何圖象？一樣要放在讀者心中去繪製，等待讀者參與才算完成。

[30]　蘇紹連：〈夫渡河去〉，《河悲》，臺中：臺中縣立文化中心，1990，頁60-61。
[31]　張漢良：〈論臺灣具體詩〉，《現代詩論衡》，臺北：幼獅文化公司，1977，頁103-126。
[32]　丁旭輝：《臺灣現代詩圖象技巧研究》，高雄：春暉出版社，2000，頁144-145。

夫渡河去
十年河東
不渡河回
十年河西
不渡河來

河
東
無
夫
河
西
無
夫

妻已老了
十年淤泥
十年為岸
岸旁望夫
河上浮夫

（三）象意圖象詩

　　將人的內心世界、抽象思維，以圖象的方式鋪展的詩，就是象意圖象詩。但是，「抽象思維過多或過於繁複的神思」，羅青認為難以用圖象詩處理，因為人的內心世界是隱密的，難以窺伺，思維過程是抽象的，難以捉摸，因此，象「意」圖象詩如何鋪排，考驗著詩人的智慧。

　　以「慾望」而言，隨時盤據在我們心中，蠢蠢欲動。慾望是「意」，如何將此「意」圖而象之？我們發現詩人不直接「圖象」慾望，而是「圖象」與慾望相關的質素，譬如非馬以慾望跟摩天樓比高，一方面控訴都市摩天樓高聳，是人類慾望的無止盡擴伸；一方面又藉助摩天樓的高聳，具體化人類慾望的無可滿足。他以〈都市即景2〉[33]寫慾望高漲：

慾望
同
摩天樓
比高

鋼筋水泥的
摩天樓
一下子便甘拜
下風
對著
自它陰影裡
裊裊升起的人類慾望

　　此詩以慾望始，也以慾望終，慾望全面籠罩人類生活，人類無一倖免。詩之第二段，以立足點平等的長短句模擬都市樓房櫛比鱗次，但是不論樓房高低，其實都是人類慾望的化身；最高的那一

---

[33]　非馬：〈都市即景2〉，《白馬集》，臺北：時報文化公司，1984，頁197。

棟，下自慾望（末行）升起，上與慾望（首行）同高，天地之間慾望橫行之義，不言而喻。

　　杜十三則以「鷹」從黎明飛到黑夜、從前世飛到今生，來譬喻慾望之恆久糾纏，「鷹」所飛過的軌跡竟是你我一生的命運，唯一的出口是慾望最高處、狹窄通道最遠的地方，而以左右對稱、類疊的句子、回音式的往復效果，暗喻著人的心中、體內、前方，以至於廣大的天空，慾望之鷹盤旋不去，黑夜是，黎明亦是，前世是，此生亦是。而且，即使找到出口，盤旋而出的那群鷹，仍然是我們豐饒的慾望。這樣無解的習題，杜十三以「出口」[34]堵在出口，連「杜十三」也堵在出口（詩文左右各十二行，第十三行是出口）的圖象呈現：

---

[34] 杜十三：〈出口〉，《石頭悲傷而成為玉》，臺北：思想生活屋，2000，頁50-51。

啊
你看
在前方
在天空裡
在我們體內
一群鷹在飛翔
從黎明飛到黑夜
從前世低飛到此生
飛過的軌跡導引星座
排列成你我今世的命運
那群鷹在你心中築巢已久
我們豐饒的慾望是牠的母親

出口●杜十三

我們豐饒的慾望是牠的母親
那群鷹在你心中築巢已久
排列成你我今世的命運
飛過的軌跡導引星座
從前世低飛到此生
從黎明飛到黑夜
一群鷹在飛翔
在我們體內
在天空裡
在前方
你看
啊

這兩位詩人都在寫人類的慾望，都以圖象在寫人類的慾望，但他們也都避開單刀直劈慾望的方式，以慾望的高度、慾望的出口借代慾望，這種象「意」的圖象詩，借腹生子，因為我們不能說〈出口〉這首詩「象」慾望，只能說〈出口〉這首詩以圖象在「寫」慾望，這是「象意圖象詩」。

「象事圖象詩」、「象意圖象詩」，在丁旭輝《臺灣現代詩圖象技巧研究》中歸類為「類圖象詩」，用以泛指「在一般的非圖象詩中，引入圖象詩的創作技巧，透過文字排列，造成一種視覺上的圖象暗示」的詩[35]。換言之，他的圖象詩是全詩實物仿擬，類圖象詩是局部使用視覺暗示技巧。在本文中，前者我們稱為「全圖象詩」，屬於象「形」的「真圖象詩」；後者我們稱為「半圖象詩」，分佈在各類型圖象詩中（包括其後的「象聲圖象詩」、「象空圖象詩」）。不同的歸類法並存詩壇，可以為深化圖象詩、深化詩之圖象技巧，再竭智盡力。

（四）象聲圖象詩

象聲圖象詩用以指稱以圖象模擬聲音的作品。圖象詩在象形、象事、象意之外，當然也可以象聲。如葉維廉〈更漏子〉的最後[36]：

水塔上
若　斷若續的
滴　　漏

「若　斷若續的」這一句，在視覺上有水滴斷與續的效果，同時也有節奏上水聲的「答——」拉長音與「答答答」三短音的區別。「滴　　漏」之間空兩格，視覺上有水往下滴的感覺，音韻上

---

[35] 丁旭輝：《臺灣現代詩圖象技巧研究》第四章〈類圖象詩的圖象技巧〉，頁207-291。
[36] 葉維廉：〈更漏子〉，《野花的故事》，臺北：中外文學社，1975，頁5-7。

要保持誦讀時「滴」字拉長三拍，再接「漏」字的節奏感。這是以文字排列的殊異性造成節奏短長的差異。

再「聽」陳克華的〈馬桶〉[37]：

人類進化未臻完美。證據之一：
馬桶
的造型特殊
讓雙臂虛懸久久

雙眼擺盪
思維由下腹努力提昇
至社會版的高度
渣渣渣渣渣渣渣　　　　　滓

這首詩之所以歸入圖象詩，不是肇因於第一段說到馬桶的造型特殊，因為這首詩的外觀怎麼看都不像馬桶。而是因為一處空行與一處空格的使用，具有象「聲」的效果。空行處在第四與第五行之間：「讓雙臂虛懸久久／雙眼擺盪」，這兩句文意應該連讀，但詩人卻加以分開，是為了讓「虛懸久久」有更久的餘韻，因此以一行的節奏長度延續之。空格處出現在最末一行，一空就是五格，唸完七個快速的「渣渣渣渣渣渣渣」之後要停五拍「－－－－－」，才唸出短短的「滓」，陳克華所要模擬的是拉肚子肛門口的聲音。這空行與空格（兼擬聲）的圖象設計，是為了音韻效果，傑出的象「聲」圖象詩。

繁複的象聲圖象詩，要屬鴻鴻的〈香港三重奏〉[38]（如附圖二，擷取前五節）：

[37] 陳克華：〈馬桶〉，《星球紀事》，臺北：時報出版公司，1987，頁208。
[38] 鴻鴻：〈香港三重奏〉，《在旅行中回憶上一次旅行》，臺北：唐山出版社，1996，頁174-179。

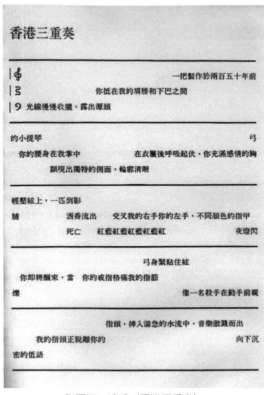

附圖二：鴻鴻〈香港三重奏〉

　　這首詩的誦讀法，如詩所示，要以三重奏的方式進行，第一節要從第三部（即第三行）開始「光線慢慢收攏，露出源頭」，「源」字音一出現，第二部同時開始「你抵在我的肩膀和下巴之間」，「之」字音一出現，第三部同時開始「一把製作於兩百五十年前」，而且還要接續到第二節，成為第二節最早發音的一部，帶動第二部、第三部，繼續以三重奏的方式演出「香港」。其後還有直行書寫的句子，則可以用不同腔調吟誦。這樣複雜的形式設計，是為了象聲的效果，節奏的和諧。葉維廉的〈演變〉、〈龍

舞〉[39]，都以「聲音一」「聲音二」「聲音三」交疊演出，其排列方式也以不同欄位錯雜鋪排，要讓聲音或獨聲、或混聲、或和聲而出。陳黎的〈四重奏〉[40]，則以兩節八行的形式書寫，但文義的走向卻是第一行下接第五行、第二行下接第六行……四組可以同時發聲。這些都是為象聲而改變正常分行方式，都屬象聲圖象詩。

（五）象空圖象詩

無之為用大矣哉！老子說：「三十幅共一轂，當其無，有車之用；埏埴以為器，當其無，有器之用；鑿戶牖以為室，當其無，有室之用；故有之以為利，無之以為用。」（第十一章）三十幅共一轂，車軸中空，所以輪子能夠轉動；和土為陶，陶器中空，所以能盛裝物品；開門鑿窗，房子中空，所以可以居人置物。

天下萬物因為具有形體，所以顯現功效；因為具有空間，所以發揮作用。空的地，讓我們的形體奔馳；天的空，讓我們的神思飛騰。天地間最大的空間，當然是空無。因此，以空無為象的圖象詩，特別稱為象空圖象詩。

象天之空，引蕭蕭的〈孤鶩〉[41]為例：

是
漸
漸
淒
清
的

---

[39] 葉維廉：〈演變〉、〈龍舞〉，《三十年詩》，臺北：東大圖書公司，1987，頁261-262，263-264。

[40] 陳黎：〈四重奏〉，《島嶼邊緣》，臺北：皇冠文學公司，1995，頁134。

[41] 蕭蕭：〈孤鶩〉，《蕭蕭·世紀詩選》，臺北：爾雅出版社，2000，頁16。

我

路之最遠的那點，雲天無言無語落下
門關著。

「是漸漸淒清的我」高懸雲天，一方面形象孤鶩高飛的樣
子，一方面因為「路之最遠的那點，雲天無言無語落下」長句的使
用，撐起了天之高，也使得孤鶩飛過的天空更形空無，反襯孤鶩之
「孤」。「路之最遠的那點」也就是「雲天無言無語落下」的那一
點，天與地交觸的那一點，孤鶩的去處，飛往的目標，竟然是「門
關著。」最後的無情句點關閉了孤鶩最後的歸宿。

象地之空，引羅門〈我最短的一首詩〉為證：

天
地
線
是
宇
宙
最
後
的
一
根
弦

天地線指的就是地平線、水平線，一條虛擬的線。線之上空
無一物，線之下空無一物，這根線所象的是人與地平線之間平面

的、廣大的空無、地平線上無限的、立體的空無。羅門對於自己創作的這一根弦，十分滿意。詩後有長文附註，略謂人類飛過高空時，地球只留下三條線：（一）「大峽谷」是大自然用原始劃的一條線；（二）「萬里長城」是人類用血肉與骨頭，揉成三合土，在爭權奪利的現實世界，劃下人為的一條線；（三）似有似無的「天地線」是宇宙用空茫來劃的一條線。這條天地線是「空能容萬有，靜能容萬動」的無音弦。甚至於羅門還將此詩視為「地景藝術」：「企圖一方面採取非表態與非述明的極簡（Minimal）與絕對觀念（Absolute conception）的藝術手段，從『天地線』的視覺空間感達到單純精簡的造型之極致；另一方面注入詩大量的象徵性與超現實性，以期豐富作品的內層意涵與對存在的覺識。」[42]何以能達致這樣的境界？端賴線上那一大片空白去完成，這是以一行極簡的詩行造成的象空圖象詩。

象人之空，引白萩〈路有千條樹有千根——紀念死去的父母〉[43]為證：

　　　　路有千條條條在呼喚著我
　　　　樹有千根根根在呼喚著我

　　　　但來時的路
　　　　已在風沙中埋葬
　　　　源生的根
　　　　已腐爛
　　　　在這擾擾的世界之內

[42]　羅門：〈我最短的一首詩〉，《臺灣詩學季刊》第15期，1996年6月，頁99-102。
[43]　白萩：〈路有千條樹有千根——紀念死去的父母〉，《風吹才感到樹的存在》，臺北：光復書局，1989，頁18-19。

祇剩我一個

　　一個。

　　詩的最後「祇剩我一個」之後，留下好大的一片空白，顯示
人間舉目無親，周遭空蕩無人，身體無可依偎，生活無所恃賴。其
後還重複一次「一個」，以聲音而言，誦讀最後的這兩字要以最微
弱無力的蒼涼聲音誦讀；以形象來看，眼睛注視「一個」時，可以
感受到其左其右那種空曠而無依的孤單感。綜合而言，大片空白與
「一個」的零丁，竟有象形、象聲、象空的三種效果。
　　臺灣圖象詩會不會再發展出出人意料之外的作品？考驗著詩人
的創意、技巧與功力。

三、臺灣圖象詩的裝置藝術

　　圖象詩既是以視覺滿足作為文義架構重要的支撐，裝置技巧雖
然會繼續開發，後出轉精，但以現有資材加以拆解，或許有助於未
來新結構的架樹。

（一）排列圖形

　　詹冰〈水牛圖〉是這種以字排列成圖形，字義仍自我完成詩意
的裝置技巧之代表。以下選錄二詩，類近的圖形卻形成一塚一寺的
不同語境。
　　其一，杜國清的〈祭〉[44]：

---

[44] 杜國清：〈祭〉，《望月》，臺北：爾雅出版社，1978，頁69。

雜草山上

　　　誰願驚醒這荒涼的寂靜
　　　來奉獻花束紀念愛
　　的青春　　以及
　　焚枯的
　古之偶像
　的圖識
　　穿黑衣　　以及
　　　暗自低泣的未亡人
　　　竟以手絹清拭淚水的臉

引駐過客

　　祭拜是動詞，因此以墳塋為模型，裝置文字，題旨內涵與外
在形式可以相互呼應，是此詩成功的地方。但以有限的字詞要排出
固定的圖形，不免有削足適履，捉襟見肘的窘況，如「的青春」、
「的圖識」跨行斷句，「以及」「以及」兩處空懸，都有因圖害意
的嫌疑。所以，以這種技巧裝置而成的圖象詩，要注意三點：一是
文字的走勢是否形成詩意（即不依物象排列時是否自身具足），二
是詩的繪畫性所形成的圖象是否簡明而特出，三是詩的音樂性所要
求的語言節奏是否流暢。若有些微瑕疵，即非成功之作。
　　其二，陳建宇的〈言之寺〉[45]：

[45]　陳建宇：〈言之寺〉，《問津》，臺北：創見堂，1991，頁99。

子曰詩三百即思無邪

一縷音聲曳起跪拜的我

言　　一雙裸足位於悠悠蓮華

之　　一瓶柳色新新斜於掌中

寺　　一圈光明喚醒籠罩的夜

或曰詩三百乃觀世音

　　此詩以單句空行排列，形成一座線條簡單而古拙的寺觀，標題「言之寺」三字也納入圖象的裝置行列，成為高聳的寺頂，造就巍峨的氣勢；「言之寺」三字可以正讀或逆讀，其意或有所偏，但總不離「詩」（言）與「觀音」（寺）的淨心作用，而且「言寺」合而為詩，此詩又以「寺」之外觀造形，完全與六句詩意貼合，圖象與詩，自然搭建，思無邪與觀世音，前呼後應，繪畫性與音樂性，一無衝突。首句猶如寺廟廊柱之上聯，「子曰詩三百即思無邪」是聖賢探究詩之本質的體悟；末句猶如寺廟廊柱之下聯，「或曰詩三百乃觀世音」是眾生普渡後對詩的教化作用的認同。這首詩將詩提昇到與宗教等高的位階，對詩充滿崇敬之心，正是以字排列成圖形的圖象詩佳作之一。

　　後現代主義興起之後，文義格局的要求壓至最低，如蘇紹連的〈形的印象系列〉兩首[46]，其一為〈魚〉，其一為〈雁〉，分別以「魚沉寒水」、「雁過長空」加以複製為長方形，內藏以「人」這

---

[46] 蘇紹連：〈形的印象系列〉兩首，刊登於《臺灣詩學季刊》第31期「圖象詩大展」，2000，封面及封底內頁。

個字排列成的「魚」、「雁」的形體，暗示「魚沉寒水」、「雁過長空」，人亦不例外，人的處境總是在「魚」與「雁」之間往返，炎涼之際各有體會。而「人」變形為「魚」或「雁」等動物，則是蘇紹連詩作中最常應用的技巧，也是蘇紹連生命中潛藏的隱形或變形的退縮慾望。

魚沉寒水魚沉寒水魚沉寒水魚沉寒水魚沉寒水
魚沉寒水魚人人人人人人人沉寒水魚沉寒水
魚沉寒水魚沉人人人人人魚沉寒水魚沉寒水
魚沉寒水魚沉寒人人人人水沉寒水魚沉寒水
魚沉寒水魚沉寒水人人寒水魚沉寒水魚沉寒水
魚沉寒水魚沉寒人人人人水魚沉寒水魚沉寒水
魚沉寒水魚沉人人人人人魚沉寒水魚沉寒水
魚沉寒水魚人人人人人人人沉寒水魚沉寒水
魚沉寒水人人人人人人人人人人水沉寒水
魚沉寒水人人人人人人人人人人人水沉寒水
魚沉寒水人人人人人人人人人人人水沉寒水
魚沉寒水人人人人人人人人人人人水沉寒水
魚沉寒水人人人人人人人人人人人水沉寒水
魚沉寒水人人人人人人人人人人人水沉寒水
魚沉寒水人人人人人人人人人人人水沉寒水
魚沉寒水人人人人人人人人人人人水沉寒水
魚沉寒水魚人人人人人人人沉寒水魚沉寒水
魚沉寒水魚沉人人人沉人人人沉寒水魚沉寒水
魚沉寒水魚沉寒人人人人人魚沉寒水魚沉寒水
魚沉寒水魚沉寒水人人人水魚沉寒水魚沉寒水
魚沉寒水魚沉寒水魚人寒水魚沉寒水魚沉寒水
魚沉寒水魚沉寒水魚沉寒水魚沉寒水魚沉寒水

在這首詩中，圖形裝置十分流暢，魚游水中，栩栩如生，文字的意義卻壓縮到「魚沉寒水」四個字而已，但是如果去誦讀其中任何詩句，如「魚沉寒水魚沉人人人沉人人人沉寒水魚沉寒水」，又會有另一種悚然。「人」這個字形塑了魚體，卻也展開句句不同的文義格局，單純的裝置裡，圖象詩又啟發了新意。

（二）裸裎字貌

裸裎字貌，是直接應用漢字的象形特性，飛馳想像，追逐詩義。羅青在〈白話詩的形式〉第三節討論到「圖象詩」時即言：「中國文字中的『六書』：『象形』、『指事』、『會意』、『形聲』、『轉注』、『假借』中，就有三項與圖形有關。例如日、月、木等皆為『象形』；『木』字下加一橫，則成了『本』字，這是『指事』；『明』是由『窗』和『月』合成的，『男』是由『田』與『力』合成的，這是『會意』。由是可知，中國文字本身就充滿了繪畫的形象及符號。用這種文字來寫詩，當然容易產生或暗示出許多視覺上的繪畫或圖象效果。」[47]其實，六書中的「形聲」字，其形符部分仍然與圖形有關，聲符部分雖不是直接與圖形相關，但「右文說」的理論，聲符兼義的說法，詩人「望文生義」天馬行空的想像力，都為圖象詩帶來更多的想像空間。

最顯露而傑出的表現是王潤華的〈象外象〉（七首：河、武、女、早、暮、東、秋）與〈觀望集〉（六首：井、雨、禿、羊、車、人）[48]，這十三個字、十三首詩，直接以中國文字為對象，發揮想像力，尋找文字與人類生命相繫連的血脈。如〈秋〉這首詩：「太陽終於將秋風／磨成一把鐮刀／去收穫野生的稻穗／／穀種的靈魂／原是一朵火花／燃燒自己綠色的腰」。張漢良將〈象外象〉這輯詩解釋為表現初民神話中的生長、死亡、與再生等永恆再現的

---

[47] 羅青：《從徐志摩到余光中》，頁53。
[48] 王潤華：〈象外象〉、〈觀望集〉，《內外集》，臺北：國家書店，1978，頁3-23。

原型觀念;因此,〈秋〉詩的重點放在「禾」與「火」的關係上,因而發現:穀物的自戕(「燃」)過程原是成熟過程;他又將火與太陽結合在一起,太陽週而復始的循環,及「穀種」的生命力暗示,使這首詩的主題——上古豐饒神話的生命不朽觀念——因而建立起來[49]。

不過,如果從圖象詩的觀點來看,王潤華〈象外象〉、〈觀望集〉的圖象成就竟然只是題目篆體字的引用,這十三首詩的題目都是篆體加楷體,如(秋),篆體顯示王潤華想像的依據,楷體便於讀者認識。因此,王潤華的圖象表現,是從字的圖象所發展出來的詩學想像力與生命透視力,而這種想像力與透視力卻不一定跟字的原始本義相關,如〈女〉詩之附註引馬宗霍〈說文解字引通人說考〉,細說母與女二字(上出者象頭,中舒者象胸,下岐者象脛與足),但詩的開頭卻是「你上半身是夢/下體是謎」,結束時又轉到字體上未出現的手與唇:「也許/你還有/一隻手/兩片唇/隱藏在昨天的夜裡」,完全遠離造字的本義,從男女性愛上去引伸,並不妨礙以圖象擴大想像的努力。

甚至於望「文」(紋)生義以創造圖象詩,更可能歪打正著,爆出新火花。如林亨泰的〈房屋〉[50]:

笑 了

　齒　　齒

　齒　　齒

　齒　　齒

　齒　　齒

---

[49] 張漢良:〈論「象外象」的具體性及其美感價值〉,王潤華:《內外集》附錄,頁141-142。全文見張漢良:〈論臺灣具體詩〉,《現代詩論衡》頁103-126。

[50] 林亨泰:〈房屋〉,《林亨泰全集》第二冊,頁103-104。

哭了

　　窗　　　窗

　　窗　　　窗

　　窗　　　窗

　　窗　　　窗

　　這一首圖象詩象的是兩層樓的房屋，露齒為笑，第一節的「笑了」選「齒」字為造型的基礎，看見「齒」字好像看見一個人露齒微笑的樣子；但就圖象詩而言，笑是心情開朗，就像房屋門窗敞開，可以看見屋內人與人的互動，「齒」字裡的「人」有這樣的圖象效果。第二節的「哭了」選「窗」字為造型的基礎，彷彿人際溝通不良，所以門窗緊閉，從外望去，只看見緊閉的窗戶，如果再細看「窗」字造型，窗「帘」內彷彿有煙「囪」在冒煙，有「夕」字、「歹」字在其中，都可以是哭的情緒。如果再推遠距離來看這首圖象詩，「笑了」、「哭了」比兩排「齒」、「窗」各高一格，又像是這兩排房子的「煙囪」，房屋的具象效果就更佳了。「笑了」是天氣晴，窗戶可以打開，可以看見人影晃動；「哭了」是下雨天，窗戶緊閉，只見窗戶不見人。這樣的房屋是有圖象感的、有現實感的、有生命感的房屋。就像詹冰〈水牛圖〉的「黑」字，牛頭的大特寫，讀者會去想牛眼、牛鬚。這都是詩人裸裎字貌，望「文」（紋）生義的圖象技巧。

（三）複疊字形

　　林亨泰的〈房屋〉出現八個「齒」字、八個「窗」字，其實也可以說是複疊字形的一種圖象技巧，但這首詩的重點不是放在複疊效果上，而是在展露「字」的特殊造型，因此歸入裸裎字貌中討

論。不過，林亨泰的名詩〈風景〉二首[51]，不論是「農作物　的／旁邊　還有／農作物　的／旁邊　還有／農作物　的／旁邊　還有」或者「防風林　的／外邊　還有／防風林　的／外邊　還有／防風林　的／外邊　還有」，都以複製的方式推廣場景，彷彿可以延伸到天之涯、海之角，就是典型的複疊字形（字句）的應用。

　　如果說「排列圖形」多的是「異質性」文字的組合，「複疊字形」就是「同質性」文字的組合。異質性文字的組合可以自然形成文義格局，同質性文字的組合，以接受美學而言，需要讀者更多的參與能力；以圖象效果而言，更能在讀者心中留下空間美學的立體震撼。

　　最早以大量單字複疊出現的是葉維廉的〈絡繹〉[52]，詩中「蝗蝗蝗蝗蝗蝗蝗」出現一兩百個字「直到沒有了天空，直到碑石的玉米幹後面的夕陽……」，將蝗蟲過境，烏雲一般逼臨上空的惶急實境與心境，如實演示。同時也開啟了陳黎〈戰爭交響曲〉[53]以384（24×16）個「兵」的疊字強調軍容的盛壯；以384個空格內不規則填入依然健在的「兵」、傷殘的「乒」或「乓」、暗示陣亡的「　」，顯示戰爭慘烈；最後以384個「丘」字暗喻384個士兵出征一一戰死，墳塚累累，結束這場戰爭。一首應有1252字的詩，其實只是四個單字「兵、乒、乓、丘」的疊字所安置，其中「乒、乓」二字有象形（傷殘之兵）、復有象聲（槍砲之聲），以呼應題目「戰爭」「交響」的雙重作用，最為成功。

　　有了這一首1252字龐大的複疊字形的作品，所有文學史上的類疊詩例，黯然失色。但這首詩只使用「兵、乒、乓、丘」四個單字，還不足於面對當代恐怖戰爭，白靈的〈911〉[54]以圖象詩為這歷

---

[51]　林亨泰：〈風景〉二首，《林亨泰全集》第二冊，頁126，127。
[52]　葉維廉：〈絡繹〉，《醒之邊緣》，臺北：環宇出版社，1971，頁17-18。
[53]　陳黎：〈戰爭交響曲〉，《島嶼邊緣》，臺北：皇冠出版公司，1995，頁112～114。
[54]　白靈：〈911〉，《愛與死的間隙》，臺北：九歌出版社，2004，頁179～180。

史上巨大的慘劇造象，為臺灣新詩的圖象技巧再創高峰：

眾人停止在此　夕夕夕夕夕夕歹歹歹歹歹歹歹殆殆殆殆殆殆殆殆

火停止　夕夕夕夕夕夕歹歹歹歹歹歹殆殆殆殆殆殆殆殆殆殆殆殆

煙停止　夕夕夕夕夕夕歹歹歹歹歹歹殆殆殆殆殆殆殆殆殆殆殆

灰停止　夕夕夕夕夕夕歹歹歹歹歹歹殆殆殆殆殆殆殆殆殆殆

愛停止　恨停止　夕夕夕夕夕夕歹歹歹歹歹殆殆殆殆殆殆殆殆

喜停止　愁停止　夕夕夕夕夕夕歹歹歹歹歹殆殆殆殆殆殆殆

在耶和華與阿拉　夕夕夕夕夕歹歹歹歹歹歹殆殆殆殆殆殆殆

以刀以槍爭辯千年以聖以魔將歷史炸成轟隆的灰爐聲中殆殆殆殆殆殆殆

佛陀如是說：　夕夕夕夕夕夕歹歹歹歹歹歹殆殆殆殆殆殆殆殆

不空不色不色不空　夕夕夕夕夕夕歹歹歹歹歹歹殆殆殆殆殆殆

無你無他非他非你　夕夕夕夕夕夕歹歹歹歹歹殆殆殆殆殆殆殆

你是他是他非你非　夕夕夕夕夕夕歹歹歹歹歹殆殆殆殆殆殆殆

夕暉不過稍遲於落日　夕夕夕夕夕歹歹歹歹歹殆殆殆殆殆殆殆

此刻且聽——　夕夕夕夕歹歹歹歹歹殆殆殆殆殆殆殆殆

暮鼓一記記釘住黑夜的邊　夕夕夕歹歹歹歹歹殆殆殆殆殆

一面聽道

一面瘋狂

工作的

紐約工人

立即以大哥大

叩應非也是怪

手一臂又一臂

挖開茫茫黑夜

「夕、歹、殆」的增添式變化，剛好與「兵、乒、乓、丘」的減縮式變化，形成兩種典範。高樓的崩塌就在這三個字參差羅列中重現眼前。眼前與心底的震撼，因為後面又低又少的字群，持續傷痛。圖象詩的震撼力，無與倫比。

　　數大誠然美，但詩人應用複疊技巧的能力卻不可小覷，如詹冰早期的詩〈淚珠的〉[55]，特別注意誦讀「的」那種形與聲的效果：

感情	的	露點
球形	的	晶體就凝結。淚珠有
意志	的	表面張力。
真情	的	全反射。球體中
回憶	的	風景在旋轉。
悔恨	的	鹹味在對流。我醉於
用我	的	公式計算——
淚珠	的	引力大小。
淚珠	的	汽化熱。
淚珠	的	愛格數。啊，透過
淚珠	的	凸透鏡，
看到	的	是——
正立	的	實像。
神明	的	實像。
微笑	的	實像。

　　推遠全詩，可以看到一行一行「淚如雨下」的感覺，但「的」字的中段隔斷作用，形體上，使「淚」有「珠」的感受；這種感受一方面也來自於聽覺上前後空白的停頓、「的」字的聲韻。

---

55 詹冰：〈淚珠的〉，《實驗室》，臺北：笠詩刊社，1986，頁16-17。

象聲又象形，唯賴「的」字一再類疊。

　　字句類疊所以造成美感，徐志摩認為：「數大了，似乎按照著一種自然律，自然的會有一種特殊的排列，一種特殊的節奏，一種特殊的式樣，激動我們審美的本能，激發我們審美的情緒。」[56]黃慶萱在其《修辭學》書中引述桑塔耶那（George Santayana）《美感》書上的說法，認為「構成無限的原始意象乃是空間，也就是劃一中的多數（muitiplicity in uniformity）。這種意象，因為其刺激之幅度、體積、與全在（the breadth , volume , and omnipresence）而具有一種有力的效果。」[57]就圖象詩而言，空間的擴大一直是依賴這種字句的複疊，所以是使用率極高的一種裝置技巧。

（四）扭轉字體

　　單純複疊字形、字句，詩人猶感不足以表達心中的圖象，因而扭轉字體，改變字的書寫方式、方向，或放大、縮小字的體格，或故意殘缺字的筆畫，期望完全模擬或靠近自己心中那幅圖。

　　臺灣新詩第一次鼓動圖象風潮的三位大老，在他們最早的作品中幾乎都使用過扭轉字體的技巧。如詹冰的第一首圖象詩〈Affair〉，扭轉「男女」兩字而有了正反向背的不同關係。林亨泰的第一首圖象詩〈輪子〉[58]，往逆時鐘方向扭轉「輪」與「它」，依次以九十度的轉度呈現，再配以「性急的」類疊性說明，「咻咻咻」的擬聲用語，利用「視覺暫留」的機能，完成輪子快速飛轉的視覺之美。白萩的第四首圖象詩，也是圖象技巧使用最多的〈蛾之死〉[59]，最主要的意象出現在「蛾之闖入這世界中，那種突獲光明的激越之情，和在無限光明中歡樂的形態」[60]，白萩以「光」字圍成

[56]　徐志摩：〈日記〉，轉引自黃慶萱：《修辭學》，臺北：三民書局，1975，頁412。
[57]　黃慶萱：《修辭學》，臺北：三民書局，1975，頁412。
[58]　林亨泰：〈輪子〉，《林亨泰全集》第二冊，頁101-102。
[59]　白萩：〈蛾之死〉，《蛾之死》，臺北：藍星詩社，1958，頁62-66。
[60]　白萩：〈由詩的繪畫性談起〉，《現代詩散論》，臺北：三民書局，1972，頁24。

四方形，讓十六隻蛾以四行四列旋飛其中，也是以扭轉字體的方式顯現飛蛾撲、飛、衝、闖，熱烈歡騰。不同的是：林亨泰的「輪」定向飛馳，白萩的「蛾」亂向飛舞，都貼切繪出現實的景象。

　　扭轉字體的技巧，三位圖象詩大老中以林亨泰使用最為頻仍，如〈Romance〉[61]詩中，為了表現人的側面，他將「凸」字左旋九十度；為了表現山的高聳艱險，他將「山」字加粗、加黑、加大。〈車禍〉[62]詩中，「車」字越來越粗、越黑、越大，則用以象徵車子加速衝撞的臨場感，彷彿車子越逼越近。同樣是將字加粗、加黑、加大，管管的〈車站〉[63]描寫成人的臉是「一條一條落滿蒼蠅的臭魚」，「只有跑過來的那張小孩臉是張號外！！！」，他將「號外」加粗、加黑、加大，「外」字又比「號」字更粗、更黑、更大，除了有小孩奔來的視覺意象，又有越喊越大聲的聽覺訴求。蕭蕭〈空與有三款〉[64]中，題目是「空」，文本卻是放大十倍以上的「有」，當讀者以為這是真有之時，又發現這個有字是筆畫中空的有；題目是「有」時，文本則是放大的「空」，「空」是實體的空字，如是，空非真空，有非真有，空即是色，色即是空，讀者在這樣矛盾的往復思索中，若有所悟。又因為「空」字是放大的「空」，可能想到四大皆空；「有」字是放大的「有」，可能想到無所不有。這是另一種字體的扭轉。

　　以手書寫的時代，鉛字印刷的時代，扭轉字體，十分方便，但是，電腦普及後，敲鍵現詩，不易讓字體轉向，新生代創作圖象詩的詩人幾乎不做這種嘗試。倒是複疊字詞，不過是舉手之勞，處處可見。依憑唯物史觀的見解，書寫工具的改變將引發美學觀念的翻新，不同世代的圖象詩創作或可見證這種論點。

---

[61]　林亨泰：〈Romance〉，《林亨泰全集》第二冊，頁107-108。
[62]　林亨泰：〈車禍〉，《林亨泰全集》第二冊，頁114-115。
[63]　管管：〈車站〉，《管管詩選》，臺北：洪範書店，1986，頁275-276。
[64]　蕭蕭：〈空與有三款〉，《凝神》，臺北：文史哲出版社，2000，頁102-107。

（五）藉助符碼

複疊字形，扭轉字體，還無法裝置詩裡乾坤時，詩人可以藉助圖形、符號、簡易手繪圖，綜合演出。因為望文可以生義，所以認圖必能識字，字裡必有乾坤。以創作最自然的圖象詩而著名的詹冰，〈水牛圖〉的酷似度最高，〈Affair〉的戲劇性最足，但最美且最富創意而又能引人想像、熱中參與的，則是〈自畫像〉[65]（如附圖三）：

附圖三：詹冰〈自畫像〉

這首詩由兩個同心圓組成，內圈是好大的一個「淚」字，外圈上半圓分成四格，填入十二個「星」字，同樣定格的下半圈是「花」字。羅青將此詩定位為「精神畫像」，說：「星在上，花在下，淚在中。星光永恆，花開短暫，二者循環不斷的在這個世界上出現。而人在星與花之間，流下悲天憫人的淚水。」[66]丁旭輝說這是「以極簡之文字，御極繁之思想」，他以樂觀的態度說解：「人

---

[65] 詹冰：〈自畫像〉，《綠血球》，臺中：笠詩社，1965，頁35。
[66] 羅青：《從徐志摩到余光中》，頁68。

生恆是充滿悲傷、苦難、挫折的淚水的，還好上有傾聽的星眸，下有解人的花語，二者循環恆存，帶來永遠的美麗、希望與美好的期待。」[67]羅青先言星與花，後言淚，所以有悲觀傾向；丁旭輝先言淚，後言星與花，所以有所期待。可見也可以感知「星、淚、花」並時共存，「天、地、人」三者合一，有時星光，有時月光；有時花開，有時花謝；人生的終極價值不就是如此「悲欣交集」嗎？最後是一圈又一圈的圓融，不就是人生的終極體會：「無啥大事」嗎？十二顆星代表從東南到西北不同的十二星座，不同的人生，一樣的循環；十二朵花代表一年四季不同的十二個月，不同的花信，仍然是一樣的循環。

　　這首詩，只用了三個字「星、淚、花」，表現極簡；如果僅止於此，這只是一首概念化的詩。但詹冰卻加上了兩個同心圓，四格十二個字的區隔線，因為這些圖形、符號，造成十二星與十二花的相對，造成十二星、十二花與「淚」相對，實體的星、花與空心的「淚」相對，豐富了這首圖象詩。

　　同樣是「……」，詹冰用來形象雨滴：「雨雨雨雨雨……。／星星們流的淚珠兒。／雨雨雨雨雨……。」（〈雨〉）。鄭愁予用來象馬蹄之跡、象馬蹄之聲，餘韻未盡：「我達達的馬蹄是美麗的錯誤／我不是歸人，是個過客……」（〈錯誤〉）。

　　同樣是「？」，詹冰用來形象「龍」：「好像，我的思想的雲中有一條／龍／？」（〈疑問號〉）。喬林用來形象「灰塵」和「人臉」：「？哪一粒灰塵是人的臉給縮小了的／？哪一張人的臉是灰塵給放大了的」（〈臺北的空間〉）。

　　同樣是「！」，詹冰用來形象「牛的尾毛」：「等待等待再等待！」（〈水牛圖〉）。唐捐用來等同於「浮標」[68]：

---

[67] 丁旭輝：《臺灣現代詩圖象技巧研究》，頁28-29。
[68] 唐捐：〈夜釣〉，《暗中》，臺北：文史哲出版社，1997，頁173-174。

星用眼神逼向你　　　　　　　　　！
你把淚水餵給魚　　　　　　　　　！
風，將你的髮釀成一朵浪　　　　　！
便有千斤冷壓在你的頭上　　　　　！
你拉緊外衣，繼續昂起一支亢奮的釣竿！
釣竿頂端綁著下垂的思緒，在風中擺盪！

　　同樣是「●」，林亨泰用來形容越來越快的車子：「車·車·車●」
（〈車禍〉）。陳黎則用來形象「販賣機」的按鍵：

　　　請選擇按鍵
　母奶　●冷 ●熱
　浮雲　●大包 ●中包 ●小包
　棉花糖　●即溶型 ●持久型 ●纏綿型
　白日夢　●罐裝 ●瓶裝 ●鋁箔裝[69]

　　林亨泰承繼紀弦的說法，稱圖象詩為「符號詩」，因此他
的詩作大量引進符號：以「＋－」顯示「正極負極」，以「★」
代表「星」，以「←←」代表「光的速度」，以「◢」代表「三
角旗」，以「～～～」代表「波浪」，以「↖↗↙↘」代表「碎
裂」，以「×」代表「籬笆」，以「○」表示「花」，以「＞」表
示「擴胸體操」，是藉助符碼最多的圖象詩作者。
　　不以符號，改用圖繪的，如夏宇的〈歹徒甲〉、〈歹徒乙〉是
以文字敘述寫壞詩的好人，整容失敗者的猥瑣行為，〈歹徒丙〉[70]

---

[69]　陳黎：〈為懷舊的虛無主義者而設的販賣機〉，《家庭之旅》，臺北：麥田出版公
　　司，1993，頁86～87。全詩十三行，此處選錄前五行。
[70]　夏宇：〈歹徒甲〉〈歹徒乙〉〈歹徒丙〉〈社會版〉，《備忘錄》，臺北，1986，未
　　註記出版者。

則以手工繪出人像圖。因為有前二詩的文字鋪陳，〈歹徒丙〉不會被視為圖繪或插畫。〈社會版〉有字有圖，呈現悲慘事件，仍然是圖象詩的範疇。

　　陳黎的《島嶼邊緣》創作了許多圖象詩，其中〈取材自《詠歎調》的四格漫畫〉、〈為宇宙家庭之旅的海報〉、〈獨輪車時代的回憶〉（如附圖四）、〈新康德學派的誕生〉[71]等四首，圖形製作繁複，有如海報設計，再闖圖象詩的邊界，值得觀察與欣賞。

附圖四：陳黎〈獨輪車時代的回憶〉

（六）妙用空白

　　為了開闊詩的空間，舒緩詩的時間，表達人在世間的孤獨、渺小，顯示無象之象，「妙用空白」是禪詩作者、圖象詩作者最常用的技巧（可參看圖象詩類型中的象空圖象詩）。

---

[71]　陳黎：《島嶼邊緣》，臺北：皇冠文學出版公司，1995。此四詩出現在頁123～127；〈獨輪車時代的回憶〉出現在頁126。

陳仲義的《現代詩技藝透析》歸納了四十種現代詩寫作技巧，但無一涉及圖象詩，即連第三十三項「空白：佈局章法中的活眼」也非指圖象詩中的空白而言。但他引述「格式塔原理」及「接受美學」的的說詞，可以為「妙用空白」的特技找到更廣闊的論述空間：

　　　　格式塔原理告訴我們：當某種不完全的形呈現於眼前時，會引起視覺中某種追求完整、對稱、和諧圖形的傾向。這種恢復、補充、整形的力被稱為「完形壓強」。空白在本質上就是一種「不完形」、「非完形」現象。因而每一個空白都會遺留著一大堆亟待整形的「缺憾」，空白這種屬性正好與藝術形象完形結構本身所具備的「不全之全」的特性相吻合，故能產生上述「完形壓強」的效果，即誘導讀者以豐富的聯想去恢復、補充、修整再造性完形。所以實際上，空白等於「完形壓強」。

　　　　如果換另一個角度，以接受美學考察，空白可以看作是一種「未完成美」，它是詩人與讀者理解闡釋之間的一種變量。這種變量擁有較大更移、轉換空間，要使這種變量（空白）最大限度釋放出來，往往有賴於接受者相應的藝術修養和傑出的聯想想像能力，只有具備這兩個基本條件，接受者面對空白，才可能進行成功的二度創造。因此，空白的產生及最終結果，往往取決於創造者設置「活眼」的智力，以及進入後，欣賞者、闡釋者解悟的功底。[72]

---

[72]　陳仲義：〈空白：佈局章法中的活眼〉，《現代詩技藝透析》，臺北：文史哲出版社，2003，頁217-218。

四、結語：圖象詩的未來趨勢

圖象詩數量少，不是臺灣新詩的大宗，但它卻伴隨現代派所推展的新詩革命爆發力量，徹底刷新詩人的觀念；而且激生後現代主義各類型的拼貼技巧，有其先導之功。目前，圖象詩的各類裝置藝術已經很自然地成為新詩創作的基本功夫，配合網路數位詩的成長，另有一番繽紛可以期待。

（一）圖象詩助長現代主義（派）蓬勃

圖象詩是伴隨臺灣現代派運動一起蓬勃發展的，圖象詩讓現代派（現代主義）有了醒目的面貌，二者之間，互為表裡。林亨泰最早在《現代詩》發表圖象詩（11期〈輪子〉，12期〈房屋〉），「現代派信條」（及其釋義）發表於《現代詩》第13期，其後，林亨泰重要的五篇論文：〈關於現代派〉（17期）、〈符號論〉（18期）、〈中國詩的傳統〉（20期）、〈談主知與抒情〉（21期）、〈鹹味的詩〉（22期），雖不是鼓吹圖象詩之作，卻是掀起臺灣新詩革命最有力的旗號，符號、主知、鹹味的理路，顛覆了一向順理成章的觀念，徹底洗心革面，由內而外，刷新大家對詩的看法，再佐以陸續刊布的十五首林亨泰以符號、以型態，直接訴諸視覺的圖象詩，翻腸倒胃，翻江倒海，臺灣現代詩跨出革命的一步！

（二）圖象詩激生後現代主義鬥志

羅青是臺灣最早將圖象詩獨立為一種詩的類型來討論的學者，一九七八年發表〈白話詩的形式〉，出版《從徐志摩到余光中》，徹底實踐這種理念。十年後，一九八八年出版《錄影詩學》[73]，發

---

[73] 羅青：《錄影詩學》，臺北：書林書店，1988。

表〈「錄影詩學」之理論基礎〉，在這本《錄影詩學》中收入三首圖象詩〈飛〉、〈地心歷險記〉、〈葫蘆歌〉，卻置於「卷六：後現代實況轉播」。圖象詩是靜態的、局部的錄影詩，錄影詩是連續的、文字敘述的圖象詩，二者分野在此。但作為倡導後現代主義的理論先鋒，羅青從未釐清圖象詩與後現代主義的主從關係，而且還有意混淆，要讓圖象詩的影響，從現代主義延燒到後現代主義時期。

孟樊的《當代臺灣新詩理論》第九章論述「後現代主義詩學」，提到後現代詩緣起，指出「前」後現代詩人（pre-postmodern ports）的名字時，他舉的是林亨泰、白萩、詹冰、碧果，這幾位詩人「都有一個共同的特色：富於形式的實驗與創新（後現代主義則進一步將此推於極端，故有『超前衛』之稱），他們可謂是現代主義時期的『前衛』（avantgardism）詩人。其中詹冰對於圖象詩（pattern poetry）或具形詩（concrete poetry）的刻意經營，對於後來的後現代詩有很大的啟發作用。」[74]其後孟樊所舉的詩例是林亨泰的〈房屋〉、詹冰的〈Affair〉、碧果的〈靜物〉，足見孟樊與羅青有著相同的認知，都以圖象詩的形式突破，為後現代主義帶來激勵作用。

羅門評述蕭蕭「自二元次組詩到三元次組詩到解構多元發展等系列詩，其中並滲有數字遊戲、大小文字圖象以及排列的文字陣營與以英文字母為依據所製作的一連串富意趣的造型意象」，認為這些作品「很明顯已涉及所謂『後現代』帶有解構顛覆性、遊戲色彩、拼湊、以及反常態與複製的詩風。」[75]這些作品都在丁旭輝《臺灣現代詩圖象技巧》書中當作圖象詩在討論。換句話說，圖象

---

[74] 孟樊：〈後現代主義詩學〉，《當代臺灣新詩理論》，臺北：揚智文化公司，1995，頁225。
[75] 羅門：〈扛著「現代」與「後現代」走向二十一世紀的詩人〉，蕭蕭：《凝神》詩集序，臺北：文史哲出版社，2000，頁14。

詩鼓舞後現代主義，對後現代主義技巧有某種程度的繫連與啟發作用，已是詩壇共認的事實。

（三）圖象詩蹲下去潛入新詩裡

　　一九九三年八月，當年五十七歲，知性成熟，感情穩定的男子隱地開始寫詩，第一本詩集《法式裸睡》出版時，〈七種隱藏〉是七行八個字的詩，卻故意排成正方形，隱然有隱藏的作用在其中，這是圖象技巧的第一次引用；後來他又以回文的方式，為每一句詩衍生出另一句詩，排列如下，題目則改為〈池邊〉[76]：

曲線隱藏在衣服裡	｜	衣服隱藏在曲線裡
春天隱藏在圖畫裡	｜	圖畫隱藏在春天裡
影子隱藏在鏡子裡	｜	鏡子隱藏在影子裡
白髮隱藏在黑髮裡	｜	黑髮隱藏在白髮裡
滄桑隱藏在皺紋裡	｜	皺紋隱藏在滄桑裡
痛苦隱藏在歡樂裡	｜	歡樂隱藏在痛苦裡
死亡隱藏在生長裡	｜	生長隱藏在死亡裡

　　細究此詩文義格局與池邊毫無瓜葛，何以改題〈池邊〉？仔細再就形式觀察，可以發現這首詩的下一句是上一句的回文所造成，彷彿是倒影一般，倒影是池邊特有的現象，因而以題目的〈池邊〉暗示圖象詩句的形成，這是第二次應用圖象技巧，這次用的是「池邊」的印象所形成的影像，暗示影像而非明示圖象，技巧玩索，不著痕跡。

　　圖象詩的各種技巧，在隱地後來出版的詩集裡都有發現，如

---

[76] 隱地：〈七種隱藏〉、〈池邊〉，《法式裸睡》，臺北：爾雅出版社，1995，頁1、頁40-41。

〈方塊舞〉[77]，引用不同來源的句子（舞動人生），排列成規則的菱形（方塊）；如〈搖籃曲〉[78]小詩四首，詩句都放在橢圓形的搖籃裡；如〈房間裡的眼睛〉[79]，以燈的眼睛、鞋的眼睛、書的眼睛、茶壺的眼睛、桌子的眼睛……，還加上兩顆手繪的眼睛，炯炯有神，圍繞成房間四壁，中間才是詩行，訴說天地間的浮遊其實並不自由；如〈名片〉是將四行詩放在名片大小的方框裡。五十七歲才開始寫詩的人，很自然地玩出這麼多圖象詩技巧，顯然圖象技巧已是新詩的基本功夫，圖象詩的邊界性格讓他蹲下去，潛入各種內容的新詩裡。這種境況已不像二十世紀六0年代，寫詩的人要正經八百為自己的「一株絲杉」站在地平線上，強調詩的繪畫性的重要。

（四）圖象詩站起來舞向數位詩

白靈的網頁上強調：詩要站起來！他說，躺的詩，指的是用文字印刷出來的詩；站的詩，指的是透過表演者在舞臺上將詩立體展現的那些[80]。圖象詩原是受立體主義影響而出現，繪畫性展現時，已有立體傾向，可見圖象詩已是站起來的詩。白靈、杜十三在八○年代倡導的「詩的聲光演出」，羅青的「錄影詩學」，更逐步讓詩站起來，走動、舞動、行動，發出自己的聲音。網路盛行以後，網路文學、數位詩成形，【妙繆廟】、【岐路花園】、【現代詩島嶼】、【向陽工坊】等網頁推出令人耳目一新，不同於平面媒體，這是可以旋動，可以玄想的詩，這是站起來跳舞的圖象詩。

以類型論而言，數位詩自有其自成類型的可能，但推究根源，

---

[77]　隱地：〈方塊舞〉，《一天裡的戲碼》，臺北：爾雅出版社，1996，頁74-75。

[78]　隱地：〈搖籃曲〉，《生命曠野》，臺北：爾雅出版社，2000，頁4-7。

[79]　隱地：〈房間裡的眼睛〉、〈名片〉，《詩歌舖》，臺北：爾雅出版社，2002，頁68、80-81。

[80]　白靈：〈從躺的詩到站的詩〉，【白靈文學船】網頁：http://home.pchome.com.tw/web/bailingphilology/voice.htm

圖象詩的努力已為數位詩奠下良好的基礎。蘇紹連、白靈，都是圖象詩的行家，所以玩起數位詩，游刃有餘，就是明證。

　　圖象詩從現代主義中站出來，又為後現代主義添足勇氣，啟發技巧；曾經深入各種不同的新詩中，展現圖象技巧，終將要為數位詩翻滾、穿刺，炫人耳目。

參考文獻

中文書目（依作者姓氏筆劃序）

丁旭輝：《臺灣現代詩圖象技巧研究》，高雄：春暉出版社，2000。

王潤華：《內外集》，臺北：國家書店，1978。

白萩：《白萩詩選》，臺北：三民書局，1971。

白萩：《風吹才感到樹的存在》，臺北：光復書局，1989。

白萩：《現代詩散論》，臺北：三民書局，1972。

白萩：《蛾之死》，臺北：藍星詩社，1958。

白靈：《愛與死的間隙》，臺北：九歌出版社，2004。

呂興昌編：《林亨泰研究資料彙編》，彰化，縣立文化中心，1994。

杜十三：，《石頭悲傷而成為玉》，臺北：思想生活屋，2000。

杜十三：《行動筆記》，臺北：漢光出版公司，1988。

杜國清：《望月》，臺北：爾雅出版社，1978。

孟樊：《當代臺灣新詩理論》，臺北：揚智文化公司，1995。

林亨泰：《林亨泰全集》，彰化：彰化縣立文化中心，1998。

非馬：《白馬集》，臺北：時報文化公司，1984。

唐捐：《暗中》，臺北：文史哲出版社，1997。

夏宇：《備忘錄》，臺北，1986，未註記出版者。

商禽：《用腳思想》，臺北：漢光出版公司，1988。

張漢良：《現代詩論衡》，臺北：幼獅文化公司，1977。

陳仲義：《現代詩技藝透析》，臺北：文史哲出版社，2003。

陳克華：《星球紀事》，臺北：時報出版公司，1987。

陳建宇：《問津》，臺北：創見堂，1991。

陳黎：《家庭之旅》，臺北：麥田出版公司，1993。

陳黎：《島嶼邊緣》，臺北：皇冠文學出版公司，1995。

黃慶萱：《修辭學》，臺北：三民書局，1975。

楚戈：《心的風景》，臺北：時報出版公司，1984。

葉維廉：《三十年詩》，臺北：東大圖書公司，1987。

葉維廉：《野花的故事》，臺北：中外文學社，1975。

葉維廉：《醒之邊緣》，臺北：環宇出版社，1971。

詹冰：《實驗室》，臺北：笠詩刊社，1986。

詹冰：《綠血球》，臺中：笠詩社，1965。

管管：《管管詩選》，臺北：洪範書店，1986。

蕭蕭：《凝神》，臺北：文史哲出版社，2000。

蕭蕭：《蕭蕭‧世紀詩選》，臺北：爾雅出版社，2000。

隱地：《一天裡的戲碼》，臺北：爾雅出版社，1996。

隱地：《生命曠野》，臺北：爾雅出版社，2000。

隱地：《法式裸睡》，臺北：爾雅出版社，1995。

隱地：《詩歌舖》，臺北：爾雅出版社，2002。

鴻鴻：《在旅行中回憶上一次旅行》，臺北：唐山出版社，1996。

羅青：《從徐志摩到余光中》，臺北：爾雅出版社，1978。

羅青：《詩的風向球》，臺北：爾雅出版社，1994。

羅青：《詩的照明彈》，臺北：爾雅出版社，1994。

羅青：《錄影詩學》，臺北：書林書店，1988。

蘇紹連：《河悲》，臺中：臺中縣立文化中心，1990。

中文篇目（依作者姓氏筆劃序）

白靈：〈從躺的詩到站的詩〉，【白靈文學船】網頁：http://home.

pchome.com.tw/web/bailingphilology/voice.htm

陳千武：〈視覺性的詩〉，《笠》24期，1968年4月，頁61-62。

詹冰：〈三角形〉，《笠》詩刊第16期，臺北：笠詩刊社，1966年
　　12月，頁5。

詹冰：〈圖象詩與我〉，《笠》詩刊第87期，1978年10月，頁58-62。

羅門：〈我最短的一首詩〉，《臺灣詩學季刊》第15期，1996年6
　　月，頁99-102。

蘇紹連：〈形的印象系列〉兩首，刊登於《臺灣詩學季刊》第31期
　　「圖象詩大展」封面及封底內頁，2000。

截句作為一種詩體的理論與實際

摘　要

　　兩岸的截句觀，其實都仿效近體詩的「絕句」詩體，要求詩味周全、詩句凝鍊，也不妨簡潔、直接、突破傳統拘限；詩句規定在四行以內，可以發展為相對理念的思辨，也可以舒放為靈光一閃的微妙體驗。截句，如何成為一種新興而引人的詩體，如何在一行、兩行間燦然點放，如何在三行、四行外舒布詩境，都是這兩年來的熱門話題，值得兩岸詩壇且行且琢磨。

關鍵詞：現代截句、截句寫作、俳句、負載量

一、現代「截句」的興起

　　當代中國大陸最早促使「截句」這一語詞流行的，或許是蔣一談（1969-）[1]，蔣一談在2015年11月出版題名《截句》的詩集，書名另有小標題：「塵世落在身上」。集後有後記〈截句，一個偶然〉，略謂2014年秋天，因為在舊金山中國功夫館，看見李小龍（李振藩、Bruce Jun Fan Lee，1940-1973）的照片，想起他創辦的「截拳道」的功夫美學：「追求簡潔、直接和非傳統性」[2]，因而將自己所寫的隨感稱之為「截句」而出版，每頁詩有行無題，所以自稱是一冊沒有目錄的文本，詩冊佔136頁，「截句」135首（其中第25頁只放一張狗照片），詩篇從一行、二行、三行至四行都有，但不超出四行。「截句」因而成為詩壇的話題。

　　這樣的作品，在臺灣稱為「小詩」（十行以內、百字以下），許多詩人都曾階段性選擇固定詩行作為表達的形式，最早為十行的作品，如洛夫的《石室之死亡》（臺北：創世紀詩社，1965）、向陽的《十行集》（臺北：九歌，1984），其後有周慶華《七行詩》（臺北：文史哲出版社，2001），陳黎《小宇宙：現代俳句200首》（臺北：二魚，2006），蕭蕭三行詩《後更年期的白色憂傷》（臺北：唐山，2007），林煥彰與泰國曾心所帶領、主編的六行詩《小詩磨坊・馬華卷1》（臺北：秀威資訊科技，2009）及其續編，白靈的《五行詩及其手稿》（臺北：秀威資訊科技，2010），瓦歷斯・諾幹的《當世界留下二行詩》（臺北：布拉格

---

[1] 　蔣一談（1969-），1991年畢業於北京師範大學中文系，寫作小說、詩，讀圖時代公司創始人，截句寫作理念創始人，曾獲得首屆林斤瀾優秀短篇小說作家獎、蒲松齡短篇小說獎、百花文學獎短篇小說獎、《小說選刊》短篇小說獎、《上海文學》短篇小說獎，著有：短篇小說《樓》、《赫本啊赫本》、《伊斯特伍德的雕像》、《魯迅的鬍子》、《透明》、《廬山隱士》，新詩《截句》等。

[2] 　蔣一談：〈截句，一個偶然〉，《截句》，北京市：新星出版社，2015，頁140。

文化，2011），岩上的《岩上八行詩》（臺北：秀威資訊科技，2012）。這樣的小詩書寫，也影響到海外華文文學，如菲律賓王勇（1966-）堅持的上限六行、五十字的「閃小詩」系列。[3]

更有甚者，降低行數到一行的「一行詩」的推廣：2005年《吹鼓吹詩論壇》「一行詩推敲」徵選，2008年第九屆臺北詩歌節有一行詩徵獎，2009年臺師大「噴泉詩社」舉辦一行詩徵獎，2012年初《聯合報‧副刊》有「問句一行詩」徵獎，同年起中山大學舉辦「西子灣一行詩獎」，2015年國立臺灣圖書館也推出「詩人出少年：一行詩創作大賽」。其中臺北詩歌節的品質甚佳，還記得有一位署名「長春老藤」的一行詩：「我抱著自己的影子哈哈大笑：真好，你沒老！」詩壇評論界早在1997年《臺灣詩學》季刊第18期推出「小詩運動」專輯，向明（1928-）曾有專文〈一行也是詩？〉，從羅門（1928-）的〈我最短的一首詩〉，橫排的「天地線是宇宙最後的一根弦」顯現圖像效果談起，討論山東詩人韓瀚的〈太陽〉：「血淋淋的盾牌」，雲南詩人麥芒的〈霧〉：「你能永遠遮住一切嗎？」[4]可見小詩的論述與實務推動，臺灣詩壇早已行之多年。

同樣以「截句」（或「絕句」）為名、以四行為限，同樣在2015年出版、同樣輯入一百首，臺灣有兩冊詩集出現，一是劉正偉（1967-）的《新詩絕句一百首》（臺北：釀，2015年4月），一是曾美玲（1960-）的《相對論一百》（臺北：書林，2015年7月）。劉正偉在序言中僅約略提及：「新詩絕句的唯一規則，就是只寫四

---

[3]　王勇（1966-），祖籍福建晉江安海鎮，1978年定居菲律濱馬尼拉。王勇亦文亦商，已出版詩文集十二部，在東南亞積極宣導「閃小說」、「閃小詩」創作，2017年4月以中文現代詩創作榮獲全菲最權威的文學組織菲律濱作家聯盟「巴拉格塔斯文學獎」。現任菲律濱馬尼拉人文講壇執行長、世界華文微型小說研究會副會長、菲律濱安海經貿文化促進會會長。著有閃小詩系列：《王勇小詩選》、《王勇閃小詩》、《千島望星海》、《刀劍笑》、《帶著詩心走江湖》等。

[4]　向明：〈一行也是詩？〉，《臺灣詩學》季刊第18期，1997年3月。收入於《新詩後五十問》（臺北：爾雅，1998）、《新詩百問》（臺北：爾雅，2008）。

行，而沒有字數、形式與格律上的限制。與古時候五言絕句一樣四行稱為絕句。」[5]曾美玲則在前一本詩集《囚禁的陽光》裡敘說自己寫作相對式的四行詩〔相對論〕的心得：「在〔相對論〕裏，我嘗試一種新的形式與內容的結合。讓凌亂破碎的人生感悟，繁複抽象的思維，藉由相對的意象，短小的形式表現，化繁為簡的過程中，對於生命與自然，也漸漸養成多角度的關照與深層思考。」[6]這兩位詩人同樣固守四行的「絕句」傳統格律，不作任何更動與突破，沒有分段，不可缺行，顯然與傳統的「絕句」句數相埒，不與蔣一談的「截句」合拍，二人倚重也分歧，正偉重形式，美玲重題材的相對性，分工、分道而未形成合作的契機。

　　不過，蔣一談對於「截句」，倒是提出了他的詩觀，頗值得思考：「截句是一種絕然和坦然，是自我與他我的對視和深談，是看見別人等於看見自己的微妙體驗，是不瞻前、不顧後的詞語捨身，是抵達單純目標後的悄然安眠……截句，截天截地截自己。」[7]

　　蔣一談自承他的「截句」概念，來自李小龍的「截拳道」：「追求簡潔、直接和非傳統性」，劉正偉的「絕句」名，應是來自近體詩律絕之「絕」，二者似乎並不相涉。其實，唐以後的近體詩「絕句」，也稱為「截句」、「斷句」，截斷之意甚為明顯，古來早有「絕先於律」或「律先於絕」的爭辯，如果「律先於絕」之說為是，「絕句」的「截斷之意」才有意義；反是，「絕句」之「絕」就應該別有說解，不該與「截句」、「斷句」相連。

　　所以，兩岸的截句觀，其實都仿效近體詩的「絕句」詩體，要求詩味周全、詩句凝鍊，也不妨簡潔、直接、突破傳統拘限；詩句規定在四行以內，可以發展為相對理念的思辨，也可以舒放為靈光一閃的微妙體驗。

---

[5]　劉正偉：《新詩絕句一百首·序》，臺北：釀出版，2015。

[6]　曾美玲：《囚禁的陽光·後記》，臺北：詩意文出版社，2000。

[7]　蔣一談：〈截句，一個偶然〉，《截句》，頁141。

二、近體詩「絕先於律」的正反論述

回溯詩史，絕句真是截「律詩」而來嗎？若是，應該先有律詩才有絕句，但是「絕先於律」的說詞，卻又甚囂塵上，這一往一來的論述，或許也值得我們關注詩歌發展的趨勢。

「絕先於律」，明朝王夫之（1619-1692）《薑齋詩話》說得肯定：「五言絕句自五言古詩來，七言絕句自歌行來，此二體本在律詩之前；律詩從此出，遂令充暢爾。有云：絕句者，截取律詩一半，或絕前四句，或絕後四句，或絕首尾各二句，或絕中兩聯。審爾，斷頭刖足，為刑人而已。不知誰作此說，戕人生理？自五言古詩來者，就一意中圓淨成章，字外含遠神，以使人思；自歌行來者，就一氣中駘宕靈通，句中有餘韻，以感人情。脩短雖殊，而不可雜冗滯累則一也。五言絕句，有平鋪兩聯者，亦陰鏗、何遜古詩之支裔。七言絕句，有對偶如：『故鄉今夜思千里，霜鬢明朝又一年』，亦流動不羈，終不可作『江間波浪兼天湧，塞上風雲接地陰』平實語。」這是主張絕句先於律詩的代表。

這段話可以看出王夫之贊同「絕先於律」，但為什麼是「絕先於律」，未做一語辯證，倒是說「截律為絕」是「斷頭刖足」，是「刑人」、是「戕人生理」的說詞，以人為譬，令人動容。這也是格律限定論者最被人所詬病的地方。當然，王夫之這段話間接證實了在他之前詩壇上早就有「絕來自律」的說法，否則不會有「絕」的四種方法：或絕前四句，或絕後四句，或絕首尾各二句，或絕中兩聯，這麼明確的說詞。

特別注意他說的「五言絕句，有平鋪兩聯者，亦陰鏗、何遜古詩之支裔。」言下之意，那平鋪的兩聯，是不對仗的四句，不就是「絕首尾各二句」而來的嗎？又說「七言絕句，有對偶如：『故鄉今夜思千里，霜鬢明朝又一年』，亦流動不羈。」這是唐朝詩人高

適（706-765）的絕句《除夜作》：「旅館寒燈獨不眠，客心何事轉悽然？故鄉今夜思千里，霜鬢明朝又一年。」這一首絕句後兩句為「對偶」，有可能它的格律是「絕」律詩格律的前四句，所以保留了後二句的對偶，而且是「流動不羈」的對偶，王夫之對此對偶還十分讚賞。所以，可見私底下王夫之是接受「絕來自律」的格律說。

其次，他說「脩短雖殊，而不可雜冗滯累則一也。」說的原意是指五絕與七絕的字數或二十或二十八，脩短有異，但都必須「不可雜冗滯累」，這「不可雜冗滯累」的要求，是詩的用字期望「經濟」的基本條款，同時也是「去繁就簡」的「截」字效果。王夫之雖不贊同絕句是由律詩截取而來的歷史發展，但相信「截」去雜冗滯累的必要性。

如果將最早的詩歌藝術斷定為詩經，將詩經的作品拿來與詩藝術發達已至巔峰的唐詩宋詞相比，會發現：詩句的長短是由四言、五言到七言而逐漸加長，如五絕先於七絕，五律早於七律，已成定論，可作為這種說法的佐證；但詩的篇幅卻由大篇巨製，節縮為微幅短章，如詩經首篇的〈關雎〉分為三章，首章四句、次章八句、三章八句，全詩二十句（每句四字，全詩80字）；相對於近體詩，絕句四句（五絕20字，七絕28字），律詩八句（五律40字，七律56字）。這樣的歷史發展趨勢，其實也可以做為先有律詩、再有絕句的旁證。

王力（1900-1986）的《漢語詩律學》裡，將「絕句」分為古體絕句（古絕）和近體絕句（律絕）兩種，認為「古絕產生於律詩之前，律絕產生於律詩之後」，古絕→律詩→律絕，這樣的歷史秩序，在某種程度上解決了「絕先於律」或「律先於絕」的爭論，也就是說，「絕先於律」的「絕」是「古絕」，「律先於絕」的「絕」是「律絕」。關於「古絕」，近人李建崑〈唐人絕句的藝術〉文中所言：「談到『絕句』這個名稱，其實在唐朝以前就已

經出現。南朝時期，梁朝的徐陵在他所編的《玉臺新詠》中，便有一卷收錄『絕句』，這些詩其實是古詩。六朝人凡是兩句，便叫做『聯』；凡四是句，便稱之為『絕』。所以當時的『絕句』便與唐人的絕句詩，大不相同。」[8]也就是說，徐陵《玉臺新詠》中的「絕句」，就是王力所稱的「古絕」。如此辨析，「絕句」、「古絕」、「律絕」就不至於夾纏不清。只是就新詩的研究者而言，這種爭論與釐清對於新詩體「截句」的產生，並未有絕對性的影響。

　　明朝王夫之雖然不贊同絕句截自律詩的說法，說得振振有詞，但兩百年後清朝的施補華（1835-1890）卻仍然堅持舊論，說：「五言絕句，截五言律詩之半也。有截前四句者，如『移舟泊煙渚，日暮客愁新；野曠天低樹，江清月近人。』是也。有截後四句者，如『功蓋三分國，名成八陣圖；江流石不轉，遺恨失吞吳。』是也。有截中四句者，如『白日依山盡，黃河入海流；欲窮千里目，更上一層樓。』是也。有截前後四句者，如『山中相送罷，日暮掩柴扉；春草年年綠，王孫歸不歸』是也。七絕亦然。」（《峴傭說詩》）[9]，舉例、析理，十分清楚，但就詩的發展而言，也無須強加肯定，至少，不曾發現眾家近體詩詩作中，留存著八句的完整律詩，也同時留存著文字相同或類近的半首律詩（絕句），也就是說未見詩集中，有律詩與律詩半成品同時存在的例子，施補華的說法，成立的可能性不高。但如果僅就「格律」而言，絕句是取律詩之半，此說則為確真。所以，新詩創作者或研究者對於「絕」「截於律」的說詞，可以給予肯定，但不必拘泥在原詩的哪二聯，或許也可以兩句、三句，濃縮為一句，新詩創作者的伸縮幅度也就可以不加限制了。

---

[8] 　李建崑：〈唐人絕句的藝術〉，取自 http://beaver.ncnu.edu.tw/projects/emag/article/200602B/%E5%94%90%E4%BA%BA%E7%B5%95%E5%8F%A5%E7%9A%84%E8%97%9D%E8%A1%93.pdf（2017.6.16.擷取）

[9] 　臺靜農編：《百種詩話類編》，臺北市：藝文印書館，1972。

本節所述，可以作如下的結語：從詩經到唐宋詩，詩句的發展由短而長，詩幅由大而小，所以由古絕而律詩、再截短為絕句的「格律」發展，應為可信，但非以現成的律詩文字截取為四句的「絕句」，「絕句」截的是「律詩」格律之半。

三、文學史上「詩」進程的發展規律

《中國文學史》專書，不一定討論到「截」的問題，但是對於「絕」「律」的先後，如有著墨，大多傾向律詩先起，再興絕句。

早一點的文學史著作，如鄭西諦（鄭振鐸，1898-1958）的《中國文學史》，從第二十三章至三十章講唐朝文學，篇目是：隋及唐初文學、律詩的起來、開元天寶時代、杜甫、韓愈與白居易、古文運動、傳奇文的興起、李商隱與溫庭筠。其中有「律詩的起來」專章，而無絕句的興起論述，其中暗示著絕句的興起含藏在律詩的發展之內：

> 在嗣聖（684）到安、史之亂（755）的七十幾年間，便是「律詩」的成立的時代了。五言的律詩是最先成立的。接著，七言的律詩也成為當時最重要的文體之一了。接著，別一種的新詩體，即所謂「五絕」、「七絕」者，也產生了。接著，聯合了若干韻的的律詩而成為一篇的長詩，即所謂「排律」者的風氣，也開始出現了。[10]

所以，鄭西諦以沈、宋時代稱呼為「律詩」的成立時代，而視開元、天寶年間為「絕句」與「排律」盛行之期。其意彷彿在暗示，「律詩」興起以後，有人縮減其篇幅而為「絕句」，有人伸展

10　鄭西諦：《中國文學史》，臺北市：盤庚出版社，1978，頁294。

其篇幅而為「排律」，可見伸縮篇幅是詩人內心的深切渴望，尋找更好的形式，一直是詩人內在的追求。「絕句」與「排律」的發展，絕多於排，或可當作「詩幅由大而小」的另一佐證。

近人袁行霈（1936-　）的《中國文學史》，討論到初唐詩壇時，以「推導和連類而及」的作用，認為遵守黏對規則為聲律格式的五言律的定型，在唐代近體詩的演變過程中具有關鍵性的意義，是一種可以推而廣之的聲律法則，在這個法則下，「如在五言近體的範圍內，即可由五言律，推導出五言排律和五絕的體式。」「可以在五言律的基礎上，推導出一個近體七言詩的聲律格式，如七律、七絕等。」[11]將「五言律」定為標準模子，增減其篇幅，可以推導出五言排律和五絕；增長其句子為七言，推導為近體七言律，再續推為七排、七絕。袁行霈顯然也贊同「詩句由短而長，詩幅由大而小」的歷史定論。

文學史上「詩」進程的發展逐漸規律化，依此規律行進，古絕→五律→七律→五絕→七絕，好像可以形成一個潛規則，隱形而可信的路線圖，若是，前人所言「盛唐七絕最能顯示當時的時代精神，在藝術上還是一種高不可攀的範本，那麼為什麼不可以理直氣壯地對之加以充分肯定和高度評價呢？」[12]七絕的成熟度，近體詩中最高，或許可以說是歷史的必然結果。依這樣的進程，新詩中的小詩、絕句、截句，也可能是歷史的必然。

近讀謝无量（謝大澄，1884-1964）編《詩學指南》，第一章為〔詩學通論〕，在「詩體論」中引述滄浪[13]（嚴羽）辨詩體之說，分成九綱：

---

[11]　袁行霈：《中國文學史》（上），臺北市：五南圖書出版公司，2003，頁598。
[12]　陳貽焮：《論詩雜著》，北京市：北京大學出版社，1989，頁148。
[13]　嚴羽，字儀卿，又字丹邱，號滄浪逋客，南宋後期詩人、詩論家，生卒年不詳。著有《滄浪詩集》、《滄浪詩話》等書。

一、以時分體：如建安體、黃初體、正始體、太康體等十五體。

二、以人分體：從蘇李體到楊誠齋體，共三十四體。

三、以風格分體：選體、柏梁體、玉臺體、西崑體、香奩體、宮體。

四、以篇章分體：古詩、近體（即律詩）、後章字接前章體、四句相通體、絕句折腰體、擬古體、聯句體、集句體、分題體、古律體、今律體等十二類。

五、以句法分體：絕句體、雜言體、三五七言體、半五六言體、一字至七字體、三句歌體、兩句歌體、一句歌體等八種。

六、以題目分體：口號、歌行、樂府、楚詞、琴操、謠、吟、詞、引、詠、曲、篇、唱、弄、嘆、怨、樂、別、思等十九類。

七、以韻分體：十八種。

八、以對句分體：七種。

九、雜體：如盤中詩體、迴文體、藏頭歇後體等，不可計數。[14]

　　細觀這些分類，似乎與我們討論「截句作為一種詩體」無關，其實不然。第一，古典詩可以有這麼多種分類法，現代詩多一種「截句」體，不也是非常自然的事，應該欣喜有成。第二，我們所習知的律詩是放在「以篇章分體」，絕句是放在「以句法分體」，不在同一個體例裡辨識。第三，「以句法分體」類下，絕句自是四句歌體，其後還有三句歌體、兩句歌體、一句歌體，可見古人早有一句成詩、兩句成詩的想法了。第四，雜體中還有「盤中詩體」是圖畫詩的先驅，

---

[14] 謝无量編：《詩學指南》，臺北市：臺灣中華書局，1967，頁12-25。

「藏頭歇後體」，早已走在隱題詩之前千年了。第五，創立新體裁，嘗試新格律，原來就是詩人的責任，不必驚奇，也不必排斥，首倡的人更無需有「捨此無他」的正道、正軌的念頭。

謝无量編《詩學指南》，只有三章，第一章如前所言，稱為〔詩學通論〕，第二章是〔古詩〕，第三章是〔律詩〕。所謂絕句云云，是含藏在律詩實用格式中討論的。[15]唐人詩集目次中，往往如是，絕句就含在律詩裡，律詩是詩，所以絕句也是詩。

綜合本節所論，五言律詩聲律的成熟，奠立了近體詩的輝煌，七絕的高峰更可能是近體詩登峰造頂的絕美風景。但詩之體式分類極繁，詩人倒也無需獨守一方，獨沽一味，有人願意淺嘗則止，有人願意深研成學，端看各人才性之所偏、天性之所擅。基此，回頭看待「現代截句」是否能成為一種詩之體式，可以樂觀其成，但也不必要求專擅其功。

四、臺灣「截句」創作風潮與實踐

臺灣「截句」創作的風潮，由「臺灣詩學季刊社」所屬「吹鼓吹詩論壇」的臉書創作版網頁〈facebook詩論壇〉首倡，從2017年1月開始徵稿至6月30日止，預計從中選取佳作，編輯《臺灣詩學截句選》出版，其中還與《聯合報・副刊》合作舉辦截句競寫「詩是什麼」、「讀報截句」、「小說截句」等三階段的高峰盛況。

根據主事者白靈（莊祖煌，1951- ）所寫的置頂文字，所謂「截句」，一至四行均可，可以是新作，也可以是從舊作截取，深入淺出最好，深入深出亦無妨。截句的提倡是為讓詩更多元化，小詩更簡潔、更新鮮，期盼透過這樣的提倡讓庶民更有機會讀寫新詩。顯然，推廣截句，白靈的用意在喚醒愛詩的心靈，所以發揮

---

[15] 謝无量編：《詩學指南》，頁95-108。顧亭鑑纂輯、葉葆王詮注：《學詩指南》（臺北市：廣文書局，1979）也說「唐人絕句皆稱律詩」（頁63）。

「截句」之「截」，可以回頭檢討自己的舊作，精簡詩句，抽繹詩想，也因為詩篇限定在四行之內，所以能有效誘發新手試作，容易在快速簡潔的語言駕馭中擷取詩意，獲得創作的喜悅與信心。

就白靈所定義的「截句」來看，比較接近蔣一談的「截句」句數，不似劉正偉的「絕句」那麼堅持四行，但就詩意的捕捉、題旨的凝鍊，白靈的「截句」近乎劉正偉的「絕句」，有題目有內涵，反而不像蔣一談的「截句」有句缺題，蔣一談的「截句」也因此被懷疑是金句嘉言，不能算是詩。日本的「俳句」，有題目、有形式（5+7+5）、有季語、有意境，經典俳句還需一、三句句末押韻，更進而要求第三句（即末句）要有驚喜的效果：如期望落空、祕密揭曉、情境翻轉、意想反差，世界詩史上從來不曾有人質疑她的詩質、詩性。若是，白靈的「截句」規則，走在比蔣一談更合詩境的路上。

顧亭鑑纂輯、葉葆王詮注的《學詩指南》，談到「絕句體式」時，說「其法要婉曲迴還，刪蕪就簡，絕句而意不絕，大抵以第三句為主，而第四句發之。有實接，有虛接，承接之間，開與合相關，反與正相依，順與逆一應。……然起承二句為難，法不過要平直敘起為佳，從容承之為如（好）。至如宛轉變化功夫，全在第三句，若於此轉變得好，則第四句如順流之舟矣。」[16]一般講究文章結構時喜歡用「起、承、轉、合」，四句的絕句幾乎一句對一字，完美符應「起承轉合」，所以《學詩指南》所講的第三句，呼應的就是「轉」字，那是使詩不至於平鋪直敘的關鍵處，今日截句不一定維繫四句，但關鍵處大約也就在那四分之三附近。向明在為王勇閃小詩集《日常詩是道》寫序時曾引用宋朝詩人楊萬里（1127-1206）的話：「五七言絕句，字少而難工。」[17]所以推論沒有嚴格

16　顧亭鑑纂輯、葉葆王詮注：《學詩指南》，臺北市：廣文書局，1979，頁63-64。
17　向明：〈王勇詩中的故鄉情結〉，王勇：《日常詩是道》，香港：風雅圖書出版有限公司，2017，頁10。

規範的自由小詩，寫起來當然會更加艱難。

　　但就白靈推廣「截句」的用意，是在導引新手試作，快速達陣，及時獲得創作的喜悅與信心這點來說，「截句」寫作不應是難事。在這難易之間，我們思考的是：如何走好「實踐」這條路，如何讓截句寫作在新詩史上也有豐碩的成績。

　　基本上，我不是白靈所想要引導的新手，我參與截句寫作這個活動，單純希望從這個形式半限定的規則中，實驗什麼，期望獲得甚麼。每創作好一首、或一個小系列，我其實是在半檢討、半觸探中前進，期望截句雖小，形式可以開展，內容可以增添，意境可以拓啟。因此，我願意將這次自己實踐的歷程記錄下來，或許對於小詩寫作同好會有些許幫助。

　　臺灣截句，以四句為主，不以四句為限，可以新製，可以裁舊，即使篇幅短小，也應落題聚焦。因此，我從以下幾個面向反思自己的實踐。

（一）截句一句試寫

　　今日截句不以四行為限，那節省到一句會如何？在這將近兩百天試寫截句的日子裡，我只寫了一首：

　　〈藍顏色的煙〉

　　靈魂出竅，河裡的石頭冒著藍顏色的煙

　　關於一行詩，兩位年輕的學者曾有這樣的見解：

　　陳政彥（1976-）：舉凡詩語言的特徵，如修辭創新、構思意象、音律協調等的要求，一行詩都須遵守。一個好的題目也是必須的，詩體只剩一句，題目既可與詩句呼應，也可彰

顯其為獨立作品的身分。一句話未完就要埋伏亮點，這最重
要條件就是要「動人」，不管是特殊角度令人莞爾一笑，或
是驚悚情境令人頭皮發麻，總要有某種強烈的情緒喚起人的
悸動，一行詩就是最高濃度的情緒針劑。

陳巍仁（1974- ）：既是形式殊雋的一行詩，如意象、隱喻
等種種對詩的要求或期待不妨先擱下不談，免得既落陳套又
橫生枝節。應該可以這麼說，理想的一行詩必須要點破一個
「祕密」。某個於宇宙人世間存在已久，無人發揚的祕密，
經由一段神準精鍊的文字被釋放，成為一股流動的能量。既
像附耳流傳的親密私語，更像音韻深廣，直指人心的咒語。
這便能使讀者在「喔！」「哇！」「真的！」「對耶！」的
驚嘆中，對世界不小心又多了一點點理解或體悟。[18]

　　兩位學者期許甚高，因為他們肯定一行詩是詩，絕對要以詩
的高度來期許她。誠如陳政彥所言，因為文本只有一行，詩的題
目就該特別關注，或題目與文本呼應，或題文互補。此詩之題是
「藍顏色的煙」，其實就是「藍色的煙」，為什麼不用四個字的題
目而多加一個「顏」字？我的斟酌，是為了節奏的效果，「藍顏
色的煙」，聲韻的安排是「1—2+1+1」，「藍色的煙」則為「1—
1+1+1」，前者舒緩有變化，後者稍促，且多單音，此外，「顏」
與「煙」還可以造成同音不同調的協和感，增加這種音韻、節奏的
起伏，可以增加閱讀的喜悅。這一行詩，前後有兩句，可以看成是
兩個平行句、並置句：「我靈魂出竅」——「河裡的石頭冒著藍顏
色的煙」，「——」是譬喻修辭的「好像」或者保留「，」的略喻
效果；或者，不為什麼，就是並置，萬物同生而不悖：我出我的

---

[18]　小熊老師林德俊：〈充滿力量的神句——閒話一行詩〉，臺北市：《聯合報·副
　　刊》〔聯副文學遊藝場三周年·電紙筆談〕紀錄，2012年1月1日。

竅，你冒你的煙。這前後兩句，也可以看成是因果句：因為「河裡的石頭靈魂出竅」，所以「河裡的石頭冒著藍顏色的煙」，或者因為「河裡的石頭冒著藍顏色的煙」，所以他們的「靈魂出竅」了！何者為優？留給讀者去衝撞，作者豈能限定讀者的想像天馬？

為什麼靈魂出竅，會冒藍顏色的煙？理性上無法回答的問題，歸之於神祕美學吧！（陳巍仁用了這樣的詞語：「祕密」、「神準精鍊的文字被釋放」、「流動的能量」、「親密私語」、「咒語」），至少一般人認為：「靈魂出竅」是從頭上飄出，這頭，人的頭與石（的）頭，有著相類近的地方，可以相繫連。靈魂既然是飄出，是絲是縷，不就是煙或雲的飄渺感嗎？相對於「頭」的硬，「靈魂」就該是冒著的煙。

藍色呢？

或者可以用反問法：「要不，該是甚麼顏色呢？」這就是讀詩的樂趣。讀一行詩，也該有讀一行詩的樂趣、思考一行詩的樂趣。

（二）兩行詩的推廣

一行詩，不容易寫。兩行詩也不容易。瓦歷斯・諾幹（Walis Nokan，1961- ）從2010年開始大事創作、大力推廣，寫出了原住民瓦歷斯的另一個靈魂：

〈拆信刀〉

山稜劃開暗夜
祕密洩漏下來

〈書〉

我很驚訝無人揭露人類最終的命運

將凝縮成一本書裡微不足道的蠹魚

〈光碟片〉

當地球成為一張薄薄的光碟，上帝
抽換銀河系的命運就更加輕而易舉

〈抽屜〉

每個抽屜都是平行而獨立的宇宙
父親，我在哪個編碼的抽屜裡？[19]

　　蘇紹連（1949- ）曾形容瓦歷斯・諾幹的「二行詩」是「兩片葉子」，「兩行的文字間的脈理，詩意的轉折、分句，分行與斷連，就像樹葉的生長，有對生、互生，交錯向背的相互關連與拉扯」。說瓦歷斯分行的技巧，「就是在製造詩意的轉折和空白，詩意的轉折可以變化意義的斷連，詩意的空白可以留出想像的空間。」[20]為瓦歷斯・諾幹的「二行詩」尋找分行的美學，特別是在跨行的設計上有著詩意或斷或連的可能，句斷處可以是懸崖式的斷然醒悟，可以是轉彎式、迴旋式的柳暗花明，各藏奧妙。瓦歷斯・諾幹二行詩寫作數量極大，且用來作為新詩教學的初階功夫，頗受歡迎，值得新詩教育者思考如何取徑。
　　我也嘗試寫作幾首二行的詩，感覺到意象單純的可貴與分歧的可喜。

---

[19] 瓦歷斯・諾幹：《當世界留下二行詩》，臺北市：布拉格文化，2011。
[20] 蘇紹連：〈神祕的距離與方向──瓦歷斯・諾幹二行詩的形式美學〉，瓦歷斯・諾幹：《當世界留下二行詩》，臺北市：布拉格文化，2011。

〈風的年齡〉

風以自己的速度決定年齡
百合只管向著月　笑不停

〈相忘〉

雨落在江裡、湖裡
誰也記不得誰胖誰細

　　第一首〈風的年齡〉是以兩個相對的意象顯現分歧的可喜，風是動的，百合則以靜取勝，風速快則年輕有為，慢則是衰老的徵兆，這是陽剛的美；百合與月，則是陰柔的代表，「笑」的「動」感，多少呼應著「風」的速度。題目的訂定，讓這兩行的詩有著主從的分野。第二首〈相忘〉，分歧處在「誰胖誰細」，不論什麼樣的「雨」，落在水裡難以分辨去處，此詩一方面應用社會上的減肥風氣，不分誰胖誰細，也應用「相忘於江湖」的詞語，讓雨落在江裡、湖裡。這是創作時的靈光一閃，創作者應有的機智。
　　對比的隱喻與設計，在兩行詩中讓我們有了初體驗。四行詩終將會有更大的體會。

（三）三行詩的實驗

　　至於三行詩，可以有四種排列法：團結的三行、分列的三行、2+1式、1+2式，在形式上不容易形成對峙的型態。蕭蕭在《後更年期的白色憂傷》[21]裡，全書寫作三行詩，只實驗2+1、1+2二式，〈自序・好在總有一片月光鋪展背景〉表達了這種求取「不平衡的

---

[21]　蕭蕭：《後更年期的白色憂傷》，臺北市：唐山出版社，2007。

平衡感」的實驗。在「截句」寫作裡，我依然保留2+1、1+2二式，但也有團結的三行方式。團結的三行是林建隆（1956- ）、陳黎（陳膺文，1954- ）所習用的，但我們三人都放棄「一行一段」的分列（裂）三行，因為節奏斷離，意象隔絕，氣息難以呵成吧！

〈合該我與碎末都會笑〉

我乘著蕉葉的風而來
冒著七月溽暑

浪，為什麼要在我眼前笑成碎末？

〈水鏡〉

這湖如何與天光接軌？

傾訴心事的人換用了手機
那鏡面　有著光的魔力

先比較分裂出一行的意義與節奏效果。
就意義的發展來看，1+2式頗有演繹法的態勢，先點出原理原則，再描述相關的現象。如〈水鏡〉這首詩，水光與天光相互輝映是一種美景，但此處用「接軌」二字，是在光影閃爍之外，企圖學得一種水與天的內在的繫連，依據這一出發點（這一問題），可以擴展出許多可能。而後，空一行，是為了留給讀者思考的空間，當然也可以讓作者、讀者有一個緩衝的地帶，這是分段的好處。第二段，情境轉換為人工手機，將銀光閃閃的鏡面等同湖面、水光，緊接的「光的魔力」，彷彿對上一段的「天光」有著嘲諷、戲謔的意

味，顯示了一種沉迷於人工之「光」的無奈感覺。短短三行詩，因為分行的設計，可以有逆轉、逆襲的效果。

相對於1+2式的設計，2+1式當然就有歸納的優點呈現。以〈合該我與碎末都會笑〉來看，此一詩題彷彿就是一個結論，呼應著詩文最後的問句，前二行各自鋪陳「蕉葉的風」、「七月的溽暑」，都指向炎炎酷暑，後一行則由陸「跳轉」至海，有了浪，就有了歡笑。2+1式很像2行合而為1行，在寫作的思路上彷彿走上單行道，一路向前就會抵達目標，二式相較，此一款式容易多了。因此，團結的三行，其思路約略與此相當：

〈革面洗心〉

一絲　一絲
一絲不掛在天空的雨
洗了天洗了臉　也洗了自己

第二至第三行之間，要不要空一行呢？我想詩人在寫好三行詩以後，可以在這一點上多做思考。意義、節奏上，如何似斷而連，如何連而不斷，如何斷而後昇，如何連而後折，其實可以在空一行的抉擇上發展出不同的路向。

斷行、斷章，如是。斷句也是。這首詩的第二行「一絲不掛在天空的雨」，原先在〔臉書〕發表時有兩種斷讀嘗試：「一絲不掛在天空的雨」、「一絲不掛　在天空的雨」，也就是第二行的「一絲」，可以上繫第一行的「一絲　一絲」，成為三個疊詞而分置兩行，節奏「不變中有變」，主詞就變成「不掛在天空的雨」，那是正在落下的雨，多了一份閱讀的轉折樂趣；或者讓第一行的「一絲　一絲」帶領出「一絲不掛」，這時「在天空的雨」節奏上要緊連第三行的動詞「洗」（以「類字」的方式出現三次），

「洗」字在「洗了天」「洗了臉」之後，空一格，且拉長句式為五個字，音韻、節奏上起了一點變化，這是詩作上的「微」「小」處，小詩寫作就是要「謹小慎微」，要讓「Angel」在「detail」「smile」。

主詞是「不掛在天空的雨」、「在天空的雨」，所以要馬上連接「洗了天洗了臉」，三行詩勢必要連接、團結，不做2+1式的思考。

（四）四行詩的許多或然

截句，十分短小，很多人都發展為四行（停留在一、二、三行的不多），而且模仿近體絕句，不加分行，如果有分行的設計，那就是2+2式，這樣的形態也出現在洛夫、向陽的十行詩，恆常出現5+5。

四行詩的裝置，團結的四行、分列的四行之外，還有2+2式、1+3式、3+1式、1+2+1式，共有六種款式。新詩沒有任何格律限制，為何不在分行上多做嘗試？以此反觀林煥彰所帶動的東南亞六行（以內）小詩，他的形式設計那就十分可觀了，單以六行為例，可以細碎到二十八種：0+6+0、1+1+1+1+1+1、1+1+1+1+2、1+1+1+2+1、1+1+2+1+1、1+2+1+1+1、1+1+1+3、1+1+3+1、1+3+1+1、1+1+4、1+4+1、1+5、1+2+3、1+3+2、2+1+1+1+1、2+1+1+2、2+1+2+1、2+2+1+1、2+1+3、2+3+1、2+2+2、2+4、3+1+2、3+2+1、3+3、4+1+1、4+2、5+1。依此，五行有十六種配置，如上述四行六種，三行四種，兩行兩種（團結與分列兩種基本款），一行一種，共計五十七種。每一種都要嘗試，五十七種就有五十七首詩，似乎也無需如此繁瑣設計、反鎖自己。

因此，四行詩中，1+2+1的菱角式設計，在周全式（0+4+0）、細碎式（1+1+1+1）對稱式（2+2）、翹翹板式（1+3、3+1）的通例之外，呈現四行詩的特殊景深，特別值得思考如何掌握、應用這種

形式。

〈其時，彰明大化中〉

太陽逐次在八卦山龍眼樹上琢磨

一個一個的我　穿著風
穿過風

海潮靜靜　靜靜等待情人的喘息聲

這次，我以截句寫地誌詩，寫彰化的在地感，菱角式的形式設計剛好可以派上用場，彰化東邊是迤邐的八卦山脈，西側是廣袤的臺灣海峽，山海之間則是富饒的彰化平原，四行三段的形式那麼適切地貼合大地「山、屯、海」的分布，當然更可以去切合情意的轉折，關於起承轉合的人生旅程、詩意追求——

起：太陽的圓（光、熱）琢磨龍眼的圓
承：一個一個的我（呼應逐次）穿過風
轉：海潮（應該是喧囂的）卻靜靜
合：情人的喘息聲（愛，靜中有動、有光、有熱）

「彰化」，原意是「彰聖天子、丕昌海隅之化」，是政治取向「彰顯聖化」、「彰顯皇化」的封建思想，我則轉換為「彰明大化」的天人合一觀，以太陽、龍眼的光明形象去顯現彰化的陽剛之氣，以海潮「有信」、情人「有愛」去呼應彰化的人情味，以「穿著風」、「穿過風」類近而歧異的排比型句子，傳達莊子式的灑脫人性。

四行截句，可以寫地大物博的彰化人文，同樣四行三段、菱角式的1+2+1句型，也可以審視人心微渺、曲折的細膩處。

　　〈鏡裡的他〉

　　攬鏡的他。看見一隻隻擴大的自己

　　——他審視自己一根根的毫毛
　　——惋惜自己的正義猶未轉型

　　他。看見一顆顆無法觸碰的星

　　這社會，多少人每日盯著手機、螢幕，以網路傳聞、軼聞去捕風捉影，自憐、自大且自以為是，以自己的正義隨意暴虐他人。首尾兩個單行詩，「一隻隻擴大的自己」對上「一顆顆無法觸碰的星」，那是多遠的距離！那人不自知。一個簡單的「。」兩度隔絕他與真實的自己、他與真理真知。
　　四行截句，直探人心。

（五）詩題目的角色扮演

　　截句、俳句，同樣以「句」為文體，或許從俳句的研讀，也可以開展截句的版圖。
　　近讀鄭清茂（1933- ）譯註的松尾芭蕉（1644-1694）俳句《芭蕉百句》，他認為松尾芭蕉的出現，俳諧才在日本文學史上攀上了巔峰，能與其他傳統文類如和歌平起平坐，成為雅俗共賞的「第一藝術」。鄭清茂的俳句漢譯，與眾家不同，日文俳句採上五・中七・下五的三行十七音節方式書寫，鄭譯則改為四・六・四的三行

十四漢字，可以免除「言溢於意」的缺憾。[22]，一字多音節，翻譯格式可以稍做更動，但觀芭蕉俳句題目，有多至三、四十字者，如〈困居鬧市，九度春秋，今移居深川河畔，因憶古人「長安古來名利地，空手無錢行路難」之句，慚惶無似，蓋此生貧寒故也〉，如〈二十日殘月依稀可見，山麓甚暗，馬上垂鞭，數里未聞雞鳴。忽驚杜牧早行殘夢，已至小夜中山矣〉，題目字數已是詩文的二、三倍，雖非常規，卻也習見。所以，我想詩的題目顯然不是大衣上的那排鈕扣，可有可無，詩體與詩文應有互涉、關連的可能。

譬如每一行都以「正」字為首的這首詩：「正黃風鈴木／正落下最後一首小詩／正好，我們路過／正好，我們都是這球狀體的過客」，我以「正愁予」的題目來呼應，可以讓讀者想起鄭愁予（鄭文韜，1933- ）「我達達的馬蹄是美麗的錯誤／我不是歸人，是個過客」（〈錯誤〉詩句），也憶起「地球你不需留我／這土地我一方來，將八方離去」（〈偈〉詩句），擴大了此詩的意涵，擴大了讀者想像的憑藉與空間。而且，將「鄭愁予」及時修正為「正愁予」，呼應了「正」字的詩行，也傳達了作者對「正黃風鈴木」飄零而下的悵然感觸，小黃花是過客，我們也是地球的過客，這飄零愁著你，也愁著我。這首詩的題目〈正愁予〉確實擔負起她應有的責任。

同樣為飄零的落花寫詩，這一次我仿松尾芭蕉，將題目拉長為四十八字（文本三十一字），交代往事，希望有助於欣賞這首詩，成效如何未知，但實踐的過程也不妨是實驗的過程。詩人必須維持創造的活力，那創造的活力其實來自一次又一次的實驗。

〈十歲學習〔飄零的落花〕這首歌，一句一淚，六十年來每一次唱起總是涕泗縱橫，前日再哼，仍然不能自已。〉

---

[22] 鄭清茂（1933-）譯註、松尾芭蕉著：《芭蕉百句》，臺北市：聯經出版事業公司，2017，頁3-17。

花離開花托

總有一聲骨肉剝離的巨響

總會起風

碎裂……碎裂的琉璃……

題目長達48字，不僅達成題旨的聚焦作用，指引賞讀的方向，其實也帶出往事的回憶，鋪展小說企圖的雛型，繪成物與人的命運共同體的網絡。

（六）截句不單純的負載：假裝是俳句

「截句」不該只是一種詩的體式。在推廣「截句」的過程中，我在意的不是「截句」能不能成為一種詩體，能不能成為一種許多人參與的流行詩體，我在意的是，「截句」四句，能有多大的負載量，「截句」雖小，詩人能將她推到多大的極限。

所以在截句的實際創作裡，我做過幾樣嘗試。最早是：「假裝是俳句」。

2017年4月2日00：33，我在臉書上貼出一首截句：

〈假裝是俳句〉

五音節跳躍

七言句緊緊跟隨

昨夜的簷滴

白靈回饋說：「胸中空出廣場，雨滴滴不睡之人！前二句擬音詞，心中默數，末句點化，聚焦景象，使之成形，若音若影，忽聲忽形也。」並且在九個小時以後貼出一首詩：

〈假裝是咖啡〉──和蕭蕭〈假裝是俳句〉　　　白靈

胸中終於空出了一座廣場
才聽到蕭蕭經常數的簷滴聲
數久了　　五滴雨也數成了七滴

雨滴勝咖啡　　滴滴滴進夜的眉心　　（4月2日9：12）

二十幾分鐘後，楊子澗（楊孟煌，1953- ）也成就一首詩：

〈假裝是截句〉
　　──以應蕭蕭《假裝是俳句》和白靈《假裝是咖啡》

　　　　　　　　　　　　　　　　　　　　　　　　　楊子澗

我截我截我截截
截不出一截截蕭蕭和白靈
我呸我呸我呸呸
呸不出呸呸小天后蔡依林　　（4月2日9：39）

既然是截句，我試著將楊子澗的和詩，做了修剪：

〔笑截楊子澗的〈假裝是截句──以應蕭蕭《假裝是俳句》
和白靈《假裝是咖啡》〉〕

我截我截　　（後面真的截了幾個字）
截不出蕭蕭和白靈　　（把「一截截」截掉，我們恢復為完整
的蕭蕭和白靈）
我呸呸呸　　（為了跟第一句不同，此句截前半節）

呸不出呸呸小天后蔡依林　（此句不藏，尤其是小天后，說
不定可以對應出我們是老天王）　（4月2日9：40）

　　三個老朋友的筆墨遊戲，引來青年朋友白世紀、劉正偉、雲朵
的回應：

〈假裝是圍觀〉　　白世紀

詹滴終於譜出了一首蕭蕭漢俳
搭配整座白色心靈廣場的夜眉咖啡
那詩人還輕輕呸著小天后，慢慢截去老天王
假裝是假裝的。沒人發現路過一世紀……　（4月2日15：07）

〈假裝是蕭蕭〉　　劉正偉

假裝是風，蕭蕭
吹過易水，拂過濁水溪
卻吹不透眼前這詹滴　（4月3日17：45）

〈假裝是你〉　　雲朵

跟蹤你的影子假裝是你
影子疊合時我隱藏自己
偷藏一顆心粉塵大小
假裝是你裝扮成葉下朝露的我　（4月3日18：11）

　　這幾首唱和〈假裝是俳句〉的詩，各有奇想。雲朵的〈假裝是
你〉，初看題目，以為也在唱和的行列，其實卻是另一種假裝，成

功的假裝。粉塵、朝露，在時空中，謙卑自己的渺小……用以呼應
整個題目的假裝的謙卑。

　　兩天後，寧靜海與蘇紹連也出首了：

　　〈假裝是風景〉　　　寧靜海

　　此地滿是詩餘，每個字等著抽出新芽
　　左手才舉起霧白靈秀，右手就搖下葉落蕭蕭
　　若你不倦地深入，涉過山中蜿蜒澗水
　　繼續朝聖這片境域，管他幾個世紀風雨　　（4月5日00：47）

　　〈假裝是詩人〉──致好看的詩人　　蘇紹連

　　把裙子截短，腿就增長了，好看
　　把鬢角和耳上的髮截短，頭顱就變長了，好看

　　把句子截短，意象就好看了　　（4月5日17：40）

　　〈假裝不是詩人〉──致變強的詩人　　蘇紹連

　　當眾多的詩人努力地要把詩變強
　　他卻把自己的詩變弱了　　（4月7日23：54）

　　〈假裝是詩人〉──致看起來一樣高的詩人們　　蘇紹連

　　平臺
　　沒有一個是平的

原來上臺的腳有長有短　（4月10日14：11）

　　十天的時間，在臉書上引起眾多迴響與注目，至少證明了「截句」字句極簡，仿學極快，達致目標也就不太難。

　　此外，在大膽的嘗試上，我也試寫過〈無意象詩派的截句練習〉，有沒有可能禁絕意象依然成詩；也與藝術家林昭慶的雕塑〈山城之約〉跨界合作，在冷銅、熱陶、平滑、單簡的線條間，給出生命的溫熱。這些努力無非是期望截句能有更多的負載能量，鼓舞截句詩人勇於摸索、踩踏更多的嶔崎山路。

（七）截句不單純的負載：截、節、捷的效能

　　臺灣截句之所以稱為「截句」，不用「絕句」，應該強調的就是擷取、截取這一手段、這一過程，但在《蕭蕭截句》裡，我只創作新的歌詩，不做擷取舊作的實驗，原因有三，歷年來我的作品小詩佔最大宗，截的必要性似乎不存在，此其一；近體詩中未讀過完整的一首絕句是律詩的一半，二者完整並存於同一詩集（詩選），只見過格律上，絕句與半首律詩相同，可見古人也不時興自截律詩一半作為新作，此其二；評述他人作品時，我們可能擷取其中一小節作為論證、讚嘆之資，所以，截句或許交給讀者或友人更為允當，此其三。

　　就古典詩而言，截句而成為名詩的，要屬盧仝（795-835）的〈走筆謝孟諫議寄新茶〉，全詩如下：

　　　　日高丈五睡正濃，軍將打門驚周公。
　　　　口云諫議送書信，白絹斜封三道印。
　　　　開緘宛見諫議面，手閱月團三百片。
　　　　聞道新年入山裏，蟄蟲驚動春風起。
　　　　天子須嘗陽羨茶，百草不敢先開花。

仁風暗結珠琲瓃，先春抽出黃金芽。

摘鮮焙芳旋封裹，至精至好且不奢。

至尊之餘合王公，何事便到山人家。

柴門反關無俗客，紗帽籠頭自煎吃。

碧雲引風吹不斷，白花浮光凝碗面。

一碗喉吻潤，兩碗破孤悶。

三碗搜枯腸，唯有文字五千卷。

四碗發輕汗，平生不平事，盡向毛孔散。

五碗肌骨清，六碗通仙靈。

七碗吃不得也，唯覺兩腋習習清風生。

蓬萊山，在何處？玉川子，乘此清風欲歸去。

山上群仙司下土，地位清高隔風雨。

安得知百萬億蒼生命，墮在巔崖受辛苦！

便為諫議問蒼生，到頭還得蘇息否？

　　這首詩是唐朝詩人盧仝答謝友人孟簡（？-823）送茶的作品，詩分三節，第一部分是敘述性的客套話，感謝孟諫議送茶的美意，說茶的生長是上天所賜，珍貴無比，應該是帝王之尊、世宦之家才能享受，何等尊寵，今日來到我這山野人家，我就關起山門品嘗吧！第二部分是抒情性的讚嘆語，從第一碗茶的初體驗，慢慢進入生命的體會、生理的變化，終至於肌骨清輕，彷彿登上仙境。第三部分筆鋒一轉，屬於評議性的請命，為茶農墮在巔崖受苦辛而請命，為天下蒼生是否得到蘇息而請命，是一首精彩的憫農詩，後世將此詩截為〈七碗茶歌〉：「一碗喉吻潤，兩碗破孤悶。三碗搜枯腸，唯有文字五千卷。四碗發輕汗，平生不平事，盡向毛孔散。五碗肌骨清，六碗通仙靈。七碗吃不得也，唯覺兩腋習習清風生。」風行於茶道界、茶肆間，其名氣超過〈走筆謝孟諫議寄新茶〉甚多。

盧仝另有一首〈月蝕詩〉，根據胡適（1891-1962）《白話文學史》的說法，原詩約有一千八百字，句法長短不等，用了許多有趣的怪譬喻，說了許多怪話，語言和體裁都是極大膽的創例，充滿著嘗試的精神。[23]韓愈集中有〈月蝕詩效玉川子作〉則將此詩刪為102句，576字，為詩壇留下刪詩、截句的佳話。詩題〈月蝕詩效玉川子作〉用一「效」字，或有致敬之意，行的卻是刪、截的真實效果，反過來說，刪、截友人或前人作品，或許也可以當作是向佳作致意的一種好方式，友誼交流、藝術交鋒的新趨勢。

　　因此，在《蕭蕭截句》裡，我邀請十五位書法家，從過去的詩集中，或全選，或截句，不受任何拘限，憑自己的感覺揮灑，成就十五幅有創意的書法作品，置放在輯二〔句截情更捷〕中，不僅讓新詩與書法結合，更讓截句的觀念獲得充分的推展。

　　截句，作為一種詩體，值得我們讓她在萬山中跋越，在萬水中涉渡！

---

[23]　胡適：《白話文學史》，臺北市：五南圖書出版有限公司，2013。

國中新詩教學設計：欣賞與創作
——以〈車過枋寮〉、〈一枚銅幣〉、〈竹〉為例

摘　要

　　廣義的現代詩（或者也可以稱為新詩），就是指著現代人以現代語言、現代生活資材所寫的詩，格律不拘，形式自由，隨著時代推移，隨著新興的文學思潮而充實的詩作。最基礎的國中新詩教學設計，要以欣賞為主，創作為輔，可以從白話振興、格律脫除的歷史脈絡中教起，導引到意象的認知、誇飾的應用、對比與張力的呈現、節奏的安排，並從現實生活情境中學得如何由觀察而生靈感，由靈感而覓得新穎的意象，創作出好的詩篇，實務實習，活潑教學，才是新詩教學的正軌。因為國文教學設計，如果斤斤計較於作者生平的記憶，生字生詞的說解，其中所獲得的近利是成績分數的維繫；但是假使能從詩文的特質加以省察，能從想像的培育加以激發，她所獲得的遠利是生命境界的提昇。

關鍵詞：新詩教學、欣賞與創作、意象創造、對比應用、小說企圖

一、前言：新詩發展與新詩教學

　　中學國文教科書收進新詩已有十多年的歷史，以新詩為考題更是最近幾年的趨勢，高中聯考、大學聯考、推甄考試，無不競相以現代詩的欣賞為考試內容。推其原因，不外乎：一、新詩的題材貼近現代人的生活、思想，考題可以生活化、活潑化；二、文學發展的必然結果，不能不重視當代的文學趨勢；三、新詩的想像空間可以任師生馳騁，增強想像力的訓練；四、新詩的語言精練，適合推敲、斟酌，可以培養表達能力、修辭技巧；五、中學生的年歲，正是文學想像力、創作力最為旺盛的年紀，宜加導引。

　　因此，國文教學設計「新詩」部分，需要我們投注一些心力。

　　「新詩」教學，可以從新詩的發展源頭說起，可以讓學生對新詩有一個清楚而完整的認識。譬如說，引述王國維（1877-1927）的話：「四言敝而有楚辭，楚辭敝而有五言，五言敝而有七言，古詩敝而有律絕，律絕敝而有詞，蓋文體通行既久，染指既多，自成習套，豪傑之士亦難於其中自出新意，故遁而作他體以自解脫，一切文體所以始盛終衰者皆由於此。故謂文學後不如前，余未敢信，但就一體論，則此說固無以易也。」（王國維《人間詞話》第五十四則）[1]說明詩經發展到極致而有楚辭，楚辭發展到極致而有五言七言，樂府古詩，而後唐詩，宋詞，元曲，元曲的極致必定是白話詩的時代來臨。這種文學在發展中進步的觀念，能在學生心中留下深刻印象，他接受新詩的可能性也就增加了！

　　接著再引用黃遵憲（1848-1905）的話：「我手寫我口」（1868年黃遵憲〈雜感〉詩句）[2]，說明古今語言會有變遷，現代人必須使用現代人的語言來寫作。其次引述梁啟超（1873-1929）「新文

---

[1]　王國維：《人間詞話》，臺北：金楓出版社，1987，頁46。
[2]　黃遵憲：〈雜感〉，《黃遵憲詩選》，臺北：遠流出版公司，1988，頁23。

體」（新民叢報體）的主張：「啟超夙不喜桐城古文，幼年為文，學晚漢魏晉，頗尚矜練。至是（指主辦新民叢報時）自解放，務為平易暢達，時雜以俚語、韻語及外國語法；縱筆所至不檢束。學者競效之，號新文體。老輩則恨詆為野狐；然其文條理明晰，筆鋒常帶情感，對於讀者，別有一種魔力焉。」[3]說明新的文體產生必是符應時代需要，運用時代新語言、時代新技巧，同時也會引起一些質疑、一些反對，但是，新的文學觀，新的文體，也就在一推一疑中逐步完成。

　　新詩，最初的名字應是「白話詩」，民國六年（西元一九一七年）胡適（1891-1962）發表「文學改良芻議」[4]提出改良文學的八件事，後來在「建設的文學革命論」中，修改為「八不主義」：「一、不作言之無物的文字。二、不作無病呻吟的文字。三、不用典。四、不用套語濫調。五、不重對偶─文須廢駢，詩須廢律。六、不作不合文法的文字。七、不模仿古人。八、不避俗話俗字。」[5]這是文學革命最早的呼籲。消極的八不主義，後來又修正為積極的白話文學四大原則：「一、要有話說，方才說話。二、有什麼話，說什麼話；話怎樣說，就怎樣說。三、要說我自己的話，別說別人的話。四、是什麼時代的人，說什麼時代的話。」[6]這些主張已為白話詩的寫作鋪展正確的方向。胡適提出這些理論的同時，也曾對「白話」加以解釋：「一、白話的白，是戲臺上說白的白，是俗語土白的白，故白話即是俗話。二、白話的白，是清白的白，是明白的白，白話但須要明白如話，不妨夾幾個文言的字眼。三、白話的白，是黑白的白，白話便是乾乾淨淨沒有堆砌圖飾的

[3]　梁啟超：《清代學術概論》，臺北：臺灣商務印書館，1947，頁142。
[4]　胡適：〈文學改良芻議〉，《胡適作品集3：文學改良芻議》，臺北：遠流出版公司，1986，頁5-6。
[5]　胡適：〈建設的文學革命論〉，《胡適作品集3：文學改良芻議》，臺北：遠流出版公司，1986，頁56。
[6]　胡適：〈建設的文學革命論〉，《胡適作品集3：文學改良芻議》，臺北：遠流出版公司，1986，頁56-57。

話，也不妨夾入幾個明白易曉的文言字眼。」[7]這樣的白話主張，將詩從文言與格律中解放出來。因此，白話詩的成就，在新文學運動中最為醒目。

胡適的第一首白話詩是〈蝴蝶〉：

> 兩個黃蝴蝶，
> 雙雙飛上天。
> 不知為什麼？
> 一個忽飛還。
> 剩下那一個，
> 孤單怪可憐；
> 也無心上天，
> 天上太孤單。[8]

相對於文言，這種以白話寫成的詩就稱為白話詩。白話詩不僅語言改用白話，形式也有了相當大的改變，完全棄守舊詩的格律，不講究平仄、協韻，不限定字數、句數，詩人有創作時的絕對自由，形式的安排、題材的選擇，詩人可以隨意揮灑。相對於傳統詩、古典詩、舊詩，沒有任何格律限制的白話詩，也可稱為「新詩」。白話詩、新詩，名稱雖異，指涉之義，其實相同。

一九五三年，紀弦（1913- ）在臺北創立「現代派」、「現代詩社」，出版「現代詩刊」，並發表宣言。相對於傳統詩、古典詩、舊詩，「現代詩」三個字又成為大家所習用的新名詞，漸漸取代了白話詩而與「新詩」這個名詞同時並行於世。另外，也有一些人認為「現代詩」三個字，只能狹義地指著奉行「現代主義」的詩

7 　胡適：〈答錢玄同書〉，《胡適作品集3：文學改良芻議》，臺北：遠流出版公司，1986，頁44。
8 　胡適：〈蝴蝶〉，《胡適作品集27：嘗試集》，臺北：遠流出版公司，1986，頁58。

作。不過，通常一般人都採用廣義的說法。現代詩就是指著現代人以現代語言、現代生活資材所寫的詩，格律不拘，形式自由，隨著時代推移，隨著新興的文學思潮而充實的詩作。

二、國中新詩教學設計：欣賞篇

新詩的特質到底是什麼？欣賞新詩到底要提醒學生注意什麼？我們不妨以余光中（1928- ）的〈車過枋寮〉[9]、〈一枚銅幣〉[10]，渡也（陳啟佑，1953- ）的〈竹〉[11]為例，看看這三首詩呈現了什麼特色？

其一、意象：

詩人以詩表達他內心的哲思、意念、情感、毅力，這些抽象的、隱藏在內心深處的心靈活動，必須藉由外在的物象來傳達、來寄託。抽象而不為人知的心靈活動——就是「意」，藉以傳達、寄託的外物——就是「象」，「意」必須通過「象」才能傳達給讀者，也才能為讀者所悅納，感動讀者。孔子（BC551-BC479）說：讀詩經可以多識草木蟲魚鳥獸之名，為什麼可以多認識動物植物？也就是因為詩人透過草木蟲魚鳥獸寄寓他的情思，以象表意。因此，一首好的新詩，也要含蓄表達內在的心靈活動，以此喻彼，以可以感知的象涵融難以感知的意，以有限的物象去暗示無限的心象。能創造傑出意象的詩人，才是傑出的詩人。

〈車過枋寮〉這首詩，余光中寫他的南臺灣農村經驗，充滿了豐盈飽足的生命力，詩中以希臘神話中的牧神做為自然界的生命力

---

[9]　余光中：〈車過枋寮〉，《余光中作品集6：白玉苦瓜》，臺北：九歌出版社，2008，頁80-83。

[10]　余光中：〈一枚銅幣〉，《在冷戰的年代》，臺北：純文學出版社，1984，頁84。

[11]　渡也：〈竹〉，《憤怒的葡萄》，臺北：時報文化出版公司，1983，頁99-100。

象徵，牧神長相如何？余光中詩裡：多毛又多鬚，如肥肥的甘蔗；多血又多子，如肥肥的田。我們彷彿看見在臺灣田野間穿梭、奔馳的一個神，勇而健且充滿活力。這就是意象。在這首詩中，甘蔗田是青青的平原上青青的儀隊，西瓜田是一大張河床孵出圓渾的希望，這也是意象，余光中掌握甘蔗和西瓜的特色，以儀隊的挺立、圓渾的希望來顯示農田的富庶。這首詩是雨中坐巴士過枋寮，因此，余光中創作了這樣的兩句詩：「雨是一首濕濕的牧歌，路是一把瘦瘦的牧笛」，將整個臺灣農村籠罩在牧神的罩袍裡，長長的牧笛一路吹響著，肥肥的田，甜甜的雨，一路延伸不盡，這更是這首詩裡獨創性強的特殊意象，標示著余光中詩創作的一定高度。

有時，一首詩就是一個完整的意象。〈一枚銅幣〉，藉由賣油條老人手中傳遞過來的溫熱銅幣，想像這枚錢幣的可能旅程，感覺自己正和全世界全人類握手、交流、溝通。整首詩透過豐富的想像力，塑造一個溫馨的小說情境，一花一世界，以小喻大的功能，展露無遺。這首詩的意象創造，一方面來自現實的觀察：「一半是汗臭；一半，是所謂銅臭，／上面還漾著一層惱人的油膩。」一方面則是想像力的發揮：「那個小學生用它買車票？／那個情人用它來卜卦？／那個工人用汗黑的手指捏它換油條？」詩，因為有想像力而更為豐足富麗。

詩，因為有意象、有想像，才顯示她與散文的不同。以渡也的〈竹〉來看，渡也的詩語言一向淺顯易懂，與散文並無兩樣，如何區隔詩與散文？靠的就是意象語、想像力，〈竹〉這首詩寫鄭板橋（1693-1765）畫墨竹，說是「偶爾你（竹）也喜歡化裝，／穿好一襲墨衣，／去鄭板橋畫裡。」寫竹挺拔不畏風雨，以象徵忠臣不畏邪惡勢力時，說竹「永遠硬著頭顱而／不肯破裂。」這兩處，正是使這一篇作品不至於被人譏為分行散文的關鍵處。此詩之所以成功，就在於這種擬人化意象創造成功。

其二、誇飾：

　　文學藝術不免想像誇飾，詩尤勝於其他文類。余光中形容香蕉田的廣大，說：長途車駛不出牧神的轄區。形容銅幣燙手，說：透過手掌，有一股熱流，沸沸然湧進了我的心臟。渡也形容竹的不屈，說：永遠硬著頭顱而不肯破裂。凡此種種，都是詩的想像與誇飾。

　　詩的想像與誇飾，越離譜越好。離譜之譜，一方面指著數量、強度，離得越遠越好，如車駛不出轄區，如熱流湧進心臟，如頭顱永遠不破裂。離譜之譜，一方面指著物的系譜、門類，離得越遠越好，如牧神與轄區，手掌與心臟，竹與頭顱，都是不相係屬、沒有主從關係的兩種客體，詩人以其妙手將不相干的事物連屬在一起，產生新的系聯，新的詩意，現代詩之可貴在此。

其三、對比：

　　詩，因為有了情境的對比，才能產生感人的力量，對比越強，撼人之力越強。〈車過枋寮〉正說屏東是方糖砌成的城，忽然一轉，劈面撲來的是最鹹最鹹的海，這種設計的情境對比，匠心獨具，不可忽略。〈一枚銅幣〉裡，寒冷的早晨／燙手的銅幣，我猶豫要不要接受／老人無猜忌的漾開微笑，使人與人之間的溫暖有著更深刻的印記。〈竹〉詩中以風的構陷去攻擊竹的筆直，以風的構陷去對比竹細瘦的影子，如果無風無雨，也就顯不出竹的勁健不屈了！

　　戲劇需要張力，忠奸相對抗，善惡不兩立，詩的戲劇張力何在，正是欣賞詩最該把握的地方。

其四、節奏：

　　詩是語言的藝術，現代詩雖然不講究格律，但仍須注重字句的音韻，掌握段落節奏，余光中是詩人中最講究節奏之美的，仔細聆賞〈車過枋寮〉，歌謠似的聲韻，令人忍不住也要跟著哼了起來。

尤其是每段開始的四行：「雨落在屏東的甘蔗田裡，／甜甜的甘蔗甜甜的雨，／肥肥的甘蔗肥肥的田，／雨落在屏東肥肥的田裡。」甜甜、肥肥的類疊效果，「裡」與「雨」的和聲、「甜」與「田」的協韻，都有極佳的表現。〈一枚銅幣〉隨著所敘之事轉換場景，改變不同的韻腳，非常俐落。汗臭、銅臭，皺紋、波紋，街心、掌心，造詞遣字之美所形成的聲韻之美，也值得令人讚嘆！

現代詩的欣賞，還有許多可行的方法。今天，我們就從史的考察和美的品味開始吧！

三、國中新詩教學設計：創作篇

現代詩教學，在欣賞、分析之外，還可以導引學生習作。十六、七歲的年紀正是詩的年紀，蓬勃的創作生命力在他們體內衝撞，躍躍欲試，飛天入地無所不去的想像力在胸口、窗口引逗著他們。

剛開始習作，以詠物為先，因為具體的東西就在眼前，可看、可觸、可摸、可感，憑著實物，發展想像，學生可以有所依循。如一枚銅幣、竹，就是具體可知的實物，〈車過枋寮〉四字，比較不那麼具體，可是看看詩中所歌詠的事物：甘蔗、西瓜、香蕉，不又是我們大家所習知的日常生活事物？

錢幣就是錢幣，有什麼好想的？西瓜就是西瓜，有什麼好說的？學生一開始不知道如何去發揮想像力，因此，先從聯想開始，錢幣圓圓的、硬硬的、扁扁的，各像什麼？西瓜也是圓圓的又像什麼？甜甜的感覺呢？像什麼？然後，再讓學生幻想，我是錢幣，錢幣丟失，西瓜鹹澀，西瓜種子又長出西瓜，錢幣會飛，西瓜會游泳……等等，腦筋柔軟，想像力就可以發揮出來了！

想像力需要相互激盪，學生普遍有著好勝之心，因此，給學生三分鐘思索，寫在紙上，然後讓學生各自上臺書寫黑板，學生會因為其他同學的想像又激盪出不一樣的成品。如此連鎖激盪，反覆

刺激，成果可觀。至於那些一時想不出來的學生，可以趁著同學書寫黑板的時刻繼續思考，通常也會有精采的傑作出爐，「大隻雞慢啼」，不是沒有可能。不過，全班學生只能思考三分鐘的規定，必須強調，因為：置之死地而後生，時間拖久產生怠惰。

以「錢幣」為例，我讓南山中學普一仁的學生作練習，首先告訴他們要開放各種感官：視覺、聽覺、觸覺、味覺、嗅覺、思覺，都該讓它們動一動。然後，拿出錢幣來，仔細感覺錢幣。觀察它的形狀、顏色、圖案，再感覺它的硬度、溫度、刻痕，想像它的旅程、價值（有形的、無形的），甚至於因錢幣而產生的遊戲、樂趣。最後，我要求以三分鐘的時間，寫下一句圍繞錢幣的特殊感覺，一句精采的話：

爺爺的汗血所換來的價值，訴說著一路走來的傳承。（潘薇喻）

人類的熱血正與全世界牽手。（潘薇喻）

人人追求，卻不可能完全擁有。（張靜嫻）

爸媽的血汗，一點一滴的累積，是愛，讓我無憂的成長。（田益菁）

錢幣的刻畫，是時代進步的進行曲，永不停止的旋律。（張懷文）

每一個錢幣訴說著許多人的故事：拾荒老人、賣花姑娘……（劉英玲）

錢幣是個固執的人，從不換洗身上陳年已舊的裝扮。（蔡宛玲）

硬冷的錢幣，卻能使人溫暖。（李盈瑩）

走過多少春夏、多少秋冬，就留下多少歲月的痕跡。（洪亦薇）

錢幣的正反面，有時可以替一個不知所措的人做出決

定。（柯佳伶）

　　錢幣就像歷史的跳板，一代一代著不同的新衣，一手傳一手，記錄著許多人的恩怨情愁。（李笠揚）

　　摸著錢幣凹凹凸凸的刻痕，想著人生的起起落落。（簡嘉緯）

　　錢幣，永不過時的流行物品。（張祐慈）

　　錢幣，來到紅塵中，千人萬事通。（張勝勛）

　　一枚錢幣，她的手中，你的手中，我的手中，還是一枚錢幣。（呂佳蓉）

　　沒有生命的硬幣，不懂得表達自己，卻替人們傳達熱情與冰冷。（謝雅雯）

　　錢幣像一位流浪漢，不知下一刻流浪到哪裡？（陳明瑩）

　　錢幣在手的第一個感覺是溫度，人世間的冷暖人情，在我們的心中會是什麼樣的反覆？（黃聰賢）

　　錢幣是飢寒交迫者的救命仙丹，也是好逸惡勞者的致命因素。（王玉菁）

　　錢幣因收藏而有價值，人會不會因為年長而受尊崇？（陳楨怡）

　　這樣的句子，當然不是詩句，不過，卻是很好的**觸媒**，當這些字句全部出現在學生面前時，學生還可以再度思考，衍生，**觸發**，經由其他同學所思考的方向、句子，發展出更開闊的詩路。

　　第一次做這種練習，學生只能聯想到一兩個物像、事件，引申到類型相近、氣質相似的生物、事物。多做幾次以後，學生可以在極短的時間裡，想像出許多不同性質的名物，其間的關係似斷還續，藕斷絲連，逗人尋索詩意。

　　以「魚」為題，三分鐘之內想出五句，南山文學社的同學也做到了！

魚的雙眼像人死不瞑目地張著，從未歇息過／
魚的鰓像人的肺臟，不呼不吸，魂歸西天／
魚張著嘴，不像人只為著講話／
死魚的鱗像剝落的灰牆／
東方魚肚白，天亮了！魚肚翻白，魚死了！　（歐佳明）

一隻受到寒流擁抱的魚／
成天玩水也不會挨罵的魚／
表情永遠不變的魚／
在水深火熱中煎熬的魚／
水中美，湯中鮮的魚。　（許貝綺）

沒有眼睫毛，眼睛依然水汪汪／
好像歌星，穿著光鮮亮麗的鱗片衣裳／
得了氣喘病的人，無時無刻張著嘴，迫切地呼吸／
瘋狂愛游泳的高手。　（陳舍平）

張眼不睡覺的魚／
游水不走路的魚／
不識雲上天，只知水中天的魚／
不會蛙式、蝶式，更不會仰式的游泳健將／
自在優游，沒人管教的小孩。　（張佑緣）

不會閉上眼的魚／
每天喝鹽水的魚／
堅持在水中生存的魚／
只知前進，不知後退的魚／
面無表情的魚。　（黃文亭）

南山文學社另一組同學則以「流浪漢」為寫作對象，我要求他們以自然界的現象描寫人文觀察，借草木蟲魚鳥獸、風雨雷電霜雪，來形容「流浪漢」的言行。這就是「意象語」的創造。創造「意象語」的同時，不要忽略「誇飾」、「對比」兩種技巧的應用。

　　不過，在團體創作練習中，相互激盪的過程裡，我仍然只期望他們提供想像語、想像句。關於「流浪漢」，他們說：

　　　　一匹不為世俗役使的馬／
　　　　遷徙不定的候鳥／
　　　　一盞映照人情冷暖的油燈／
　　　　一杯五味雜陳的苦茶／
　　　　社會動盪不安的寫照。　　（林永順）

　　　　流浪漢・破吉他／
　　　　流浪漢・賣唱人／
　　　　流浪漢・顛沛流離的生活／
　　　　流浪漢・惡臭的老鼠。　　（陳鏗旭）

　　　　為了追求真理而遊走天涯的流浪漢／
　　　　滿懷超現實主義的理想的流浪漢／
　　　　喃喃自語、反覆背誦真理的流浪漢／
　　　　國籍叫做地球的流浪漢／
　　　　對弱肉強食的社會具有恐懼症的流浪漢。　　（林京右）

　　　　是天地間的過客／
　　　　是隨風飄揚的柳絮／
　　　　是盲目的棋子／

是自由飛翔的鳥／
是落入凡間的天使／
是飛來飛去不知方向的蝴蝶／
是天邊飄渺的雲。　（陳冠翰）

歷盡人世滄桑的遊民／
一群無主的遊魂在人世間飄泊著／
一個看透人間是非的哲學家／
飄蕩在地上的蒲公英／
生死徘徊中的回力鏢／
以大地為親，與人世隔離／
以無語向社會抗爭的烈士／
人類中的孢子／
人世間的哈雷彗星／
帶著四次元空間袋的小叮噹／
現代版的竹林七賢。　（陳駿瑛）

無家可歸，瑟縮在路旁的一株野草／
風拂過樹，墜落的枯黃樹葉／
沼澤中的爛泥／
粉筆屑／
依賴、寄生、侵蝕。　（程郁盛）

社會經濟低層的指標／
毫無庇蔭，恍如在荒蕪沙漠中找不到出路／
地下道轉彎處是他的臥室，厚紙板是他的床／
蟑螂是他的兄弟，蚊蠅是他的親友。　（莊欣樺）

多次練習之後，學生的想像力可以發揮出來，勇敢、大膽地尋找寫作的題材，多元、多層、多象限地尋找。以上述的「流浪漢」來看，可以和流浪漢三個字湊成關係的名詞，文學社的同學找到了：馬、候鳥、油燈、苦茶、破吉他、老鼠、柳絮、蝴蝶、雲、哲學家、蒲公英、回力鏢、孢子、哈雷彗星、小叮噹、竹林七賢、野草、枯黃樹葉、爛泥、地下道、厚紙板、蟑螂、蚊蠅。無物不可入詩。這樣的練習，開啟了想像的窗子，讓學生不再害怕寫詩作文，不再害怕題材枯窘。學生會想：同學可以想到哲學家，為什麼我不可以想到蒲公英？如果同學提出回力鏢都不會受到嘲笑，為什麼我不可以提出厚紙板？

　　想像力開啟以後，物與物的連結容易了，舊事物之間可以找到新關係，詩意也就從新關係中衍生出來。

　　經由這種集體腦力激盪之後，詩是極個人化的私密性創作，學生可以回到自己的書桌，以自己的情思、感覺，創作自己的作品：以萬物萬象，寫一心一得。

　　最後再回到教科書所選的詩作〈車過枋寮〉、〈一枚銅幣〉、〈竹〉，我們發現這三首詩，表面上詠物、抒情，實際上是藉由一個事件去開展，〈車過枋寮〉余光中寫他坐車經過屏東枋寮沿路所見的經驗，詠唱臺灣農村飽滿的生命力，這是表面上的事實，詩中余光中又設計牧神檢閱儀隊、檢閱寶庫的另一個想像的事實。〈一枚銅幣〉則藉由小學生、情人、工人、賣油條的老人的手，想像銅幣流浪的旅程，緊握這枚銅幣，象徵和全世界全人類握手。〈竹〉詩中有忠臣傳、鄭板橋的畫、風的構陷、父母兄弟的個性，模擬人類的世界、人類的感情、人類的事件。甚至於楊喚（楊森，1930-1954）的〈夏夜〉[12]，高中國文教科書裡鄭愁予（鄭文韜，1933- ）

---

[12] 楊喚：〈夏夜〉，《楊喚詩集》，臺中：光啟出版社，1978，頁94-95。

的〈錯誤〉[13]、林泠（胡雲裳，1938- ）的〈不繫之舟〉[14]，都有敘事的成分，隱隱約約的故事情節，似有若無的小說企圖。這是不可忽略的現象，傑出的現代詩共有的特徵。因此，教導學生寫作現代詩時，必須提醒他們注意這個事實。那麼，現代詩的寫作，從詠物始，以小說企圖終，當然不會蹈空，不會玄虛，不會晦澀。

　　藉由以上演練而成的詩句，學生可以再進一步學習邏輯思維，去組織這些詩句，讓它們成為可以相互呼應的有機體：

〈流浪漢〉

地下道轉彎處是他的臥室
厚紙板是他的床
蟑螂是他的兄弟
蚊蠅是他的親友

無家可歸，他像瑟縮在路旁的一株野草
風拂過樹，他像墜落的枯黃樹葉

是隨風飄揚的柳絮
還是自由飛翔的鳥？
是飛來飛去不知方向的蝴蝶
還是天邊飄渺的雲？
是天地間的過客
還是落入凡間的天使？

歷盡人世滄桑的遊民

---

[13]　鄭愁予：〈錯誤〉，《鄭愁予詩集I：1951-1968》，臺北：洪範書店，1979，頁123。
[14]　林泠：〈不繫之舟〉，《林泠詩集》，臺北：洪範書店，1998，頁22-23。

一個看透人間是非的哲學家

　　以大地為親，與人世隔離

　　他的國籍叫做地球

　　詩的習作或許可以經由這樣的演練而完成。

四、結語：以萬物萬象，寫一心一得

　　國文教學設計，如果斤斤計較於作者生平的記憶，生字生詞的說解，其中所獲得的近利是成績分數的提昇；但是假使能從詩文的特質加以省察，能從想像的培育加以激發，她所獲得的遠利是生命境界的提昇。其中的分寸如何拿捏，值得國文老師思考。

　　新詩教學設計，以欣賞的角度而言，是要提醒學生：注意詩人如何利用萬事萬物，寫出他的一心一得，既要帶領學生認識詩中的萬事萬物，更要深入體會詩人語言文字背後的所思所得。若是以創作的角度切入，長期的生命學習、人生思考、文學教養是創作的基本功，但是這一心一得又不能強求於一時片刻，教學者所能做的唯有提醒、驚醒而已，倒是如何應用萬事萬物以成就心中的所思所得，可以就前人的詩作、或就眼前的物象，加以推求，可以按圖而索驥，有所本、有所循而能有所得，最為踏實。

　　詩無達詁，詩的欣賞與創作沒有單行道，也無直達車，因此，新詩教學設計必須翻陳出新，與時俱進，隨著新詩思潮開發新可能。

參考文獻

引用書目（依作者姓氏筆畫序）

王國維：《人間詞話》，臺北：金楓出版社，1987。

胡適：《胡適作品集》，臺北：遠流出版公司，1986。

梁啟超：《清代學術概論》，臺北：臺灣商務印書館，1947。

引用篇目（依作者姓氏筆畫序）

余光中：〈車過枋寮〉，《余光中作品集6：白玉苦瓜》，臺北：
九歌出版社，2008，頁80-83。

余光中：〈一枚銅幣〉，《在冷戰的年代》，臺北：純文學出版
社，1984，頁84。

林泠：〈不繫之舟〉，《林泠詩集》，臺北：洪範書店，1998，頁
22-23。

胡適：〈蝴蝶〉，《胡適作品集27：嘗試集》，臺北：遠流出版公
司，1986，頁58。

渡也：〈竹〉，《憤怒的葡萄》，臺北：時報文化出版公司，1983，
頁99-100。

黃遵憲：〈雜感〉，《黃遵憲詩選》，臺北：遠流出版公司，1988，
頁23。

楊喚：〈夏夜〉，《楊喚詩集》，臺中：光啟出版社，1978，頁94-
95。

鄭愁予：〈錯誤〉，《鄭愁予詩集I：1951-1968》，臺北：洪範書
店，1979，頁123。

高職新詩教學設計：
脈絡耙梳與題材歸納
——以翰林、東大兩版本為研究範疇

摘　要

　　經由新詩作品之教學、欣賞、思考與創作，可以開拓生活視野，關懷生命意義，培養優美情操，提升表達能力。本文企圖利用系統性教學，將新詩教學視為一項系統工程，將教學目標、教學內容、教學方法、教學成果評估等當作具有相對獨立、又相互依存的關係，讓子系統之間啟動制約的功能、協調的作用，期能達成教學大系統的優化效果。並藉用系統理論，將散居六冊的詩作，作出系聯，補其不足，讓子系統之間可以相互撞擊，使新詩教學具有多元性、關聯性、整體性、動態性、有序性，期能擴大教學成效。首先以「脈絡耙梳」之縱向系統化教學，期能達成新詩史觀之完備，至少也要追求新詩史識之不可或缺；其次，利用功能論，將散落各冊的新詩教材，加以有機性的組合、貫串，形成一個可感的大體系發揮實效。歷時性的「脈絡耙梳」是縱向的認知，共時性的「題材歸納」是橫面的拓展，都以有機、互動的方式，激發學生學習的興趣，提供全面性對新詩的理解，不讓新詩教學止於單篇賞析，有如大海中孤立的島嶼，無可連繫。

關鍵詞：新詩教學、脈絡耙梳、題材歸納、系統理論、功能論

一、前言

　　高中職國文教學一般分為兩大版塊：文言與白話教學，其篇數比例恆在55%與45%之間浮動，亦即文言與白話所佔篇幅相近，不相偏倚。但依據一般學生反應，國文老師大都銳力經營文言詳解，疏略於白話詩文的引導，花在文言詞語的解說、古詩文作者風格的介紹、文學現象的剖析上，頗為周全；但在白話教學時，往往因為詞語註解相對減少，學生自行研讀可以匯通，老師幾乎無法找到施教的著力點。

　　依據〈普通高級中學必修科目國文課程綱要〉所定之「課程目標」：

> 　　普通高級中學必修科目「國文」，同時具有語文教育、文學教育與文化教育等性質，欲達成之目標如下：
> 　一、藉由範文研習、課外閱讀與寫作練習，以增進本國語文聽、說、讀、寫之能力。
> 　二、藉由各類文學作品之欣賞、思考與創作，以開拓生活視野，關懷生命意義，培養優美情操，提升表達能力。
> 　三、藉由文化經典之研讀，與當代環境對話，以理解文明社會之基本價值，尊重多元精神，啟發文化反思能力。[1]

　　仔細研究這三大目標，仰賴白話詩文以建功達陣之處，要勝過古典詩文甚多。教育部長蔣偉寧在「如何培育出具備國際競爭力的下一代？」項下，他認為培養高度競爭力的人才，要具備三個面向的能力：

---

[1]　依據教育部令：「普通高級中學國文課程綱要」（發文字號：臺中三字第10000114161B號，發文日期：中華民國100年7月14日）。

第一：要有厚實的人文與科學素養；

第二：要有良好的專業能力（是一種謀生的能力）；

第三：要有多元的軟實力，包含了語言、溝通、創意、領導力、團隊合作、主動學習等。[2]

其中厚實的人文素養、多元的軟實力（包含語言、溝通、創意等），都有賴於白話詩文的廣博閱讀與深入研析。足見白話詩文教學直接影響學生的就業能力、人格涵養、溝通技巧等等，不容輕忽。

特別是偏實用、重技能的技職教育體系，國文課程節數已少，又非屬專業科目，學生學習意願不高，教師教學情緒因而受影響，未能利用學生職前最後的機會，補充教材、精心設計教法，藉以提振士氣，激生學生更豐厚的語文能量，則學生的鑑賞眼光、閱讀水平、語文表達能力，將如江河之日下，全體國民之競爭力亦將因此而削減。

有鑑於此，本文選擇高職教科書之新詩作品，以脈絡耙梳與題材歸納兩種方法，為新詩系統性教學提供可行之徑，期能拋磚引玉，激發更多創意。

二、脈絡耙梳

教學是一門科學，也是一種藝術，科學與藝術初看似乎對立，其實可以相互助成，如系統性教學，在完成科學性的系統啟動之後，就可以有自由發揮的、獨立的藝術空間。教育的功能，《說文解字》認為「教」是「上所施，下所效也」，老師的引導作用關係學生未來的成就。《禮記・學記》則曰：「教也者，長善而救其失

2　蔣偉寧：〈教育施政理念與政策〉，頁2，摘自「教育部全球資訊網」http://www.edu.tw/files/site_content/EDU01/10109教育施政理念與政策.pdf，2012年11月18日摘錄。

者也」，重點放在激發學生的潛能，揚其所善，棄其所惡。《中庸》則從天命之性出發，開發出良善的資質與潛能：「天命之為性，率性之謂道，修道之謂教。」至於主張人性本惡的荀子，認為教育就是「以善先人之謂教」，要以良好行為作為學生的典範。[3] 以上所謂的「善」，原指人格修養的「善」，但也可以擴充解釋為完善的教材教法、充足的準備功夫、懸高的教學目標。

所謂系統性教學，是指教學設計應該是一項系統工程，將教學目標、教學內容、教學方法、教學成果評估等子系統，具有相對獨立、又相互依存的子系統之間，系聯為有機的大系統，讓子系統之間啟動制約的功能、協調的作用，期能達成教學大系統的優化效果。教育美學有所謂「系統理論」（Systems Theory）的發展，其基本概念在於以「系統」為出發點去認知宇宙各種事物，認為整個宇宙就是一個系統，客觀世界裡的一切事物都有相互之間的關係，都能起相互作用。「小如一個原子或原子核，大則整個宇宙，普遍具有多元性、關聯性和整體性、動態性、有序性等共同的或統一的特性。」[4]

依據這種系統理論來看新詩教學，如能將散居六冊的詩作，作出系聯，補其不足，閒置多餘，子系統之間可以相互撞擊，則教學的成效或許可以擴大。

散居於高職國文教科書的新詩教材，以三大出版社目前版本為標的，依筆畫序，列表如下，藉以省察系聯的可能途徑：

---

[3]　高義展編著：《比較教育概論》，臺北市：鼎茂圖書出版股份有限公司，2004，頁3-4。

[4]　葉家明：《向生命系統學習——社會仿生論與生命科學》，臺北市：淑馨出版社，1997，頁41-42。引自崔光宙、林逢祺主編：《教育美學》，臺北市：五南圖書出版有限公司，2011，頁17-18。

東大版

冊次	詩篇
第一冊	再別康橋（徐志摩）
第二冊	錯誤（鄭愁予）
第三冊	狼之獨步（紀弦）、雁（白萩）
第四冊	尋李白（余光中）
第五冊	上校（瘂弦）、因為風的緣故（洛夫）
第六冊	絕版、海誓（許悔之）

翰林版

冊次	詩篇
第一冊	再別康橋（徐志摩）
第二冊	剔牙（洛夫）、錯誤（鄭愁予）
第三冊	狼之獨步（紀弦）、短歌集（瘂弦）
第四冊	五陵年少（余光中）
第五冊	蒙文課——內蒙古篇（席慕蓉）、 山是一座學校——給原住民兒童（瓦歷斯‧諾幹）
第六冊	疲於抒情後的抒情方式（夏宇）

龍騰版

冊次	詩篇
第一冊	再別康橋（徐志摩）
第二冊	秋天（何其芳）
第三冊	錯誤（鄭愁予）
第四冊	風景之一、風景之二（林亨泰）
第五冊	旗、漂給屈原（余光中）
第六冊	燈下削筆（陳義芝）、阿爹的便當（向陽）

高職國文新詩選錄比較表

出生年	詩人	詩題	版本選錄狀況
1897	徐志摩	再別康橋	翰1、東1、龍1
1912	何其芳	秋天	
1913	紀弦	狼之獨步	翰3、東3
1924	林亨泰	風景之一、風景之二	龍4
1928	洛夫	因為風的緣故	東5
		剔牙	翰2
1928	余光中	旗	龍5
		漂給屈原	龍5

出生年	詩人	詩題	版本選錄狀況
		五陵少年（原選白玉苦瓜）	翰4
		尋李白	東4
1932	瘂弦	上校	
		短歌集（原選乞丐）	翰3
1933	鄭愁予	錯誤	翰2、東2、龍3
1937	白萩	雁	東3
1943	席慕蓉	蒙文課——內蒙古篇	翰5
1953	陳義芝	燈下削筆	龍6
1955	向陽	阿爹的便當	龍6
1956	夏宇	疲於抒情後的抒情方式	翰6
1961	瓦歷斯・諾幹	山是一座學校——給原住民兒童	翰5
1966	許悔之	絕版、海誓	東6

根據以上的比較表來看，三個版本的教科書每冊都收入新詩，甚至於有二至三冊出現兩首作品者，顯見高中職的新詩教學已獲得共識與重視，其次，此三版本還有一個共同點，那就是他們都採用了徐志摩的〈再別康橋〉、鄭愁予的〈錯誤〉，究其原因，應該是編者的眼中認為這兩首詩分別是徐志摩、鄭愁予詩作的傑出作品，也足以代表華文新詩啟蒙期大陸五四時代與臺灣新詩革命期的主流風格，同時，詩中所表現的抒情意涵、異地風情，詩人所創造的意象、安排的旋律，都可以作為古典詩過渡到新體詩的橋樑，也是青年學子十五、六歲的年紀所可意會、所能悅納，所以不約而同選錄這兩首詩。

以這兩首共同選錄的詩作作為基點加以思考，縱向的新詩歷史性發展，應該是教科書編輯者所刻意堅持的編輯理念。出生於1897年的徐志摩，其〈再別康橋〉三版都置放於第一冊，編者有意讓學生認識五四時代新詩草創期的美善作品。出生於1933年的鄭愁予作品有二版置放在第二冊，唯龍騰版放在第三冊，其原因應該是第二冊插入了出生於1912年的「漢園三詩人」何其芳的作品，龍騰編者顯然有意增強五四時代作家的影響力，拉長師生討論的時間為完整的一學年。若是，脈絡耙梳，有可能是新詩教學系統化的基礎工

程，因為三版編者都將這兩首詩放在新詩上游的關鍵區，有意從新詩起跑點依次介紹新詩的發展，其後詩作的安排，幾乎都依順著詩人的出生年代，接續而下，如有些微調整也在同一世代間挪移。

　　我們無意在此揣測編者的編輯理念，也無意比較各版本選詩的邏輯性、合理性、優異性，僅選擇東大版作為脈絡耙梳——新詩系統性教學的基礎工程，亦即依據東大版教材進行脈絡耙梳教學。所謂脈絡耙梳教學，即以新詩發展史的縱向發展，勾勒出新詩的特質，讓學生在短時間內留下整體而深刻的印象，可以將課本上的作家放在適當的歷史位置上思考。

　　最適當的施教時段應該是可以相互呼應的對應點上，如上過現代主義詩人後，補充現實主義詩人作品，但實際操作的適時性、空間點，選材的合情化，則以課程進度與學生程度作為衡量的依據。以東大版為例，第一冊選錄的是五四時代新月派作品，第六冊為新世代許悔之作品，中間四冊共六位詩人（鄭愁予、紀弦、白萩、余光中、瘂弦、洛夫）均屬前行代詩人，嚴重欠缺中生代（吳晟、蘇紹連、渡也、白靈等）相關資訊，如能提早在上完第三冊時，適時補充中生代詩人生態，將整整六冊之詩作列表顯示，可見新詩拼圖之重大缺口正由教師所提供之講義完全補足，如此，學生可以複習前此所學之詩篇，亦可以預知未來所學之方向，在一幅完整的新詩發展圖中，釐清脈絡，確認導向。最遲，也應在第五冊前行代詩人作品授完之後、第六冊新世代詩人未授之前，有所補正。

　　再以龍騰版來看，一、二兩冊為五四時代、大陸時期兩位不同風格的詩人作品，第六冊則為中生代兩位詩人經典之作，中間三冊呈現三位前行代詩人殊異風貌，各種期次分配均勻，各種典範呼之即出，似乎不必有所補充。但如以下所列「現代詩簡史表」而觀，可補充之資訊仍多，如日據下臺灣新詩、笠詩社成就、後現代主義趨勢、網路詩波瀾壯闊的景觀等等，不一而足。這種歷時性的補充永遠沒有完美的終點，勾勒雛形，略具規模，或許就可以向良心交

差了。因為「脈絡耙梳」之新詩系統化教學，不在渴求新詩史觀之完備，而在追求新詩史識之不可或缺，因此，如何聯點成線、拉線為面，是中學教師的職責，但完美呈圖、據理立論，似乎有待於學術研究者竟其全功。

　　據此，本文謹提供中學教育同仁「現代詩簡史表」，作為按圖索驥之門鑰，至於耙梳的功夫，脈絡的形成，只能期之於未來，期諸有心的第一線教育工作者。

現代詩簡史表

分期（起始）	主要詩派	大事簡介	代表詩人
1919-	五四嘗試期	1.胡適的嘗試集是中國第一本白話詩集，以白話文寫詩，配合其白話文運動 2.形式解放，不重押韻及對仗，不守五七言句式，但用語、立意仍有古詩詞痕跡，招來「小腳放大」之譏 3.為白話的實驗，用語淺白	胡適、周作人、劉半農、郭沫若、劉大白、康白情、俞平伯、沈尹默
1923-	新月派	1.由新月詩人倡導（多為留英者），重視人生的愛、美與自由 2.採英詩格律，形式整齊、音節鏗鏘，注重節奏押韻，變淺近活潑的自由詩風為含蓄深刻 3.形式整齊，有格律派、方塊詩、豆腐乾體之稱。自稱「帶上腳鐐跳舞」，人譏其「脫去裹腳布，又穿上高跟鞋」	徐志摩、梁啓超、林徽音、聞一多、朱湘、葉公超、梁實秋
	象徵詩派	1.李金髮引進法國象徵主義的表現手法（多為留法者） 2.特色：詩風神祕詭異，語言生硬，晦澀難懂，感傷與頹廢的色彩濃厚 3.反對格律，注重詩的自然音節	李金髮、戴望舒
	現代詩派	1.中國現代派詩群於1932開始逐漸形成。 2.1936卞之琳、何其芳和李廣田出版合集《漢園集》。	漢園三詩人卞之琳、何其芳、李廣田
	寫實主義	1.以抗戰為背景，描寫戰亂時代人民的苦痛 2.揚棄頹廢、蒼白、憂鬱、悲觀，寫出救國抗日的心聲	艾青、臧克家

分期（起始）	主要詩派	大事簡介	代表詩人
臺灣日治時期 1920-1945	抗議意識	1.張我軍提出文學主張，向傳統詩歌挑戰。亂都之戀是臺灣第一本現代詩詩集 2.大約可分成三期： 　(1)草創期（1920-1932）：擺脫中日傳統文學的影響，開創新道路 　(2)成熟期（1932-1937）：重社會寫實 　(3)決戰期（1937-1954）：賴和反抗日本的殖民壓迫，鼓舞民族意識 3.以日文、中文、臺語漢字寫作，強烈地表露鄉土意識與民族認同，具反日意識	楊守愚、楊華、賴和、王白淵、鹽分地帶人風車詩社
臺灣戰後 1949-	現代詩社	1.繼承李金髮等提倡的象徵派和現代派詩風 2.以紀弦為首，以「領導新詩的再革命，推行新詩的現代化」為職志 3.主張新詩乃「橫的移植（向歐美現代詩學習），非縱的繼承（繼承傳統古詩詞）」 4.創作上強調知性，詩的純粹性	紀弦、鄭愁予、楊喚、林泠、楊牧（葉珊）、林亨泰、商禽
1954-	藍星詩社	1.繼承新月派優美的抒情詩風 2.由覃子豪、鍾鼎文、余光中、夏菁發起 3.主張現代詩兼有「橫的移植」、「縱的繼承」兩種質素，不宜偏廢 4.詩風傾向感性與知性兼糅的抒情風	覃子豪、鍾鼎文、周夢蝶、夏菁、向明、余光中、羅門、蓉子、敻虹
	創世紀詩社	1.由張默、洛夫、瘂弦發起（創世紀鐵三角） 2.早期具政治色彩及中國風 3.後期強調詩的超現實性、獨創性與純粹性，詩作多樣而豐富	張默、洛夫、瘂弦、商禽、大荒、管管
1964-	笠詩社	1.由本土詩人組成，是臺灣至今唯一不脫刊，同仁詩集一百種以上的詩社 　(1)熱愛本土，擁抱臺灣意識，具有草根性與在野性 　(2)以寫實主義的手法，反映生存環境的現實，表現人道精神，祈求民族與人權平等對待的理念 　(3)具有質樸清新的風格，部分成員嘗試以母語創作，閩南語居多，客語其次 2.包括從日文轉學中文，跨越語言鴻溝的一代，及學中文的新生代	吳瀛濤、桓夫、詹冰、陳秀喜、林亨泰、錦連、白萩、李魁賢、鄭炯明

分期 （起始）	主要詩派	大事簡介	代表詩人
	獨立創作		楊牧、陳義芝
臺灣 20世紀 八〇年代-	鄉土詩、 現實詩	具城鄉意識，關懷土地，描寫農人的生活及 農村問題	吳晟、向陽、渡也
	政治詩、 族群詩	1.隨黨外運動蓬勃發展，介入政治議題、突破 禁忌題材 2.原住民自覺，控訴不公義的政治壓迫，傳達 原住民的迷惘與傷痛	陳黎、莫那能、瓦 歷斯·諾幹
	抒情詩	偏向浪漫主義的抒情詩	夐虹、席慕蓉
	後現代 主義	1.追求個別主體及藝術形式 2.反對鄉土詩的寫實風格，傾向國際、宏觀、 都市、未來、多語混雜、多元議題 3.語言與形式實驗：拼貼、語法斷裂、意義曖 昧、文體混合、文字遊戲	蘇紹連、白靈、陳 克華、須文蔚、林 燿德、鴻鴻許悔 之、唐捐
	後現代 女性主義	突破男性沙文主義 突破婉約浪漫抒情 突破現代主義格局	羅任玲、顏艾琳、 夏宇、陳育虹
臺灣 20世紀 九〇年代 至21世紀	共構 與 交疊	後現代主義詩、寫實詩、超現實詩、象徵 詩、生態詩、政治詩、閩南語詩、客語詩、 原住民詩、都市詩、新文言詩、返鄉詩、視 覺詩、科幻詩、圖象詩、漫畫詩、山水詩、 抒情詩、禪詩、網路詩……等百花齊放	

（蕭蕭編·與翰林版高中職國文教科書共用）

三、題材歸納

　　國際教育比較學曾探討比較教育的理論基礎，其中「功能論」的理論對於新詩教育或許有一些啟發作用：「功能論視社會是一個系統的整體，由許多相互依賴的部門所組成；此系統整體的重要性優於個別部門，而各個部門的功能則是在維持整體之均衡，所以部門與整體間存在著功能性關係；而各個部門間的關係則是功能性之相互依賴、支持且相容以維持整體的存續。」[5]這是把整個社會當

5　黃政傑主編、沈姍姍著：《國際比較教育學》，臺北市：正中書局股份有限公司，
　　2004，頁55。

作有機體來看待，個別部門間可以相互感應，且系統整體的重要性優於個別部門，因此就新詩教學而言，如何將散落在各冊的新詩教材，能夠加以有機性的組合、貫串，形成一個可感的體系，顯然是重要而有實效的。

題材歸納之系統性教學，屬於這種「功能論」教學的應用，其範圍可大可小，小範圍的以目前正在講解的這位詩人，收集他個人相同類型的作品加以比評；中範圍的比評則以同心圓的方式，從相近年齡層逐漸擴大到不同世代其他詩人的同類型作品；最大範圍的題材蒐集與分類，則以六冊教科書裡的新詩作品（可以含散文作品），加以耙梳、歸納，整理出一份含括抒情、詠物、寫景、傳人、敘事、論世等內涵的總表，讓同學可以一覽無遺，甚至於藉此總表去尋找更佳的詩篇、更廣的範疇，作更有深度的思考與鑑賞。

（一）小範圍的聯繫

試以翰林版新詩教材作為題材歸納的示例，從個人小範圍加以鏈結：

第一冊　再別康橋（徐志摩）
第二冊　剔牙（洛夫）、錯誤（鄭愁予）
第三冊　狼之獨步（紀弦）、短歌集或乞丐（瘂弦）
第四冊　五陵年少或白玉苦瓜（余光中）
第五冊　蒙文課──內蒙古篇（席慕蓉）、
　　　　山是一座學校──給原住民兒童（瓦歷斯・諾幹）
第六冊　疲於抒情後的抒情方式（夏宇）

以第一首〈再別康橋〉（寫於1928年11月）來看，我們可以增強徐志摩在康橋所作的絕妙佳文，往前可以聯結的，是詩作〈康橋再會吧〉（1922.8.10）：

康橋！山中有黃金，天上有明星，
人生至寶是情愛交感，即使
山中金盡，天上星散，同情還──
永遠是宇宙不盡的黃金，
不昧的明星

難忘屏繡康河的垂柳婆娑，
婀娜的克萊亞，碩美的校友居；
但我如何能盡數，總之此地
人天妙合，雖微如寸芥殘垣，
亦不乏純美精神，流貫其間

也可以用他自己寫的散文去理解徐志摩康橋的愛，寫於1926年
1月15日的〈我所知道的康橋〉極為適合：

假如你站在王家學院橋邊的那棵大椈樹蔭下眺望，右側
面，隔著一大方淺草坪，是我們的校友居，……它那蒼白的
石壁上，春夏間滿綴著艷色的薔薇在和風中搖顫，更移左是
那教堂，森林似的尖閣不可挽的永遠直指著天空……
……
它只是怯伶伶的一座三環洞的小橋，它那橋洞間也婆娑
的樹影，它那橋上
櫛比的小穿欄嶼欄節頂上雙雙的白石球，也只是村姑子
頭上不誇張的香草與野花一類的裝飾。

這是從同一個詩人身上所採得的相近、相關題材，可以從時間
的差異、學經歷的變化、技巧的轉換，以欣賞的角度審視二詩一文
所呈現的表達能力。這就是同一個詩人的小範疇之題材歸納系統性

教學。

（二）中範圍的漣漪

從個人詩作的延伸，擴大範圍時，則以同心圓的方式，從相近年齡層逐漸擴大到不同世代其他詩人的同類型作品。如以紀弦〈狼之獨步〉為例，可以加入白萩的〈雁〉、商禽的〈長頸鹿〉、林亨泰的〈秋〉（寫公雞）、錦連的〈蚊子淚〉，都以小動物作為生命象徵的重要載體，甚至於是自我生命鑑照、自我形象建立的重要依據。至此，題材歸納之系統性教學，或可大告功成。

但以翰林版六冊新詩教材加以檢討，有些冊子的編輯無法掌握適時性、相關性、秩序感。如第二冊的〈剔牙〉與〈錯誤〉，內涵不相搭配，〈剔牙〉寫的是現實的苦難、戰爭的飢荒，〈錯誤〉見證的是陰差陽錯，生命無常。只因這兩位詩人年紀相仿，詩社氣質相近，所以置放同一課，但詩的內容卻沒有可以貫穿的合理性線索。第三冊亦然，將紀弦的〈狼之獨步〉與瘂弦的〈短歌集〉或〈乞丐〉，合成一課，也欠缺內在的連串點，〈狼之獨步〉與〈乞丐〉有甚麼巧合的地方？除了兩位詩人的名字中都有一個「弦」字可相串連。不如以白萩的〈雁〉、商禽的〈長頸鹿〉、林亨泰的〈秋〉、錦連的〈蚊子淚〉，與〈狼之獨步〉搭配，可以揣摩動物作為書寫對象時，外型的描繪與內在精神的掌握，何者為先、何者為重。中學第一線教育工作者教授此課時，顯然需要將這兩課化成兩個同心圓，一個以〈狼之獨步〉為圓心，教授動物書寫或生命期許，一個以〈乞丐〉為核心，舉用其他詩人的人物詩作為佐證，如余光中所寫的懷思李白、杜甫、屈原的詩，洛夫的李賀、李白讚詩，藉以講解人物書寫或生命觀照的真諦，最後再將兩個同心圓並列觀察，得出小小的結語，如此，所謂系統性教學才算完成。

當然，講授〈乞丐〉人物詩時，也可以不用其他詩人的人物傳奇作為搭配，單單以瘂弦的〈上校〉、〈坤伶〉、〈赫魯雪夫〉

等作品加以鏈結，就能讀出瘂弦人物詩的戲劇性、諷刺性、北方風味，以及其背後所蘊藏的人道關懷。如此在漣漪蕩漾中仍然可以保留自我鍊結的可能。

（三）大範圍的體系

如以更大的範疇來看待高中職的新詩教材，上一節「脈絡耙梳」所討論的是歷時性的全面認知，此一節所要討論的是共時性的「題材歸納」。歸納方式可以依授課老師的經驗，簡單分類為三大項或五大項，從中尋求詩人風格的差異、表現技巧的特質、模仿寫作的可能，以比較的方式，可以加深學生塊狀學習的效果。試為翰林版的新詩內涵，歸納為六大項：

> 抒情的篇章：再別康橋（徐志摩）、錯誤（鄭愁予）、
> 　　　　　　疲於抒情後的抒情方式（夏宇）.....................3篇
> 詠物的篇章：白玉苦瓜（余光中）、狼之獨步（紀弦）...2篇
> 寫景的篇章：再別康橋（徐志摩）.....................................1篇
> 傳人的篇章：五陵年少（余光中）、乞丐（瘂弦）...........2篇
> 敘事的篇章：五陵年少（余光中）.....................................1篇
> 論世的篇章：狼之獨步（紀弦）、剔牙（洛夫）、
> 　　　　　　短歌集（瘂弦）
> 　　　　　　蒙文課——內蒙古篇（席慕蓉）、
> 　　　　　　山是一座學校——給原住民兒童
> 　　　　　　　　　　　　（瓦歷斯‧諾幹）.....................5篇

以翰林版的教科書來看，抒情、詠物、寫景、傳人、敘事、論世，任何一冊教科書都不可能兼備，老師教授時，如能在高二下或高三上，列出所有篇目，逐一檢視它們所隸屬的關係，逐一分析這五類詩作的個別特質，可以加深學生對於詩作內涵的全盤了解，

兼有複習或預習的效果。特別是屬於同一類型的作品，更該前後照應、比對，如抒情類篇章，代表五四時代作品的〈再別康橋〉（徐志摩），二〇世紀六〇年代的〈錯誤〉（鄭愁予）、後現代主義式的〈疲於抒情後的抒情方式〉（夏宇），不同的年代、不同的文化教養、不同的個人氣質與才具，可以分析出表達方式的同與異，總結出抒情詩寫作的訣竅。再如同為族群融合而選的詩作：〈蒙文課──內蒙古篇〉（席慕蓉）、〈山是一座學校──給原住民兒童〉（瓦歷斯・諾幹），兩首詩的寫作技巧差異極大，師生可以共同思考不同族群的人對於「幸福」的定義會不會有不同的歸趨。三如論世的篇章：〈狼之獨步〉（紀弦）、〈剔牙〉（洛夫）、〈短歌集〉（瘂弦），可以引導思考：詩人不同的人格素養、習性、脾氣，是否會造就不同的詩風？這三首詩的關懷對象、象徵意涵又是如何推演而出？

這種新詩內涵、題材的分類與歸納，可以嘗試各種組合，如〈白玉苦瓜〉與〈狼之獨步〉對照，一為器物（植物）、一為動物，靜動之間，必有可以思索之處。〈五陵年少〉與〈乞丐〉，一為富少、一為丐者，貴賤之際，當然會有悲憫與警世的作用。如果授課老師用心，還可舉用其他詩人類型相近的作品，則其教學效果必然更為堅實有力。

四、結語

以社會學的功能論（Functional Theory）來論教育，社會是一個系統的整體，透徹了解部門與整體之間所存在的功能性作用，掌握好各個部門間的共構關係、交疊可能，藉以維持整體的存續與光彩。新詩教學亦然，藉由「脈絡耙梳」與「題材歸納」，可以讓學生見到新詩全牛，不至於淪入瞎子摸象的窘境。

歷時性的「脈絡耙梳」是縱向的認知，共時性的「題材歸納」

是橫面的拓展，都以有機、互動的方式，激發學生學習的興趣，提供全面性對新詩的理解，不讓新詩教學止於單篇的賞析，有如大海中孤立的島嶼，無可連繫。

在高職體系中其實還有各種類科的區別，尊重每一類科的特性，國文教師其實還要補充相關的教材，如工業類科的學群可以補授《天工開物》，商業類科加授《史記・貨殖列傳》，園藝景觀科不妨多補充柳宗元〈種樹郭橐駝傳〉、龔自珍〈病梅館記〉，觀光科則多授山水遊記、《水經注》，餐飲科則可以比較《紅樓夢》、《水滸傳》中的飲宴細節，這是系統性教學的另一環，基於這種認識，新詩作品中仍有許多適合機械、電工、餐飲、園藝、觀光旅遊的詩篇，第一線的教育同仁多觀察、多閱讀，必能為學生找到更好的專業教材，因而激發學生的創意與創作，那麼，系統性教學的功能必能發揮到極致。

（按：耙梳二字，一般寫作「爬梳」。）

參考文獻

中文書目（依作者姓氏筆畫序）

高義展編著：《比較教育概論》，臺北市：鼎茂圖書出版股份有限公司，2004。

崔光宙、林逢祺主編：《教育美學》，臺北市：五南圖書出版有限公司，2011。

黃政傑主編、沈姍姍著：《國際比較教育學》，臺北市：正中書局股份有限公司，2004。

葉家明：《向生命系統學習——社會仿生論與生命科學》，臺北市：淑馨出版社，1997。

新詩閱讀與創作教學的六道橋樑

摘　要

　　深度閱讀，將會把閱讀者從欣賞者的位置引向評論者或創作者，閱讀者需要養成以「寫作」作為主要目標的閱讀習慣，將「閱讀與寫作」作有效連結，牽引出「閱讀與寫作」間的橋樑。讀一首詩，要能透視出詩人如何架構這首詩，從而學會以自己的方法去寫作，去架構一首詩的骨架、去孳乳這首詩的血肉。本文試圖耙梳西洋文學主義流派，掌握西洋文學理論全面性的精華，歸納出六項寫作理念：一是寫詩的動心處：浪漫主義的浪漫念頭，二是寫詩的著手處：寫實主義的寫實典型化，三是寫詩的著眼點：自然主義的自然宿命觀，四是寫詩的精彩點：意象主義的意象創造學，五是寫詩的放手法：超現實主義的夢囈說，六是寫詩的架構術：後現代主義的拼貼步。期望有助於新詩創作教學。

關鍵詞：浪漫主義、寫實主義、自然主義、意象主義、超現實主義、
　　　　　後現代主義

一、前言：以寫作為「目的」的閱讀習慣

「開卷有益」這樣的詞彙，在電腦、網路無限興旺的電子時代，已經逐漸被學生、老師、家長所忽略，更不用說與「學校」脫節的社會人士。根據2007年最新公布的「國際閱讀素養調查」（Progress International Reading Literacy Study，簡稱PIRLS），在全球四十五個國家地區中，2006年臺灣小學四年級學生的閱讀能力僅得第二十二名，[1]遠遠落後於同為華文世界的香港（第二名）與新加坡（第四名），教育界、學術界、出版界因而憂心忡忡，無不努力思考如何培養學生的閱讀習慣，激發學生閱讀的熱忱與興趣。

閱讀的重要性如何？古聖孔子（BC551-479）說：「不學詩，無以言；不學禮，無以立。」[2]近人殷允芃（1941- ）確認：「閱讀能力是一切能力的基礎。」「因為閱讀可以啟動夢想的能力，打開一個新的疆界，引發一個新的企圖與動能。」[3]所以她利用《天下雜誌》的影響力，努力推動「希望閱讀」。曾經訂定「閱讀」作為教育部政策的前教育部長曾志朗（1944- ）也說：「在這個知識經濟的時代，增廣見識、發揮創意，才能擁有競爭力，而這一切的基礎就是個人廣泛閱讀，能理解文義，能舉一反三，更能將所學應用到新環境的適應力。」[4]主張將閱讀習慣提前到三至八歲，認為三至八歲是培養閱讀能力關鍵期的信誼基金會，在他們的網頁《閱

1 　根據「國際教育評估協會」（International Association for the Evaluation of Education Achievement, IEA）網站（http://www.iea.nl/index.html），所公布的 "Internation Student Achievent in Reading"。此處轉引自丁嘉琳：〈尋找閱讀的下一步——臺灣閱讀出了什麼問題？〉，天下雜誌教育基金會編著：《閱讀，動起來》，臺北：天下雜誌股份有限公司，2008，頁12及頁90。此文原發表於《天下雜誌》第387期。
2 　宋・朱熹集註、蔣伯潛廣解：《四書新解・論語》，臺北：啟明書局，2000，頁259-260。
3 　殷允芃：〈用閱讀，搭希望之橋〉，天下雜誌教育基金會編著：《閱讀，動起來》，頁4-5。
4 　曾志朗：〈閱讀，培養創造故事的下一代〉，《閱讀，動起來》，頁6-8。

讀大觀園》上說：「閱讀，不只是興趣，更是必備的能力；閱讀，要有熱情，也有方法；閱讀，是學習，也是吟、唱、演、畫、玩！閱讀，讓感情釋放、讓知識充盈，給孩子全然的滿足、多元的能力！」他們確信：「閱讀讓我們能跨越時空、縱橫古今；給我們知識的廣度，也給我們心靈的高度。」[5]

綜合而言，閱讀的目的有二：第一種是為了充實自己的知識，增強自己的智慧；第二種則著重於涵泳情性，陶冶人格。閱讀，可以有知性的收穫，也可以收感性的薰染之功。屬於知識累積的部分，可以從測驗中獲得量化的數據，屬於人格陶冶的無形力量，卻不容易在短期中得到見證。前者是有目的的閱讀（知識性書籍），期望拓寬的是知識的廣度；後者則是隨性的瀏覽（文學性讀物），希望提昇心靈的高度。二者必須交互演繹，交叉行進，才是真正的「閱讀」。

不過，如果將第二種隨性閱覽文學性書籍，改變為有計畫、有目的、有步驟的閱讀，那麼這種深度閱讀，將會把閱讀者從欣賞者的位置引向評論者或創作者，所謂「熟讀唐詩三百首，不會作詩也會吟」，說的正是這種以「寫作」作為主要目標的閱讀習慣。所以，從以上兩種閱讀目的中，走出另一條以「寫作」為目的閱讀習慣，未嘗不是「閱讀與寫作」這種課業的有效連結，牽引出「閱讀與寫作」間的橋樑。試以劉勰（約465-約532）的《文心雕龍》為例，王更生教授曾思考此書既以《文心雕龍》為名，則「文心」與「雕龍」各指何事？頗有推敲的必要，他認為：「『文心』蓋指文章的內容，『雕龍』則指文章的形式，內容包括思想感情，形式涵蓋文辭藻采。」[6]依此而觀，《文心雕龍》不僅是文學理論

---

[5]　信誼基金會：《閱讀大觀園》網頁（http://www.hsin-yi.org.tw/Reading/），2009年4月摘錄。

[6]　王更生：〈從《文心雕龍·序志》篇文——看劉勰的智慧〉，國立中山大學中國文學系：《文與哲》第十一期，2007年12月，頁184-185。

批評之首部專書，更該是文學寫作指導的啟蒙之作。《文心雕龍》分十卷五十篇，前二十五篇，從〈原道〉、〈徵聖〉、〈宗經〉到〈奏啟〉、〈議對〉、〈書記〉，可以視為以「閱讀」為目的的「文心」之所起、文章類型的探討，後二十四篇，從〈神思〉、〈體性〉、〈風骨〉以迄〈才略〉、〈知音〉、〈程器〉云云[7]，則是以「寫作」為目的的「雕龍」之技巧的文學方法論。《文心雕龍》，自我體現從閱讀到寫作的完整歷程。

撰述《如何閱讀一本書》（"How to Read a Book"）的作者莫提默・艾德勒（Mortimer J. Adler, 1902-2001）主張閱讀應該有四種不同的層次——基礎閱讀（Elementary Reading）、檢視閱讀（Inspectional Reading）、分析閱讀（Analytical Reading）與主題閱讀（Syntopical Reading）四種，我們所主張的以「寫作」作為主要目標的閱讀習慣，屬於「分析閱讀」這個層次。他說：「每一本書的封面之下都有一套自己的骨架。做為一個分析閱讀的讀者，你的責任就是要找出這個骨架。」[8] 如果將這句話裡的「一本書」縮小範圍，改為「一篇文章」、「一首詩」，讀者的責任仍然相同。換句話說，讀一首詩，要能透視出詩人如何架構這首詩，從而學會以自己的方法去寫作，去架構一首詩的骨架、去孕乳這首詩的血肉。《如何閱讀一本書》的第七章〈透視一本書〉中，有一小節就是「閱讀與寫作的互惠技巧」，他強調寫作與閱讀是一體兩面的事：

> 讀者是要「發現」書中隱藏著的骨架。而作者則是以製造骨架為開始，但卻想辦法把骨架「隱藏」起來，他的目的是，用藝術的手法將骨架隱藏起來，或是說，在骨架上添加血

---

[7] 南朝梁・劉勰著、清・黃叔琳注：《文心雕龍註》，臺北：明倫出版社，1970，目錄頁1-3。

[8] 莫提默・艾德勒（Mortimer J. Adler, 1902-2001）、查理・范多倫（Charles Van Doren, 1926- ）著，郝明義、朱衣譯：《如何閱讀一本書》（"How to Read a Book"），臺北：臺灣商務印書館，2004年9月，初版十刷，頁85。

肉。如果他是個好作者，就不會將一個發育不良的骨架埋藏在一堆肥肉裡，同樣的，也不會瘦得皮包骨，讓人一眼就看穿。如果血肉勻稱，也沒有鬆弛的贅肉，那就可以看到關節，可以從身體各個部位的活動中看出其中透露的言語。[9]

基於這樣的認識，一個寫作的愛好者必須養成「以寫作為目的」的閱讀習慣，隨時看清作品中詩人隱藏的骨架，而後才能撐起自己的天地。本文將以六種臺灣詩壇盛行的文學主義、文學流派作為觀察依據，試圖為「閱讀──寫作」之間，找到可以往來的橋樑。

二、寫詩的動心處：浪漫主義的浪漫念頭

根據文學史的發展，西洋文學各種主義流派自有其先後關係，或承繼、或抗衡，各有其階段性任務，不一而足。但在臺灣，詩人自行認識各種主義流派、或各種主義流派自足發展，卻可能有共時並駕或時程乖違的可能，也就是說，西洋發展了一、兩百年的文學理論，臺灣詩壇或臺灣詩人可能在一、二十年間或順向、或逆向複習了一遍。何況，臺灣詩人雖有組社的現象，卻是情誼的聯繫多於理念的結盟，詩人極有可能在這一時期服膺某種主義，卻在另一時期改弦易轍，與詩社的發展路向並無明確的繫連。因此，以西洋文學主義、流派去區分臺灣詩社、詩人並不恰當，但在教學上，以主義、流派獨立去解說詩作，進而分析詩作何以產生，讓學生有軌範可仰，有軌跡可循，未嘗不是一件可行之事。

以浪漫主義（Romanticism）為例，浪漫主義最早興起於十七世紀的德國，大盛於十八世紀末至十九世紀的英國，其影響力及於世界各地，影響的時間可能跨越三、四個世紀而不歇止。以浪漫主

---

[9]　同前注，《如何閱讀一本書》，頁100。

義在中國的發展來看,「由於受到西方文藝復興以來除古典主義外的各種文藝思潮的共時性的影響,中國二十世紀文壇一開始就形成了各種思潮交錯並列、相互滲透的發展局面,沒有西方文藝流變中不同思潮相繼而起的那種明顯的階段性。因此,中國現代浪漫主義文學思潮雖然貫穿整個二十世紀,卻很少成為某一個文學時代的基本標誌;而且它事實上還融合吸收諸如現代主義、現實主義的一些因素,因而呈現出某種程度的開放性。」[10]在臺灣亦然,本質上浪漫主義可能包含其他主義成分,與其他主義有著某種親緣關係,因而有可能滲入其他主義,以分流或匯流的方式存在,甚至於無法判分。因此,浪漫主義可能是所有詩人的基礎素養,卻不一定找到適切的代言人;浪漫主義可能發生於新詩發展的任一時段,卻也找不出特定的浪漫主義的專屬時代。

屬於浪漫主義的詩作,會有什麼樣的特色?

郁達夫(1896-1945)在《文學概說》裡直接指出:青年由於生命力的旺盛,「對於過去,取的是遺忘的態度;對於現在,取的是破壞的態度;對於將來,取的是猛進的態度。這一種傾向的內容,大抵是熱情的、空想的、傳奇的、破壞的。這一種傾向在文學上的表現,就是浪漫主義。」[11]換句話說,任何一個初次寫詩的心靈,那種熱情澎湃、熱血沸騰,就屬於浪漫主義。這種初生之犢的無畏之勇,正是青年學子之所以寫詩的最初動念處。

朱光潛(1897-1986)在《西方美學史》中認為:「第一,浪漫主義最突出的而且也是最本質的特徵是它的主觀性。……浪漫主義派感到新古典主義派所宣揚的理性對文意是一種束縛,於是把情感和想像提到首要的地位。」「其次,浪漫運動中有一個『回到中

---

10 陳國恩:《浪漫主義與20世紀中國文學》,合肥:安徽教育出版社,2000,頁16。
11 郁達夫:《文學概說》,《郁達夫全集》第五卷,浙江文藝出版社,1992,頁363。此處轉引自陳國恩:《浪漫主義與20世紀中國文學》,合肥:安徽教育出版社,2000,頁9。

世紀』的口號，這說明浪漫主意在接受傳統方面，特別重視中世紀民間文學。……中世紀民間文學不受古典主義的清規戒律的束縛，其特點在想像的豐富，情感的深摯，表達方式的自由以及語言的通俗。這正是浪漫主義派所懸的理想。」「第三，浪漫運動中還有一個『回到自然』的口號。這個口號是盧梭早已提出的。盧梭的『回到自然』有回到原始社會『自然狀態』的涵義，也有回到大自然的涵義。浪漫主義派繼承了這個口號，主要由於他們對資本主義社會的城市文化和工業文化的厭惡。」[12]大體上已經說到了浪漫主義的核心價值：主觀性是自我價值的肯定，特別重視中世紀民間文學是強調想像的直率與豐富，回到自然則幾乎是所有人性與文學最基本的呼喚。

詩人張錯（張振翱，1943- ）舉證了一大串西洋詩人的名字，他們在浪漫主義詩歌裡都有輝煌的成就：英國的華茲華斯（William Wordsworth, 1770-1850）、柯立芝（Samuel Taylor Coleridge, 1772-1834）、拜倫（Lord George Gordon Byron, 1788-1824）雪萊（Percy Bysshe Shelley, 1792-1822）、濟慈（John Keats, 1795-1821）；美國的愛倫坡（Edgar Allan Poe, 1809-1849）、惠特曼（Walt Whitman, 1819-1892）；德國的歌德（Johann Wolfgangvon Goethe, 1749-1832）；法國的雨果（Victor Hugo, 1802-1885）；俄國的普希金（Aleksandr Sergeyevich Pushkin, 1799-1837）等。對於浪漫主義的詮釋，他說：「為了抗衡（理性、秩序、節制、均衡的）新古典主義模擬古人而在詞藻上矯揉造作，浪漫主義強調個人主義主觀經驗與情感自然流露。文字上也喜歡流暢的生活語言，更崇尚自由想像力。」張錯特別強調「想像」在文學中的重要性：「想像（imagination）始終是浪漫主義最重要元素。柯立芝把幻想（fancy）與想像分開，前者是一種腦中的機械活動，只能安排那些早已儲存在腦海中的知識

---

[12] 朱光潛：《西方美學史》下卷，《朱光潛全集》第七卷，合肥：安徽教育出版社，1991，頁396-397。

形象思維。但想像卻不一樣，它有兩層作用，第一層的初級想像（primary imagination）只是單向思維，從一個起點到一個終點。但二級想像（secondary imagination）卻是一個有機體（organic），擁有一種『組合想像力質素』（esemplastic element），去把許多不同分散的事物重新融匯組合，合成一個複合體。」[13]

　　臺灣新詩中許多懷想童年之真，相信人性之美，崇尚自然之善的作品，或者剛剛戀愛新詩的那種英銳之氣，其實就是浪漫主義最底層的信仰：

> 我忽然想起你
> 但不是劫後的你，萬花盡落的你
>
> 為什麼人潮，如果有方向
> 都是朝著分散的方向
> 為什麼萬燈謝盡，流光流不來你
>
> 稚傻的初日，如一株小草
> 而後綠綠的草原，移轉為荒原
> 草木皆焚：你用萬把剎那的
> 情火
>
> 也許我只該用玻璃雕你
> 不該用深湛的凝想
> 也許你早該告訴我
> 無論何處，無殿堂，也無神像

---

[13] 張錯：《西洋文學術語手冊——文學詮釋舉隅》（A Reader's Guide to Literary Terms），臺北：書林出版有限公司，2005，頁252-253。

忽然想起你，但不是此刻的你
已不星華燦發，已不錦繡
不在最美的夢中，最夢的美中

忽然想起
但傷感是微微的了
如遠去的船
船邊的水紋……[14]

　　敻虹（胡梅子，1940- ）這首詩以船邊的水紋逐漸淡去模糊，寫一段優美的情傷。當身在這段情動時，星華燦發，神像殿堂，又何足以形容內心那種美麗的震顫？這種騰熱、悸動，正是寫詩的動心處。

三、寫詩的著手處：寫實主義的寫實典型化

　　寫實主義，或稱現實主義（Realism），到底是什麼樣的主張？「一般指準確描寫生活或現實或逼真事物（verisimilitude）。」「但寫實主義亦專指十九世紀歐美的一項文學運動，以小說為主，意在反映社會一般民眾的真實現狀。」[15]張錯的詮釋言簡意賅，點出寫實主義的特質，並且舉證法國的巴爾札克（Honoré de Balzac, 1799-1850）、福婁拜（Gustave Flaubart, 1821-1880），英國的哈代（Thomas Hardy, 1840-1928），美國的馬克吐溫（Mark Twain, 1835-1910），俄國的屠格涅夫（Ivan Sergeyevich Turgenev, 1818-1883）、杜斯妥也夫斯基（Fyodor Mikhailovich Dostoyevsky, 1821-1881）、托

---

[14]　敻虹：〈水紋〉，張默・蕭蕭主編：《新詩三百首・1917-1995》，臺北：九歌出版社，2007，頁552-554。
[15]　張錯：《西洋文學術語手冊——文學詮釋舉隅》，頁248-249。

爾斯泰（Leo Tolstoy, 1828-1910），這些國際水準的小說大家做為例證，但是卻不曾點名詩人作為代表，可見要以「詩」作為生活現實的精確描繪圖，本非易事，這種鉅細靡遺的敘述語言確實不是「詩」所擅長。臺灣許多標榜寫實主義的詩作，如果要能符合現實主義的要求，卻有可能遠離詩的期望。

　　不過，我們體認到：所有的藝術作品無不來自於人類的生活，現實正是所有文學賴以生存的土壤。因此，所謂現實主義有著廣義與狹義之分。「廣義的現實主義，是指自古以來就有的反映現實的藝術品共同具備的一種原則和因素。狹義的現實主義，是指歐洲於十八世紀末提出，十九世紀初取代浪漫主義而佔主導地位的一種自覺的創作方法和文藝流派。」如果將寫實主義與其他相近的主義作一比較，這種狹義的寫實主義的目的，更為明顯：「和古典主義不同，現實主義反對從概念和類型出發，注重現實生活中活生生的、具有鮮明個性特徵的人和事物；和浪漫主義不同，現實主義要求冷靜地觀察和認識生活，對現實關係有深刻地理解和把握，按照生活本來的樣式反映生活；和自然主義不同，現實主義強調對生活現象的提煉和典型概括，強調細節的真實和生活本質的真實，反對對生活做赤裸裸的、不加選擇描寫。」[16]

　　許多人強調，從日制時代開始，臺灣詩壇即以現實主義為主流，而且，寫實主義的寫實作法又有豎立典型的傳統，這樣的詩例俯拾可得：

　　　　天上瀰漫著密密的烏雲
　　　地面滾湧著茫茫的浪
　　　　　　隆隆的電聲，又在不斷地把傾盆大雨趕送
　　　一分　一寸　漲漲漲

---

[16] 王世德主編：《美學辭典》，臺北：木鐸出版社，1987年12月，頁446-448。

僅一霎時間
　　已把溪水漲得成尺，成丈
　　遼闊無垠的砂埔、田野
　　竟氾成了大海汪洋

　　綠油油的蕃薯甘蔗
絲梗般地漂流著
　　肥胖胖的牛羊牲畜
鳧鳥般地沉浮著
　　敧斜剝落的茅竹屋
船兒般地盪擺著
　　一些騎在屋脊的災民喲
戰戰地
　　像個船次漂海的旅客

　　樹上不留綠葉
地上不留青草
　　幽僻的一個農村
幾成一片荒埔
　　廣漠的一遍田烟
幾成蒙古沙漠
　　而遺留給大家呢
除卻腐爛的臭屍
　　也只有笨重的石塊、朽木

　一片的荒埔
廣闊的沙漠
　　這一切傷心慘目的景象呀

我見之　猶要心痛
況遭受慘虐的兄弟們
怎教他不會椎心、頓足
怎教他不會泣血、哭慟[17]

　　楊守愚（楊松茂，1905-1995）這首詩極盡寫實之能事，將臺灣溪流短促，山高水急，極易氾濫成災的實情鋪展眼前。臺灣各縣市幾乎都有山景、海景，即目所見，即可成詩。寫實主義者所呈現給習作者的啟示，不就是這種從近處下筆，從身體周遭開始書寫的務實經驗嗎？

四、寫詩的著眼點：自然主義的自然宿命觀

　　自然主義（Naturalism），望文生義，與寫實主義有著相關的血緣，張錯直接指出：「自然主義為西方十九世紀末到二十世紀，從寫實主義（Realism）發展出來的一種文學主張與風格。顧名思義，自然主義當然與自然（nature）有關。十九世紀作家開始以理性科學態度審視周圍環境（包括社會及自然環境），並以剖析『標本』（specimen）的態度，鉅細無遺描述人生百態，冷靜呈現中下層階級人物的挫敗。」「小說家深有感觸，亟力把『人』描繪成與動物無異的生物：動物在弱肉強食的叢林中求生存，人也在社會架構出來的這個『人類叢林』（human jungle）中求生存。」「寫實主義對現實作客觀的描繪，自然主義則用『命定論』（determinism）來做消極的哲學演繹，尤其牽涉及無可抗拒的命運（fate,destiny）因素。」[18]如果佛家有「無常觀」，認為生命沒有一定的規則可

---

[17]　楊守愚：〈蕩盪中的一個農村〉，張默・蕭蕭主編：《新詩三百首・1917-1995》，頁278-280。
[18]　張錯：《西洋文學術語手冊——文學詮釋舉隅》，頁177-180。

循，那自然主義所強調的「宿命論」，似異而實同，異的是「命定」與「無常」的軌道講法相反，同的卻是人與萬物一樣，受到生理遺傳及生命力的拘束，受到生存條件的限制、生存環境的擺佈，毫無力量反抗。

　　文學史上，對於自然主義與現實主義有著許多異同的比較，但我喜歡強調：所謂自然主義，其實可以視為深層的悲觀主義者，人在大自然的循環中脆弱如蟻蟲，以及由此所滋生的齊一萬物的同理心、廣博的人道主義悲憫之情，這才是文學真正的基點。可以說，自然主義是文學美學的開始，現實主義則是細膩描繪的過程。而且，所謂的宿命情懷，並不等同於消極的生命觀，而是以自己生命的卑微去看待其他的生命，以悲憫的心對待世上所有的萬物，如是，完全俯應寫詩者應有的著眼點。

　　　狠狠地
　　　把我從溫暖的土裡
　　　連根挖起
　　　說是給我自由

　　　然後拿去烤
　　　拿去油炸
　　　拿去烈日下曬
　　　拿去煮成一碗一碗
　　　香噴噴的稀飯
　　　吃掉了我最營養的部分
　　　還把我貧血的葉子倒給豬吃

　　　對於這些
　　　從前我都忍耐著

只暗暗怨嘆自己的命運

唉，誰讓我是一條蕃薯

人見人愛的蕃薯

但現在不行

從今天開始

我不再沈默

我要站出來說話

以蕃薯的立場說話

不管你願不願聽

我要說

對著廣闊的田野大聲說

請不要那樣對待我啊

我是無辜的

我沒有罪![19]

　　鄭炯明（1948- ）的〈蕃薯〉詩，將自己喻為蕃薯，寫出卑微的身命與處境，這種俯身彎腰與萬物齊等的生命觀，屬於自然主義詩學的內在思路，也是所有初學詩的人應有的襟懷，詩中的生命觀照就從這樣的小地方出發。

五、寫詩的精彩點：意象主義的意象創造學

　　意象一詞，幾乎是所有現代詩相關論述裡一定會提到的術語。至於意象主義（Imagism），詩人張錯以最簡潔的語詞說是：「二十世紀初期美英詩人以文字視覺意象為表現的詩歌運動。」並標

---

[19]　鄭炯明：〈蕃薯〉，張默‧蕭蕭主編：《新詩三百首‧1917-1995》，頁618-620。

舉龐德（Ezra Pound, 1885-1972）為意象主義先驅，說他大量翻譯中國古詩，介紹東方美學及日本俳句，尤其強調「無象不成詩」這樣的觀點。龐德特別欣賞中國象形文字，以為中國象形文字本身就是意象（Imagery）的疊合（superposition of imagery），就是一種意象詩。[20]

關於意象主義，早於龐德而能產生關鍵性影響力的詩人是出生於英國的托馬斯・休姆（Thomas Ernest Hume, 1883-1917），他學習柏格森哲學，研究法國唯美主義和象徵主義詩人，反對後期浪漫主義的鬆軟詩風，倡導簡潔硬朗的新古典主義，他的短詩〈秋〉、〈城市落日〉被視為是最早的意象派詩作。[21]

引五行的〈城市落日〉於下，會讓人不自覺想起臺灣白靈（1951- ）的五行小詩：

> 一位跳芭蕾舞的主角，醉心掌聲，
> 真不願意走下舞臺，
> 最後還要淘氣一下，高高翹起她的腳趾，
> 露出擦著胭脂的雲似的絳紅內衣——
> 在正廳頭等座位一片敵意的嘟噥中。[22]

托馬斯・休姆與弗・斯・弗林特（F. S. Flint, 1885-1960）組成小團體時並未特別命名，直到1908年，艾茲拉・龐德從美國到倫敦，與休姆等人相識，詩觀激盪，才有了更為清晰的共同理念。一九一一年十月，龐德作為芝加哥《詩刊》的國外代表，寄出赫爾達・杜立特爾（H. D., 1886-1961）及其夫婿的詩作，在詩作後註明：「意

---

[20] 張錯：《西洋文學術語手冊——文學詮釋舉隅》，頁140-142。
[21] 袁可嘉（1921- ）：《歐美現代派文學概論》第七章〈意象主義文學〉，桂林：廣西師範大學出版社，2003，頁179-207。此段敘述見頁179。
[22] 見前注，頁183。另見彼德・瓊斯編，裴小龍譯：《意象派詩群》，桂林：灕江出版社，1986。

象派H. D.」；同時，又把休姆的詩作收入在自己的詩集《還擊》裡，並且在序文中稱休姆為「意象派的一員」，「意象派」的名稱就此公諸於世。

意象派最主要的論點出現在一九一三年三月號的《詩刊》，弗林特（F. S. Flint）發表〈意象主義〉一文，提出意象派創作三原則：一是直接處理事物，無論是客觀的還是主觀的；二是絕對不使用任何無益於表現的詞彙；三是詩的節奏應該採取連綿的音樂性短語，不以輕重音節的反覆來形成。龐德也發表〈意象主義者的幾個"不"〉：語言方面不用多餘的詞，不用抽象詞，不用劣詩來覆述好散文已講過的東西，不要以為詩藝術比音樂藝術簡單，不要襲用別人的修飾性詞彙，不用修飾語（或只用好的修飾語）。對於「意象」，龐德的界定是：「一瞬間感情和理智的複合物」。[23]他說：「意象在任何情況下都不只是一個思想，它是一團或一堆相交融的思想，具有活力。」「準確的意象能使情緒找到它的『對等物』。」[24]

一九一五年四月，美國女詩人艾米・羅威爾（Amy Lawrence Lowell, 1874-1925）編選三冊意象主義詩人年度詩選，序文中申述六綱領：

（一）運用日常會話的語言，使用精確的詞，而不僅僅是裝飾性語詞；

（二）創造新的節奏，把自由詩作為一種原則來奮鬥；

（三）題材選擇上允許絕對的自由；

（四）要呈現「意象」，精確地處理殊相，而不是含糊處理共相；

（五）寫出硬朗、清晰的詩，絕不要模糊的、或無邊無際的詩；

（六）凝練是詩歌的靈魂。[25]

---

[23] 見前注，袁可嘉：《歐美現代派文學概論》第七章〈意象主義文學〉，頁180。

[24] 林驤華（1951-　）編著：《現代西方文論選》，臺北：書林出版公司，1992，頁259-260。

[25] 袁可嘉：《歐美現代派文學概論》第七章〈意象主義文學〉，頁181。

可以看出意象派詩作的共同特徵，在於鮮明的意象與短小精悍的小詩體制，講究含蓄而不直陳，清晰而不含糊的詩想。[26]

臺灣詩壇提到意象主義詩作，一定會提到美國現代詩人威廉斯（William Carlos Williams, 1883-1963）的〈紅色小推車〉（"The Red Wheelbarrow", 1923），將這首詩推崇為意象主義的代表作。臺灣詩人商禽（羅顯烆，1930-2010）的〈五官素描〉、白靈（莊祖煌，1951- ）的〈風箏〉等五行小詩，則是大家所熟知的意象派名篇。以下請以白靈的〈鐘擺〉思考時間、肉體、靈魂及生死的問題：

> 左滴右答，多麼狹小啊這時間的夾角
> 游入是生，游出是死
> 滴，精神才黎明，答，肉體已黃昏
> 滴是過去，答是未來
> 滴答的隙縫無數個現在排隊正穿越[27]

〈鐘擺〉這首詩創造夾角的意象，讓時間三態穿越，讓生死問題與時間結合，也讓精神與肉體的生命價值，藉著這一小小夾角思考時間的價值與意義。抽象的時間與生命，因為鐘擺擺動所形成的夾角，有了可以具體思考的空間，詩的精彩點由此揮灑、拓展。

六、寫詩的放手法：超現實主義的夢囈說

超現實主義（Surrealism），臺灣在二十世紀三〇年代日據時期已有楊熾昌（1908-1994）的「風車詩社」提倡，六〇年代又有瘂弦（1932- ）所屬的「創世紀詩社」奉行。六〇、七〇年代曾經

---

[26] 蕭蕭：〈英美文學裡的意象派〉，《現代新詩美學》，臺北：爾雅出版社，2007，頁263-266。

[27] 白靈：〈鐘擺〉，張默・蕭蕭主編：《新詩三百首・1917-1995》，頁665。

盛行一時，蔚為風潮，但卻又是大家避之唯恐不及的一個主義，許多詩人深怕沾染超現實的名號。張錯的《西洋文學術語手冊——文學詮釋舉隅》介紹超現實主義時僅用一頁，不知是否故意節略？其要點如次：超現實主義是1920年法國詩人與畫家發起的一個文藝運動，深受弗洛依德（Sigmund Freud, 1856-1918）心理分析（psychoanalysis）影響，企圖拋棄創作裡的理性邏輯思維，逕自訴諸潛意識「更高層次的現實」（higher reality）。Surrealism，是法國詩人阿波里奈爾（Guillaume Apollinaaire, 1880-1918）首先提出，即是指超過現實（super-real）或在現實之上（above reality）。[28]

布洛東（Andre Breton, 1896-1966）1924年發表《超現實主義宣言》（*Mamifeste du Surrealism*），有著這樣的結語：

> 超現實主義，陽性名詞：純粹的精神學自發現象，主張通過這種方法，口頭地，書面地或以任何其他形式表達思想的實實在在活動。思想的照實記錄，不得由理智進行任何監核，亦無任何美學或倫理學的考慮滲入。
>
> 哲學背景：超現實主義的基礎是信仰超級現實；這種現實即迄今遭到忽視的某些聯想的形式。同時也是信仰夢境的無窮威力，和思想能夠不以利害關係為轉移的種種變幻。它趨於最終地摧毀一切其他的精神學結構，並取而代之，以解決人生的主要問題。[29]

可以看出：夢境、潛意識、異常人行為、非理性所能控制的舉動，甚至於不惜摧毀其他精神學結構，超現實主義者相信這種不合常理的言行，才是更為逼近「現實」的一種真實，因為它們不受理

---

[28] 張錯：《西洋文學術語手冊——文學詮釋舉隅》，頁282。

[29] 柳鳴九主編：《未來主義超現實主義魔幻現實主義》，臺北：淑馨出版社，1999，頁255。

性的制約，不受道德的規範，這才是真正第一手的真實。夢囈、瘋言瘋語、潛意識的言行，因而受到重視，有了真實的價值，創作者奉之為創作的源泉。「超現實主義從浪漫主義師承了對夢、催眠、瘋狂、妄想——簡而言之，即人的『潛意識』——等等的關心。超現實主義者這麼做，目的是要在理性主義和唯物論的巨大風尚壓力下奠定想像力的重要地位。」[30]詩的創作者可以完全解放，真正放手、放心、放膽去創作！

　　　　子夜的燈
　　　　是一條未穿衣裳的
　　　　小河
　　　　你的信像一尾魚游來
　　　　讀水的溫暖
　　　　讀你額上動人的鱗片
　　　　讀江河如讀一面鏡
　　　　讀鏡中你的笑
　　　　如讀泡沫[31]

　　如果夢囈、瘋言瘋語、潛意識的言行都可以成詩，那麼，還有什麼不能成詩？如果小河可以拿來譬喻燈，魚的游動可以譬喻信，如洛夫（莫洛夫，1928- ）這首〈子夜讀信〉，讀江河可以如讀一面鏡，那麼，初學詩的人是否就勇於開啟自己的想像之窗，不受任何拘囿？閱讀超現實主義的詩作、小說，放手一搏的信心與勇氣，油然而生。

---

[30]　蔡源煌：《從浪漫主義到後現代主義》，臺北：雅典出版社，1998，頁202。
[31]　洛夫：〈子夜讀信〉，張默‧蕭蕭主編：《新詩三百首‧1917-1995》，頁357。

七、詩的架構術：後現代主義的拼貼步

後現代主義（Postmodernism），崛起於一九五〇年代，六〇年代已在西洋文學史上取得顯著位置。臺灣則在現代主義尚未完全興盛、普及之時，二十世紀八〇年代後期即已引進後現代觀念。現代、後現代，交疊行進；現實、超現實，糾葛影響；形成臺灣詩壇各主義流派混同其中而異質獨具的特殊面貌。

後現代主義重要名家，包括李歐塔（Jean-François Lyotard, 1924-1988）、哈山（Ihab Hassan, 1925- ）、詹明信（Fredric Jameson, 1934- ）等。何謂後現代主義？引述李歐塔：《後現代狀況》（The Postmodern Conditions: A Report on Knowledge,1984）中，所指出三項的後現代特性，或可略見一斑：

> 1. 指第二次世界大戰後一種非傳統與非寫實的文藝風格。
> 2. 指含有現代主義極端性的文藝風格。
> 3. 指一九五〇年代後一種近期資本主義世界觀，以樂觀享樂態度擁抱現世的文化藝術與意識型態。[32]

哈山在《後現代的轉向》（*The Postmodern Turn*, 1984）中，列出十一種後現代多元現象的界定因素：（1）不確定性（indeterminacy）；（2）支離破碎（fragmentation）；（3）去正典化（decanonization）；（4）無我、無深度（self-less-ness, depth-less-ness）；（5）無法呈現、無法再現（unpresentable, unrepresentable）；（6）反諷（irony）；（7）雜糅（hybridization）；（8）嘉年華會化（carnivalization）；（9）演出、參與（performance, participation）；（10）建構主義

---

[32] 張錯：《西洋文學術語手冊——文學詮釋舉隅》，頁238-239。

（constructionism）；（11）內在（immanence）。[33]也可以幫助我們快速瞭解後現代主義。

以研究後現代詩及理論而著名的詩學教授孟樊（陳俊榮，1959-）認為臺灣後現代詩的創作有如下主要七點特徵：

1. 文類界線的泯滅。
2. 後設語言的嵌入。
3. 博議（bricolage）的拼貼與混合。
4. 意符的遊戲。
5. 事件般的即興演出（happening performance）。
6. 更新的圖象詩與字體的形式實驗。
7. 諧擬（parody）大量的被引用。[34]

除此之外，孟樊還曾列出三十多項特色，諸如：寓言、移心、解構、延異、開放形式、複數文本、眾生喧嘩、崇高滑落、精神分裂、雌雄同體、同性戀、高貴感情喪失、魔幻寫實、文類融合、意指失蹤、中心消失、形式與內容分離……等等，[35]顯現一個發展中的思潮潮汐不斷的現象。

其中，拼貼手法的應用最為詩人大眾所熟悉，但是回憶超現實主義、甚至於浪漫主義，其實也有類似的技巧，「超現實文學的手法之一乃是使平凡的事物蒙上不平凡的韻致和色彩，並且將不相關的事物、觀念、字詞一併呈現，甚至於任意將事實與其原發生的背景分割。」「（浪漫主義者）柯立芝也曾主張寫詩要使自然現象添上超自然的色彩，兩者交錯。所不同的是，柯立芝所謂的整合是是心智上（intellectual）的一種，可是超現實主義所說的異質事物

---

[33] 同前注。
[34] 孟樊：《臺灣後現代詩的理論與實際》，臺北：揚智文化事業公司，2003，頁193。
[35] 孟樊：《當代臺灣新詩理論》，臺北：揚智文化事業公司，1995，頁265-279。

之組合，其關係乃是來自情緒上或感覺上的情結，而非心智上的概念。」[36]

       真的有美麗的鳥

兒

在

窗

外

       仔細戲弄陽光嗎

好像是有啦

不

過

嘛

       管這幹嘛呢

       幾年前不早已失去聯絡了嗎

說

的

也

是

啦

       可是不知為什麼突然想起來

       該死該死

該

活

       該活該死[37]

---

[36] 蔡源煌：《從浪漫主義到後現代主義》，頁203。

[37] 丘緩：〈我的門聯〉，張默‧蕭蕭主編：《新詩三百首‧1917-1995》，頁891-892。

這首詩是丘緩（陳秋環，1964- ）的〈我的門聯〉，直式排列時，整個外在形式完全符合「門聯」的傳統規格，但細究內容，既不相對，也不相關，如果有人問起詩中旨意，誰也答不上來，這是後現代主義式的隨意拼貼，在結構、解構、重構間，留下極大的思考空間，在新詩創作學裡鼓舞躍躍欲試的年輕心靈。

八、結語

　　「詩是強烈情感的流露；詩源自寧靜中回憶所獲致的情緒感受；藉某種反應而對該情緒加以沈思，直到人的恬靜消失為止，而後一種近似於原來在沈思某一物或對象當時的情緒便告產生，乃至存於心中。成功的詩作通常是在這種心態下開始的。」[38]這是華茲華斯：《抒情歌謠》序中的話，將詩之成形，由變動不居的個人情緒之湧動，以至於理性沈思之介入，其中有著太多的不可知因素，這是創作教學難以掌握的原因。

　　如果又要以現代文學思潮的流變做為創作教材，變數將增多，因為「中國現代主義文學是西方現代主義文學移植到中國以後的變體，是一種全新的異質文化。它傳承了西方現代主義文學的反叛性、抗爭性、革命性、探索性，以一種異端的姿態出現於中國文壇上，因此異質性就成了中國現代主義文學的一個基本特性。」[39]不過，即使面對這樣的難處，在耙梳過西洋文學各主義流派之後，歸納為這六項理念，或許可以掌握西洋文學理論全面性的精華，不至於落入偏倚的缺憾：

　　　　寫詩的動心處：浪漫主義的浪漫念頭
　　　　寫詩的著手處：寫實主義的寫實典型化

---

[38]　蔡源煌：《從浪漫主義到後現代主義》，頁10。
[39]　呂周聚：《中國現代主義詩學》，北京：人民文學出版社，2001，頁46。

寫詩的著眼點：自然主義的自然宿命觀

寫詩的精彩點：意象主義的意象創造學

寫詩的放手法：超現實主義的夢囈說

寫詩的架構術：後現代主義的拼貼步

　　閱讀、思考、整理、而後寫作，這是一條理性的路，卻也是一條可以永遠走下去的路。自學或教學，都可能走出康莊大道。

參考文獻

中文書目（依作者姓氏筆畫序）

天下雜誌教育基金會編著：《閱讀，動起來》，臺北：天下雜誌股份有限公司，2008。

王世德主編：《美學辭典》，臺北：木鐸出版社，1987。

朱光潛：《西方美學史》，《朱光潛全集》，合肥：安徽教育出版社，1991。

朱熹集註、蔣伯潛廣解：《四書新解‧論語》，臺北：啟明書局，2000。

呂周聚：《中國現代主義詩學》，北京：人民文學出版社，2001。

孟樊：《臺灣後現代詩的理論與實際》，臺北：揚智文化事業公司，2003。

孟樊：《當代臺灣新詩理論》，臺北：揚智文化事業公司，1995。

林驥華編著：《現代西方文論選》，臺北：書林出版公司，1992。

信誼基金會：《閱讀大觀園》網頁（http://www.hsin-yi.org.tw/Reading/），2009。

柳鳴九主編：《未來主義超現實主義魔幻現實主義》，臺北：淑馨出版社，1999。

郁達夫：《文學概說》，《郁達夫全集》第五卷，浙江文藝出版社，

1992。

袁可嘉：《歐美現代派文學概論》，桂林：廣西師範大學出版社，
　　2003。

張錯：《西洋文學術語手冊──文學詮釋舉隅》（A Reader's Guide
　　to Literary Terms），臺北：書林出版有限公司，2005。

張默‧蕭蕭主編：《新詩三百首‧1917-1995》，臺北：九歌出版社，
　　2007。

陳國恩：《浪漫主義與20世紀中國文學》，合肥：安徽教育出版社，
　　2000。

劉勰著、黃叔琳注：《文心雕龍註》，臺北：明倫出版社，1970。

蔡源煌：《從浪漫主義到後現代主義》，臺北：雅典出版社，1998。

蕭蕭：《現代新詩美學》，臺北：爾雅出版社，2007。

中譯書目

莫提默‧艾德勒（Mortimer J. Adler, 1902-2001）、查理‧范多倫（Charles
　　Van Doren, 1926- ）著，郝明義、朱衣譯：《如何閱讀一本書》
　　（"How to Read a Book"），臺北：臺灣商務印書館，2004。

彼德‧瓊斯編，裘小龍譯：《意象派詩群》，桂林：漓江出版社，
　　1986。

新詩「創作教學」的十種可能

摘　要

　　新詩教學，不外乎詩作賞析、詩人評述、詩史敘說、詩論檢覈、詩潮歸納、詩篇朗誦，但創作教學卻是其中最不可忽視的一環。新詩創作教學不一定以培養創作人才作為第一要務，應該是為了擴大閱讀的廣度，深化鑑賞的深度而做努力，而培養創造力之前的觀察力、鑑定力、想像力的練習，如果能完全激發出來，隨時揮灑應用，受益的不只是國文學科，不只是學業，不只是眼前，所以新詩創作教學，應該受到重視，應該有更多的老師投入這項研究，相互激盪，蔚為風氣。本文以教學之所思，謹提供創作教學之九種可能途徑，作為初階教材，以收切磋之效。這九種途徑是：要柔軟學生的腦先柔軟學生的心，從望向海天一線體會詩心萬變，以舊詩的解放理解詩意的由來，學習換句話說作為創作的開始，學會意象創造的雛形，以頂真詩的實驗盪開思緒，堅持五行詩的格局以削除雜質，舒張語勢以達成小說的功能，多讀同類型詩作以先求其同再求其異。

關鍵詞：新詩創作教學、柔軟的腦、柔軟的心、意象創造、類型詩

一、前言：新詩教學的空間

一般新詩教學，不外乎詩作賞析、詩人評述、詩史敘說、詩論檢覈、詩潮歸納、詩篇朗誦這六項，除此六項之外，詩法分解與實作演練的時間微乎其微，這種上課方式傳承了傳統「詩選」課程，一仍故舊，未見革新。

如果新詩八十年的歷史歷練，可以讓她從古詩舊詞中完全拋除數百年、上千年的格律束縛，那麼，新詩教學更應該丟掉沈重的包袱，剪斷歷史的鐐銬，走出自己的步伐，飛向未可知的天空。譬如，如何以演歌、詩劇的方式代替吟誦、欣賞，如何添加聲光的效果以添加詩的精彩，如何借用電腦的程式設計帶引人腦設計新詩程式，也就是說：新詩教學課程應該還有許多揮灑的空間，以「互文式」的句型來說：新詩教學課堂應該還有許多瀟灑的時間。

二、柔軟的腦，柔軟的心

就因為課程能設計出揮灑的空間，課堂上才會有瀟灑的師生共處的時間。何況，舊詩的作法講究安穩平仄、調諧韻腳、協同對仗，就已粗備詩的外在形式，新詩卻連這種供大家認可、辨識的模子都無法確立，如何教學？而青少年正值黃金歲月、詩樣年華，心中有著太多的情緒等待宣洩，有著太多的幻想等待引航，新詩教學或擴大為國文教學，如果不教新詩創作示範，學生會覺得是一種欠缺，隱隱約約有著遺憾的感覺。

因此，詩人、學者紛紛投入新詩創作教學，編著專書，依出版時序，目前所知已有這些專著：

蕭　蕭：《青少年詩話》，臺北：爾雅，1989／臺北：爾雅，

2006

白　靈：《一首詩的誕生》，臺北：九歌，1991／臺北：九
　　　　歌，2006

蕭　蕭：《現代詩創作演練》，臺北：爾雅，1991

白　靈：《煙火與噴泉》，臺北：三民，1994

渡　也：《新詩補給站》，臺北：三民，1995

蕭　蕭：《現代詩遊戲》，臺北：爾雅，1997

仇小屏：《下在我眼眸裏的雪》，臺北：萬卷樓，2001

蕭　蕭：《蕭蕭教你寫詩・為你解詩》，臺北：九歌，2001

白　靈：《一首詩的誘惑》，臺北：鷹漢，2003／臺北：九
　　　　歌，2006

白　靈：《一首詩的玩法》，臺北：九歌，2004

蕭　蕭：《新詩體操十四招》，臺北：二魚，2005

新的創作技巧，新的引發想像力的精彩絕招，與時俱進，陸續在課堂上被開發。但是，新詩不同於舊詩，她沒有既定的格式可以遵循，因此不能死記僵化的格律，所有的練習都為了某個未可知的不定數，沒有人確知這樣的路徑是否通向一座花園，但是，這一切都為了「柔軟」學生的腦在做準備，唯有柔軟的腦才會有新奇的反應，才會產生出人意表的創意，才有可能創造意想不到的新詩。以上新詩創作教學用書，無一不是為此而設。

不過，「柔軟」學生的腦，終究是一種技巧的鍛鍊，一種想像力的激發，不是寫詩、教詩的真正本意。寫詩、教詩的真正本意，在於抒寫情、發現美、追求真，因此在「柔軟」學生的腦之前，應該先「柔軟」學生的心，「柔軟」的心才是詩的真正泉源。

雖然，有情的心／多情的心／深情的心，這樣的進階，有可能是天賦天生，難以移易，但擁抱這樣的襟懷，未嘗不可以隨著修身、修心而逐漸開展，先是勇於流汗，而後勇於流淚，終而願意勇

於為他人流血；先是願意付出體力，而後願意付出感情，終而願意付出自己寶貴的生命。就如兒女孝順父母的三種進程：能養、能敬、能安，藝術上的三種傑作：能品、逸品、神品，哲學上的三種生命境界：用力、用心、不用心。如此，「柔軟」的心，終極的人道關懷，慢慢培養而出，教他寫詩才有意義、才有價值。

「若不能深情專注則生命將一無所有」，有了這樣的認識，才算是具足新詩創作的基本工夫。但是，這樣的訓練又非三兩節國文課所能造就，這是所有的家庭、學校，全時期、全心力戮力以赴的倫理教育、美學教育，詩，只是這種深情專注的生命所開出來的花。

三、望向海天一線，讓詩心萬變

哪裡最有可能激生詩意？懸崖邊，深谷中，大樹下，或者只是專注凝視一株小草隨風搖曳，靜靜感受母親遞過來的一條熱毛巾，近取諸身，這就是詩意。一開始，所求不多，只要求能發揮想像，從身邊盪向另外的空間，從今天盪向另外的時間，激生出兩三句詩句，其實就是一個好的開始。

天地間那一條虛擬的地平線（海平線、海天線、天地線），曾經逗引白萩（何錦榮，1937- ）的〈雁〉無止盡的追逐，[1]曾經逗引羅門（韓仁存，1928-2017）寫出〈我最短的一首詩〉：「天地線是宇宙最後的一根弦」，[2]如果能讓孩子置身在廣闊的綠野平疇之中，讓孩子親自面對一望無際的汪洋，虛擬的那一條地平線會是天涯的盡處，還是海角的樂園？是山窮水盡無路之所在，還是柳暗花明新村的地方？左右延伸它會伸向哪裡？前後追逐我要如何親近？這樣的問題不待老師追問，學生自會在心中往復探索，來回琢磨，詩意

---

[1]　白萩：〈雁〉，《天空象徵》，臺北：田園出版社，1969，頁16-17。
[2]　羅門：〈我最短的一首詩〉，《臺灣詩學》季刊第十五期，1996年6月。

（一兩行詩句的練習）就在這樣拿起、放下的歷程中逐次漾現：

◎按左鍵一下超連結，接起兩端天地
　何須相識？
◎天把海放在心中，地把海放在腦中
　不需言語，就可明瞭彼此的愛意！
◎兩片藍色交會的臨界線
　卻是最模糊的終點
◎時間的平行線不斷向左右延伸
　而我向前後進退觸摸不著
◎望著軌道
　怎麼始終等不到火車的身影？
◎當年達摩搭乘的蘆葦還漂浮在海上
　達摩，人呢？
◎那幻化成泡沫的美麗船影
　消逝在海中？還是空中？
◎夜裡，自天邊隕落的星兒
　更為大海增添了一股神祕的氣息
◎那是一條通訊之路
　貝殼——大海的耳朵在遠遠的兩頭
◎窗簾軌道
　誰佈置了深藍色的布幔，隨風微微而動
◎雪白的雲的捲髮，藍色刺青的海的額頭之間
　那是地球智慧的髮線
◎走在那平衡木上
　若是跌倒了，會往天上飛還是海裡游呢？
◎站上那一條線
　天空畫布可以繪出屬於我們的彩色世界

◎一條直長的麻繩
　兩頭馬力也無法將它拆散
◎輕輕顫動那木棒
　也能成為動人的扇子，習習生風嗎？
◎那麼長的線
　是否能連接你我的心思呢？
◎這麼大的路標
　要想迷路也不容易了！
◎母與子的哺乳之情，豈能說斷就斷？
　只是海生養著天，還是天照顧著海？
◎人生的道路如果也拉得這樣長
　是彎還是直呢？

　　這是我讓弘光科技大學的學生從大肚山腹遠望臺灣海峽所觸發的詩句，這樣的詩句，句句都是好詩篇的觸媒，左右延伸，前後發展，自能發展出一首好詩。

四、五絕的轉換，舊詩的解放

　　東方詩人一向創作小詩，日本三十一字（音節）的和歌、十七字（音節）的俳句，就是小詩。唐朝的五言絕句只有二十個字，被尊稱為「二十賢人」，七言絕句也不過是二十八字；長一點的五律、四十個字，七律、五十六字，都是小詩。這樣的小詩，依然是詩人嘔盡心血的佳作，絕對是內斂、凝縮、精鍊的心靈結晶，具有著鑽石一般的光芒。

　　如果逆其道而行，將詩人嘔心瀝血的精鍊藝術加以解放，就像濃縮的維他命丸要支撐一個人一天的生命活力，我們一定可以感受到慢慢釋放的那種力勁。所以，選擇一首最短最好的五言絕句，

讓「二十賢人」個個顯露身手，一個人說不定可以當好幾個人用，一個意象說不定可以轉換成好幾個意象，或者轉換成更絕妙的意象群，古詩人常說的「奪胎換骨」，襲意而不襲句，襲句則不襲意。這是一種古今詩意會通最好的辦法，可以深度理解古人詩境，又可以鋪展今人語境，拓展高妙的意境，值得多方運用練習。

　　這種練習最要注意的是：它可以是文言與白話之間語言的舒放，但不是文言與白話的翻譯；它可以是舊詩詞格律束縛的完全解放，但不是白話新詩的任性縱逸；它可以是新詩新意的完全開放，但不是新舊之間一無聯繫。

　　以下是我讓東吳大學學生所做的舊詩與新詩之間詩體的轉換、詩意的轉化，各以一例為證，可以見其面貌之多樣。

〈竹里館〉　王維

獨坐幽篁裏，彈琴復長嘯。

深林人不知，明月來相照。

〈幽境〉

在林中玩耍的風

搔得葉兒婆娑相蹭

撼得竹枝婀娜起舞

絲竹

飄溢出天籟

喉頭

傳呼出浩響

寥落中

大地繞擁我

懷抱中

孤寂遺棄我

嬌滴的月仙子
拋開黑紗罩
渲瀉的鵝黃光
灑滿綠仙境

〈行宮〉 元稹

寥落古行宮，宮花寂寞紅。
白頭宮女在，閒坐說玄宗。

〈古〉

第一個女人　憂愁染白她的髮絲
第二個女人　歲月在容顏上灑下滄桑
第三個女人　在凋殘的牡丹花瓣中找尋嬌豔
第四個女人　站在頹圮的牆垣旁　像一隻披著雞皮的單峰駱駝
　　　　　……
　　　　　……

第n個女人　正逐漸證實生命輪迴的存在與否
想當年……
　　　只聽見泥土剝落時的低泣與枯葉飄零中的嘆息
想當年……
　　　只感覺瑟瑟秋風的寂寞和梧桐夜雨的淒冷
想當年……
　　　唉！只剩下想當年

〈獨坐敬亭山〉 李白

眾鳥高飛盡，孤雲獨去閒。
相看兩不厭，只有敬亭山。

〈山人〉
走罷！　悄悄地隱沒　悄悄地
金黃的翅膀遠離視線　讓那垂天吞噬　吞入大千氣象混沌
但請那從龍的雲也走罷　悄悄地　悄悄地

天地間只剩下你我　就只一人

你是飛鳥　你是孤雲　你是我　你是敬亭山
我是孤雁　我是飛揚　我是你　我是──
從大千中歸來的仙人

〈渡漢江〉／李頻
嶺外音書絕，經冬復立春。
近鄉情更怯，不敢問來人。

〈旅人〉
夏天的午後
聞得到懷念的故鄉味
姥姥的兒歌
聽得到幸福的童年味
風
帶著我飄向遠方遠方的思念飄向遠方
我是期盼回家的旅人

五、換句話說，再換句話說

　　渡也（陳啟佑，1953-）在《新詩補給站》中有一篇〈新詩秘訣〉，簡略提到新詩創作的竅門，他歸納為四句話：

一是「換句話說」：將「我在雨中回家」的散文句，改成「雨帶我回家」的詩句。

　　二是「見好就說」：見到不錯的、特殊的題材、題旨才寫，避免人云亦云，他以夏宇（黃慶綺，1956-　）的〈甜蜜的復仇〉為例，說這是不曾有人寫過的題材。

　　三是「說好話」：這裡的「好」是指美、具有詩質，如「泡一壺春茶的滋味」不如「泡一壺春」，更美更有力量。

　　四是「見好就收」：點到為止，勿流於露骨。如「我帶一場大雨回家」之後，千萬不要再加「全身都淋濕了」，夏宇〈甜蜜的復仇〉詩末的「下酒」句後不能再加「回味」，否則詩味全失。[3]

　　這裡的「換句話說」寫詩秘訣，呼應了「詩人是萬物的命名者」這句話，大家都說「山」，詩人卻「命名」為：「凝固的波浪」。大家都說「放風箏」，詩人卻「換句話說」：「我拉著天空在奔跑」。

　　我曾借用向明（董平，1928-　）的詩句，加以修正，讓學生體會寫詩的歷程其實只是「解釋名詞再加上換句話說」，或者「換句話說，再加上換句話說」。

　　向明〈碎葉聲聲〉之七，原詩如此：

　　為什麼要流浪
　　為什麼要流浪

　　水邊蹲著石頭
　　苦思了幾千年找不到答案[4]

3　渡也：〈新詩秘訣〉，原載《臺灣詩學》季刊第六期，1994年3月。後收入渡也：《新詩補給站》，臺北：三民，1995，頁177-182。

4　向明：〈碎葉聲聲〉，《隨身的糾纏》，臺北：爾雅出版社，1994，頁151-162。

這首小詩的特色有二：一是前兩句使用疊句，一再詢問「為什麼要流浪」，增加讀者的疑惑與焦急，疊句的重複使用又有模擬水流湍急的聲音效果。二是以石的固著不動去對比水的流動不居，形成傑出的意象。但為了讓學生明白詩句如何產生，我將這首小詩的意旨固定為：對「流浪」這個詞彙的解說。所以第一句提出「為什麼要流浪」？第二句解說「流浪」的意義，後面兩句則對「流浪」一詞「擴大思考」，轉個彎，換句話說，繼續書寫「流浪」。因此，我將詩的第二句「流浪」改為「吻遍地球的每一寸肌膚」，以此解釋「流浪」，為「流浪」這個詞語「換句話說」。改過後的詩，失去水聲淙淙流向遠方的焦急，但我要學生思考：如果是你，你如何為「流浪」「換句話說」？如何為「流浪」盪開思緒──如何改寫精彩的三、四句？

　　　　為什麼要流浪
　　　　為什麼要吻遍地球的每一寸肌膚

　　　　水邊蹲著石頭
　　　　苦思了幾千年找不到答案

　　就「流浪」這個詞彙來看，學生可以翻飛、翻轉的，還真不少：

　　＊我想要去旅行
　　　我想要跟著微風和白雲去冒險

　　　隨風飄蕩的一只翎羽
　　　愉悅的心情跟著風的旋律起舞

　　＊還想要去流浪嗎

漂流在河裡的小帆船譜著歌曲，唱著：

我不是在流浪我不是孤單的一個人
這是快樂的冒險出航

＊為什麼漂泊
　為什麼飛行在無邊的天空

　挺立在那頭的山
　左顧右盼卻等不到他的歸來

＊為什麼要飄泊
　為什麼要隨風流離失所

　沙漠裡橫躺著的細沙
　橫越了千萬里卻找不到歸所

＊為什麼要飄蕩
　為什麼要遷移

　佇立千年的紅檜
　望著飛散的蒲公英百思不解

＊為什麼要飄流
　為什麼要隨著雲與風到世界各地去闖盪

　無邊無際的天空
　選擇以冷冷的眼　靜靜的看著

不問「流浪」，改問「等待」、「殷勤」，或者「流淚」、「歡欣」，新詩創作就可以這樣持續盪開漣漪。

六、意與象同步完成

新詩創作教學離不開「意象創造」這個課題，如何創造意象？學子、學者，甚至於詩人都在思考這個問題。最近為了籌辦「儒家美學的躬行者——向明詩作學術研討會」，重新閱讀向明詩作，發現向明〈碎葉聲聲〉之十可以拿來設計為題目，引導學生仿作，體會「意」與「象」如何同步完成？

向明〈碎葉聲聲〉之十，原詩如下：

> 不用伸手了
> 躲在石縫中偷生的一朵小花說
>
> 我方寸大的一點點美麗
> 彌補不了你滿滿一宇宙的缺陷[5]

這四行小詩是一首寓言作品，有小花的自信（方寸雖小，仍是美麗；宇宙雖大，卻是缺陷），也有對比的美（小花與宇宙，美麗與缺陷），敘事流暢，條幅中寓有深義。但為了教學方便，我將這四行詩改為「象」與「意」既獨立又相對的情勢，前二句顯像，後二句示意，可以看見二者同時並肩存在，又有著相互依存的效果：

> 躲在石縫中偷生的一朵小花
> 探出頭來　　　　　　　　（象）

---

[5] 同前注。

我方寸大的一點點美麗
彌補不了你滿滿一宇宙的缺陷　　　（意）

　　石頭裂而有縫，這是一種缺陷。石縫中長出一朵小花，卻是一種美麗。缺陷與美麗，形成對比的美。詩人何以要創造這樣的對比之美？其內在的意涵，竟是要以「方寸大的一點點美麗」去「彌補滿滿一宇宙的缺陷」，這是詩意之所在，詩人創造石縫中的小花這個意象，正是為了承載這個意涵。如此「象」與「意」清楚顯現，又能同步完成，可以讓學生快速領會意象創作的奧秘，以仿寫、改易、變裝、置換做為創作的基礎練習。

＊應該再咆哮嗎？
　　一線天的空穴忽然灌進大風　　　（象）

　　我轟轟刺耳的鳴聲
　　填補不了你渾身的空洞　　　（意）

＊不要再傾吐了
　　不要再張口欲言了　　　（象）

　　玻璃缸裡的魚兒
　　一缸清水承載不了過多的思緒　　　（意）

＊還要再看守嗎？
　　佇立在西湖畔的雷峯塔悠悠的說　　　（象）

　　我這受佛法加持的法缽
　　怎樣也罩不住那萬頃澎湃的柔情　　　（意）

＊是否還要繼續閃爍

　　天邊那一顆星兒獨自懷疑著？　　　　（象）

　　我祝你們幸福

　　誰祝福我的幸福？　　　　　　　　　（意）

　　習作者熟練這種技巧以後，可以試著先「意」後「象」，發現另一種美。這是一種最小的小詩練習，目的就是學會如何創造「意象」，讓「意」、「象」近距離比對，可以近距離檢討意象的創造是否貼切。成名詩人經營小詩的用心，他們所留下的思考痕跡，卻也是後學者仿學最簡便的捷徑。

七、頂真詩的檢視與實驗

　　國文課堂上學習過許多修辭技巧，每一種修辭格其實就是一種寫詩技巧，單純的修辭練習也可以摸索出新詩創作學、新詩方法論。以前一句的結尾來作下一句的起頭的「頂真格」而言，詩人習慣使用段與段之間重複而連續的「連環體」頂真法，如楊牧的詩作常用這種方法維持結構的穩定與穩固；少有詩人應用句與句之間重複而連續的「聯珠格」頂真法，商禽（羅燕，1930-2010）的〈逃亡的天空〉卻是難得一見的頂真詩。

　　試看這首以頂真格修辭法所完成的詩，第一句是「死者的臉是無人一見的沼澤」，接下來應以「沼澤」為首，但商禽是以「荒原中的沼澤」作為第二句的開頭，使句句相連的地方有所變化，不至於因為單調而呆滯，「無人一見的沼澤」與「荒原中的沼澤」，正是前面所說的「換句話說」，其義原該相同而可以重複，但詩人以「換句話說」增強變化。以後各句相連的頂真處，沒有不是這樣處理的，使整首詩以不變的句式、不變的修辭格推進，卻又能在不

變之處有所變，而且整首詩的每一句都應用譬喻修辭格中的「暗喻」，更是豐富了這首詩的技巧與內涵：

〈逃亡的天空〉　　商禽

死者的臉是無人一見的沼澤
荒原中的沼澤是部分天空的逃亡
遁走的天空是滿溢的玫瑰
溢出的玫瑰是不曾降落的雪
未降的雪是脈管中的眼淚
升起來的淚是被撥弄的琴弦
撥弄中的琴弦是燃燒著的心
焚化了的心是沼澤的荒原[6]

學生試作的結果，速度緩慢但效果絕佳，時有傑作：

＊昏黃的油燈露出暗淡的光
　　暗淡的光下我正在給你寫信
　　信中有我溫暖的愛
　　愛如燈煙裊裊升起
　　升起我對你不盡的關懷
　　關懷，油燈一般溫暖而昏黃

＊我喜歡與妳緊緊擁抱
　　緊緊擁抱昨日的風情
　　昨日的風情滋養今日的愛苗

6　商禽：〈逃亡的天空〉，《商禽‧世紀詩選》，臺北：爾雅出版社，2000。

今日的愛苗種植明日的希望
明日的希望在遙遠的海岸
海岸心靈期盼愛的滋潤
滋潤妳我

＊〈旅行是夢的方向〉

　　你說
　　要帶我去遠方旅行
旅行是兩顆心一起飛翔
一起飛翔著　我們的夢
夢該有的
　　　方向

　　這種頂真修辭法，提供了思考的起點（上一句的最後詞語），卻也開放了思緒的飛翔。有了思考的起點，學生不至於驚慌，無能安置字彙；開放了思緒，學生的想像不會受到綑綁，不至於拘泥，無法發揮智慧。

　　如何多方運用修辭格，導引學生想像，其實是新詩創作教學最踏實、最讓學生信賴的一種技巧，值得繼續開發。

八、五行的堅持

　　新詩教學時，精心介紹白靈（莊祖煌，1951- ）的五行詩，如〈鐘擺〉、〈風箏〉、〈微笑〉、〈不如歌〉，[7]引起學生仿造這種形式來寫詩的衝動，但是，不急於讓學生試作，反過來繼續介紹

---

[7] 白靈：〈鐘擺〉、〈風箏〉、〈微笑〉、〈不如歌〉，《白靈‧世紀詩選》，臺北：爾雅出版社，2000，頁2-5。

行數多達三十三行的〈大戈壁——敦煌旅次所見〉，[8]指出這首詩的特色在於：詩句短而行數增多、採取齊尾排列的圖象效果，是為了模擬戈壁廣漠無際的實際景象，「落日」之後緊接著出現的句點「。」也有大漠孤煙直長河落日圓的圖象暗示作用，這些圖象效果呈現出佛經「空」、「無」的奧義。接著又介紹杜十三（黃人和，1950-2010）所發現的「五行的輪動與複植」，杜十三指出白靈的眾多詩作具有「五行輪變的節奏」現象，這種「每五行就有一個小意象，每個大的五行倍數就會產生一個大意象」的情況，幾乎可視為「白靈詩」的獨特「美感節奏」。[9]因此，接下來與學生一起思考：堅持五行小詩寫作的白靈，如果改寫這首〈大戈壁——敦煌旅次所見〉為五行詩，他會怎麼作？這樣的思考，可以激發學生寫作時所企及的高度，那種高度屬於詩人白靈的，而非習作者本身的模仿、練習而已。

　　以下，就是文化大學推廣部學生所呈現的成績，幾乎掌握住白靈原詩的特質，但也隱約透露學生閱讀的另一種感動——閱讀與寫作，同時可以完成。

〈其一〉

一片白靈詩文成就的沙漠
在我眼前漫開

那大戈壁

8　白靈：〈大戈壁——敦煌旅次所見〉，《愛與死的間隙》，臺北：九歌出版社，2004，頁86-88。
9　杜十三：〈白靈詩作的時間性、空間性與人間性〉，《白靈‧世紀詩選》，頁11。

與我

好大的空

〈其二〉

從地極滾出

落日

指間拈起虛與實的造像

微笑和

空

〈其三〉

地平線上滾紅的落日

染紅滿天的飛沙和駱駝草

我

只是大地裏的一點小黑點

連飛沙都比不上的一點　　　‧

〈其四〉

滾滾黃沙　承載多少英雄癡與狂

日的熱情奔放怎能了解夜的孤獨冷寂

昨日高聳矗立的山今日變成了一望無際的漠

是動是靜　　似幻似真

夢的盡頭　　待你追尋

〈其五〉

佛　自眼角落下一枚
焦紅輪迴　在我掌心
黃沙騰滾出一部無字經文
刹地翻飛成迴旋不盡的宿昔
吹熄　我手中拿不定的命運

〈其六〉

虛空將昨日的夢騰滾成靜紅，旌旗飛盡一城蒼茫
我逐水草的足跡風化成佛的淺淺微笑
——一部無字經文

我在轉身前闔眼　拈一朵石壁上褪去年華的花
複習百代未竟的課業

　　詩人中有許多是行數的堅持者，如十行的洛夫（莫洛夫，1928- ）、
向陽（林淇瀁，1955- ），八行的岩上（嚴振興，1938- ），十四行
的張錯（張振翱，1943- ）、王添源（1954-2009），三行的林建隆
（1956- ），因為行數少，語言容易控制，寫作的過程中可以學習
削減雜質，發揮字質，呈現詩質，是最值得推廣的創作教學法。學
生從大量閱讀的重複經驗中，慢慢體會、摸索，可以在極短的時間
裡掌握到寫詩的竅門。

九、舒張的必要，小說的可能

　　詩，有時也需要一點敘說的空間，不要將詩意繃得太緊，黏稠

濃烈的意象讓讀者滯澀難行，因此，在練習「長話短說」之後，其實也應該有「短話常說」的修養，留下較多的敘述成分，使讀者有按圖索驥的空間，這就是舒張的必要。

這種舒張的修養，還可以有效解決詩的晦澀問題。自從有現代詩以來，最大的困擾，就是存在於作者與讀者之間的傳達問題。詩人努力營造意象，自顧自地思想跳躍，往往疏於留下蛛絲馬跡，讀者追索不及，中斷了文學傳達的必然性。文學一旦失去傳達的功能，也就失去存在的必要性。詩之所以成為小眾文學，這是最重要的原因。

詩，應該是小眾文學嗎？如果唐詩可以在千年後依然讓人琅琅吟誦，新詩就不可以自甘於小眾文學而沾沾自喜；如果方文山的詞、周杰倫的歌可以讓海峽兩岸三地的青年風靡，新詩豈能自甘於小眾文學而不思長進？

如何讓詩「舒張」，其實就是如何增加詩中敘事的成分，加上「何人、何時、何地、何事」使「感覺」落實，一來讓讀者可以發現明顯的線索，不至於無從索解；二來解決臺灣新詩一向被詬病的，不知為何而寫、為誰而寫的缺憾。──更接近文學性的說法，那就是新詩的「小說企圖」，可以在詩中安排人物、設計情節、製造衝突、醞釀高潮、紓解緊張，不是小說規模，而是小說企圖，所以不必鉅細靡遺，只要點到即可。

設計為教學方案，可以稱之為「小詩的小說化」，如何將一首純感覺的小詩，添加人物、添加劇情，拉長篇幅、拉長感動點，使其成為令人感動的好詩。如非馬（馬為義，1936-）的〈春〉，以具體的「床」的短（空間），來襯托抽象的「春」的短（時間），原本就是一首好詩，如果為它安排人物、設計情節……呢？

〈春〉　　非馬

一張甜美但太短的

床
冬眠裡醒來
才伸了個懶腰
便頂頭抵足

　　聽故事、說故事、編故事，一向是青少年的最愛，放手編織新夢是一件快樂的事。要注意的是這是一首詩，但不必然是一首故事詩或小說詩，所以事情的細節不必太細膩，故事的情節不需太聳動，人物的志節不要太崇高。

　　＊你聽到了雷聲？
　　　還是媽媽溫柔的呼喚聲？
　　　稍稍睜開眼睛
　　　看了一下四周
　　　怎麼了？
　　　這一張甜美的
　　　床
　　　昨夜才讓我伸了個懶腰
　　　今天卻已是妹妹的搖籃

　　＊姑娘輕著一襲花洋裝
　　　端坐在紅錦鋪就的
　　　床
　　　回眸一笑
　　　撲倒在郎君的身上
　　　才扭了扭腰
　　　正想纏綿一番
　　　雙雙便從床上跌落床下

洋裝上的花瓣
落滿床

　　親情、愛情，憑著一首小詩，可以發展出不同的時空背景，可以宣洩不同的情緒。經由這樣的練習，文學創作的面度可以逐漸擴展開來。

十、先求其同再求其異

　　臺灣第一首新詩就叫做〈詩的模仿〉，[10]似乎也暗示創作不妨從模仿開始，從模仿到創作，也就是先求其同再求其異，先求其似再求其不似。不似則失其所以為詩，太似則失其所以為我，也就是先求其為「詩」，再求其為「我的詩」。

　　這種「先求其同再求其異」的觀念應用在新詩創作教學，可以先廣泛蒐集同一題目、同一範疇、同一類型的詩，加以觀摩，這是「求同」的階段，「求同」的功夫做得周全、深入，「求異」的功力自會顯得特異、突出。

　　以風箏而言，陳千武（1922- ）、洛夫（1928- ）、余光中（1928- ）、涂靜怡（1941- ）、羅青（羅青哲，1948- ）、白靈（1951- ）都寫過以風箏為題的作品，[11]仔細加以閱讀、評鑑，康莊大道、通幽曲徑，各有其美，就在千條萬條路徑裡找到相同點，見前人之所同見，然後才能發前人之所未發，鋪設自己的獨木橋。其他如茶葉、盆栽、石頭、親情、愛情等等，都可以找到不同的人在不同的情境下所寫的詩。師生共同確立題材方向，共同尋找傑出詩

10　追風（謝春木，1902-1969）：〈詩の真似する〉，原載《臺灣》雜誌第五年第一號（1924.4.10），月中泉漢譯：〈詩的模仿〉，羊子喬、陳千武主編：《光復前臺灣文學全集9・亂都之戀》，臺北：遠景，1982，頁1-6。

11　蕭蕭：〈風箏隨我飛〉、〈風箏隨他飛〉、〈風箏隨風飛〉三文，《蕭蕭教你寫詩・為你解詩》，臺北：九歌，2001，頁143-162。

作，增加了閱讀的範圍與時間，這些同題材的作品在師生之間來回閱讀、比較、討論、鑑評，這其間所獲得的經濟效益，其實已無法估量。

《文心雕龍》〈知音〉篇：「操千曲而後曉聲，觀千劍而後識器。」[12]讀過十首石頭詩、盆栽詩，心智一定會被啟迪。以這個方向去教學，許多詩人所寫的「詠物」組詩，是比較容易取得的另一種「類型詩」，但要避開如洛夫所寫的《石室之死亡》，那不是習作者初階教材，卻可能是「求異」階段的新刺激。

十一、科際整合的嘗試

美國詩人貝琦・佛朗哥（Betsy Franco）曾經創作《數學詩》[13]，他強調：「文字＋數學＋季節＋趣味＝大家的數學詩」，企圖讓數學與詩有著相契相合的契機，可以視為科際整合的嘗試。

紅色落葉

橘色落葉

金色落葉

＋ 棕色落葉

踩下去窸窣有聲的地上彩虹[14]

---

[12] 劉勰（約465-522）：《文心雕龍》，《文心雕龍註》，臺南：綜合出版社，1989，頁714。

[13] 林良譯，貝琦・佛朗哥（Betsy Franco）著，史蒂文・沙萊諾（Steven Salerno）繪：《數學詩》（mathematickles），臺北：三之三出版社，2007（三刷）。根據書中的簡介「貝琦・佛朗哥（Betsy Franco）是一位喜愛數學的詩人，以二十年以上的時間，寫了許多圖畫書、詩歌和論著，啟發兒童認識數學的美妙、深刻和趣味。

[14] 同前注，以下各詩具見於林良譯，貝琦・佛朗哥（Betsy Franco）著：《數學詩》，臺北：三之三出版社，2007，未定題目，未標頁碼。

這是一個很簡單的加法算式，將地上鋪滿的落葉，紅色、橘色、金色、棕色，以加法繽紛呈現，妙的是形成一個色彩繁複的景色，詩人稱之為「地上彩虹」；奇的是詩人又將「視覺意象」添加上「聽覺意象」，讓這些繽紛的落葉與人類的腳步結合，因而「窸窣有聲」，將腳踩落葉的戲耍之樂加進兒童詩中，使創作與閱讀的過程增加許多趣味。

　　同樣是落葉，紅色、橘色、金色、棕色交錯而出，形成彩虹，所以用「直列」的加法算式呈現這種交錯美。如果是單一的落葉，又會出現什麼樣的詩意？貝琦・佛朗哥另有一首詩改用「橫列」的加法算式表現，又有不同的效果：

　　　　楓葉＋水塘＝紅色的小船

　　這個「橫列」算式使落葉飄盪在水面的感覺呈現圖像之美，詩人擷取大自然中一個簡單的畫面，選擇楓葉的紅，使主角醒人耳目，配上水的柔軟，產生小船的幻象，詩意因而盎然無比。

　　同樣是落葉，詩人應用更繁複的算式，當然會有更多驚奇的發現：

　　　　　　　　落葉
　　　　　───────────
　　風）　　　秋天
　　　　　－顏色
　　　　　───────────
　　　　　　　　冬天

　　這首詩應用先乘除、後加減的方式，描述秋天除以風（指風吹過後）飄下落葉，落葉又逐漸褪減顏色，那也就是冬天來臨之時。落

葉慢慢褪色，所以貝琦・佛朗哥以減法表現由濃轉淡的過程，這時的節奏是緩慢的；落葉因風而落，貝琦・佛朗哥以除法表現「秋風」吹過後的情境，尤其是除式的符號徵象，極似最後的一片落葉還危危顫顫掛在樹枝末端的樣子，頗有秋意淒涼的感覺；「冬天」二字壓在整個算式之下，也有陰冷的冬天等待冒出的冷肅美。這首詩以直列式排列才能顯示圖像效果，達成詩的視覺之美，如果改用橫列式：

$$（秋天 \div 風）- 顏色 = 冬天$$

不僅詩意不存，美感也隨之消失。足見數學式增加了詩的形式美。

落葉之外，還會有許多大自然景象，可以用數學式加以表達，貝琦・佛朗哥寫閃電，列出以下的式子，讓人會心一笑，看到這樣的式子，腦海中自然呈現霹靂閃電陸續出現的畫面：

$$閃電 = \frac{2}{3} 三角形 + \frac{2}{3} 三角形 + \frac{2}{3} 三角形$$

數學算式、方程式之外，化學、物理的公式、定理，歷史的年表，地理的地圖、等高線，公民課程的統計表，以科際整合的角度出發，其實都可以應用、研發為新詩創作的新技巧，吸納所有學科的精粹，讓新詩的視野更加寬廣。

十二、結語

新詩發展八十年，創作論、方法學尚未完全開發，亦未妥善歸納，而詩人的創造力卻又與時俱進，日新月異，絕對不會停下腳

步等待讀者。因此，第一線的教學工作者，唯有依據現有的資訊，整理出對學生有用的方案，啟發學生。雖然真正的「創造型」詩人，不是一般的教學法所能造就，但是在回答子路的問題：「南山有竹，弗揉而直，斬而射之，通於犀革，又何學為乎？」孔子所說的：「括而羽之，鏃而砥礪之，其入不亦深乎？」（《說苑‧建本》）可以給我們最好的啟發，即使是天縱英才，仍然需要教育、學習，就如南山的箭竹雖直，仍然需要斬削的動作，更需要箭尾插上羽毛，箭頭安裝磨得銳利的金屬，才是真正可以射得更深入的利箭。

新詩創作教學的目的，不一定是以培養創作人才作為第一要務，應該是為了擴大閱讀的廣度，深化鑑賞的深度所做的努力。而培養創造力之前的觀察力、鑑定力、想像力的練習，如果能完全激發出來，隨時揮灑應用，受益的不只是國文學科，不只是學業，不只是眼前。新詩教學中的創作教學，應該受到重視，應該有更多的老師投入這項研究，相互激盪，蔚為風氣。

參考文獻

中文書目

劉勰：《文心雕龍》，《文心雕龍註》，臺南：綜合出版社，1989。

中文篇目（依作者姓氏筆畫序）

白萩：〈雁〉，《天空象徵》，臺北：田園出版社，1969。

白靈：〈大戈壁——敦煌旅次所見〉，《愛與死的間隙》，臺北：九歌出版社，2004。

白靈：〈鐘擺〉、〈風箏〉、〈微笑〉、〈不如歌〉，《白靈‧世紀詩選》，臺北：爾雅出版社，2000。

向明：〈碎葉聲聲〉，《隨身的糾纏》，臺北：爾雅出版社，1994。

杜十三：〈白靈詩作的時間性、空間性與人間性〉，《白靈‧世紀詩選》，臺北：爾雅出版社，2000。。

追風（謝春木）：〈詩の真似する〉，原載《臺灣》雜誌第五年第一號（1924.4.10）。月中泉漢譯：〈詩的模仿〉，羊子喬、陳千武主編：《光復前臺灣文學全集9‧亂都之戀》，臺北：遠景，1982。

商禽：〈逃亡的天空〉，《商禽‧世紀詩選》，臺北：爾雅出版社，2000。

渡也：〈新詩秘訣〉，原載《臺灣詩學》季刊第六期，1994年3月。

蕭蕭：〈風箏隨我飛〉、〈風箏隨他飛〉、〈風箏隨風飛〉，《蕭蕭教你寫詩‧為你解詩》，臺北：九歌，2001。

羅門：〈我最短的一首詩〉，《臺灣詩學》季刊第十五期，1996年6月。

中譯書目

貝琦‧佛朗哥（Betsy Franco）著，史蒂文‧沙萊諾（Steven Salerno）繪，林良譯，：《數學詩》（mathematickles），臺北：三之三出版社，2007。

新詩「創作教學」的五種或然

摘　要

教師如何激引學生的想像力？如何以對比的方式凸顯詩中的張力？意象創造就從情景交融開始，以達至天人合一，如何踏出「情景交融」這一步？如何關注卑微的小生命以激發詩心？圖象的應用是新詩異於舊詩之處，如何引導學生放手一試？這是新詩創作教學時教師所需要預備、思考的題目，針對這樣的教學準備，我們可以提出五項對策，那就是：不排拒匪夷所思的想像力，能發現共構體中的大對比，敢推湧意象交疊的譬喻句，肯融入卑微低賤的生命體，願接納風情萬種的圖象式，這五種或然，未必是詩創作的必然，但是，詩的追求原來也不是康莊大道、一路可達，所以或然的嘗試才是詩的通幽曲徑，才會有詩創作的驚喜。

關鍵詞：新詩創作、想像力、對比與譬喻、融入生命、圖象式

一、前言：典型在夙昔

　　一般新詩教學，總是不離詩作賞析、詩人評述、詩史敘說、詩論檢覈、詩潮歸納、詩篇朗誦、詩法解密等七項工程。前六項彷彿都有典型可以追索，總有許多賞析、導讀、論述，可以依憑，唯獨「詩法解密」這項工程，一方面詩人沒有義務跳出來自我說法，另一方面評論者也沒有權力替詩人強作解人（解密之人），在這種情況之下，誰能度人金針呢？

　　唐詩最盛的時候，李白（701-762）、杜甫（712-770）的書信中偶而提及寫詩的心境與態度，也不曾有成套的錦囊，傾其囊而相授；雖然歷史上流傳著署名王昌齡（698？-756？）的《詩格》、白居易（772-846）的《金針詩格》，但一般論者都認為這是後人所偽託，真正示人金針的詩格作品，要到晚唐才大量出現。即使晚唐大量出現教人寫詩的詩格、詩式、詩法、詩議之書，但仍然有人懷疑司空圖（837-908）《二十四詩品》可能是宋朝以後才出現的著作。[1] 以唐朝近三百年的歷史（618-907），以唐朝國力之強大、詩風之鼎盛，[2] 還不能產生唐代「今體詩方法論」的相關著作。因此，更不必奢求一九二三年五月二十二日，追風（謝春木，又名謝南光，1902-1969）以日文寫作臺灣第一首新詩〈詩の真似する〉（〈詩的模仿〉）[3] 所開展出來的臺灣新詩創作世界，八十多年的

1　陳尚君、江湧豪：〈司空圖《二十四詩品》辨偽（節要）〉，《唐代文學研究》第六輯，桂林：廣西師範大學出版社，1996年9月，頁581-588。此文一出，《二十四詩品》作者誰屬，正反之爭紛起，迄今猶無定論。

2　胡應麟（1551-1602）：《詩藪》外編卷三：「甚矣！詩之盛於唐也：其體則三、四、五言，六、七、雜言，樂府、歌行，近體、絕句，靡弗備矣！其格則高卑、遠近、濃淡、淺深、巨細、精麤、巧拙、強弱，靡弗具矣！其調則飄逸、渾雄、沉深、博大、綺麗、幽閒、新奇、狠瑣，靡弗詣矣！其人則帝王、將相、朝士、布衣、童子、婦人、緇流、羽客，靡弗預矣！」，上海：上海古籍出版社，1979，頁163。

3　追風：〈詩の真似する〉，原載《臺灣》雜誌第五年第一號（1924.4.10），月中泉漢

歷史能激生現代的「新體詩方法論」著作。

不過，也不必太悲觀，近二十年來，臺灣出版界陸續發行了許多幫助青少年朋友接近新詩、創作新詩的書籍，直接而有效地發揮啟示作用的，包括以下這十五本專書，依其出版序，簡介如次：

1. 羅青：《從徐志摩到余光中》，臺北：爾雅出版社，1978

此書踏踏實實解析每一首好詩，介紹五四以來的傑出詩人，可以提高讀者讀詩、欣賞詩的能力。羅青的文字清晰易懂，不曾掉弄學術，操作主義，以親切晤談的方式釐清詩史發展的脈絡，以淺顯易懂的文字深入剖析詩想的形成。唯有透過這種對詩的深度認識，才有可能掌握詩人的創作技巧，進而從模仿中成長。這是從詩人的眼中所看見的現代詩。

2. 張默：《小詩選讀》，臺北：爾雅出版社，1987

這是長輩詩人張默所編的小詩選讀，書中有李瑞騰與張默對小詩的觀點，書籍的編排方式，從一九四九開始發展的臺灣現代詩作為起點，選錄名家小詩加以解析，並附錄詩人其他重要小詩篇目，可以約略看出詩史的發展脈絡。習作新詩從小詩入手是最正確的途徑，可供參考的小詩選還包括羅青編的《小詩三百首》（爾雅），向明、白靈編的《可愛小詩選》（爾雅）。

3. 蕭蕭：《青少年詩話》，臺北：爾雅出版社，1989，新版
   2007

譯：〈詩的模仿〉，羊子喬、陳千武主編：《光復前臺灣文學全集9‧亂都之戀》，臺北：遠景，1982，頁1-6。

培養一顆懂得欣賞自然、欣賞人生的心，要從詩開始。本書適合初學詩的人研讀，包括國民小學中高年級的學生，中學生，以及他們的老師、父母、兄姊，藉著這本書瞭解什麼是現代詩，如何欣賞現代詩，更進一步激發青少年的詩心。『青少年詩話』為詩的奠基工程而努力。新版《青少年詩話》納進新專輯「創作技巧八通關」，以中學教科書上的八首新詩作為分析的客體，從中汲取寫詩技巧。

　　4. 蕭蕭：《現代詩創作演練》，臺北：爾雅出版社，1991

　　此書將創作的喜悅跟愛詩的朋友們分享，詳盡地介紹現代詩史的流變，以及九種不同的詩風。讀完本書，你會發現原來自己也會寫詩。有人說：散文如行舟，小說如登山，詩如飛翔。在飛翔之前要有縱躍、凌空的想像與期望，激發想像與示之途徑，在詩的養成上一樣重要。

　　5. 白靈：《一首詩的誕生》，臺北：九歌出版社，1991，新
　　　版2006

　　白靈是臺北科技大學化工系副教授，從事新詩創作三十年，多年來擔任耕莘青年寫作會常務理事，並在各大學擔任新詩課程，積極投入新詩教學工作。他大力宣揚赫塞的名言：「寫一首壞詩的樂趣甚於讀一首好詩。」積極提供如何醞釀靈感的捷徑，以及從寫一句詩、一段詩到一首詩誕生的全部過程。此書是一個理工科出身的詩人所提供的寫詩科學法，曾榮獲國家文藝獎。

　　6. 白靈：《煙火與噴泉》，臺北：三民書局，1994

本書詳盡評析新詩的源起及演變、臺灣詩壇重要名家如鄭愁予、葉維廉、羅青的詩作及創作理念，是初習新詩者極佳的入門指引，強調賞詩、寫詩要「活在感覺中」，詩與非詩的差異往往就在一、二個字之間，什麼樣的文字有詩味，端看字裡行間，能不能令讀者產生意在言外的感覺，最根本的問題，是來自人性的體驗，那就是「既虛又實便是詩」。

　　7. 渡也：《新詩補給站》，臺北：三民書局，1995

　　這是一本含括寫詩方法論、新詩應用學、新詩實際批評的論文集，其中有三篇文章提供了簡易的策略、妙方，可以幫讀者迅速提詩筆上陣，這三篇文章是〈欲把金針度與人〉、〈寫詩秘訣〉、〈新詩的斷句與分行〉。作者提出造句、換句、簡單句改為複雜句、同一題目多種描述等多種基礎性的練習，主力則放在「換句話說」、「見好就說」、「說好話」、「見好就收」四個進階式的竅門，值得嘗試。

　　8. 蕭蕭：《現代詩遊戲》，臺北：爾雅出版社，1997

　　企圖以快樂的心情，遊戲的方式，來認知現代詩，來熟悉詩人的思考模式，進而了解詩句背後的意涵，能準確地以詩表達自己的心意。因為任何的人的成長過程，必定經由遊戲而學習，經由學習而增長智慧，透過遊戲的設計，我們可能柔軟我們的腦筋，靈敏我們的心靈，逐漸接近詩的心臟。遊戲是輕鬆的，快樂的，以這樣的方式尋覓詩，是正確學習的第一步。

　　9. 白靈：《一首詩的誘惑，河童，1997／鷹漢，2003／九歌出版社，2006

白靈認為讀詩是讀別人的夢，寫詩是做自個兒的夢，是靈魂的自我內療。因此，他繼續以「誘惑」之名誘惑大家寫詩，而且只教人寫好詩，不教人寫壞詩。仍然是一本引導我們怎樣寫新詩，怎樣讀新詩的入門好書。此書榮獲中山文藝獎。

　　10. 蕭蕭：《蕭蕭教你寫詩・為你解詩》，臺北：九歌出版
　　　　社，2001

　　以一半的篇幅，帶著遊戲、嚐鮮的喜悅，運用另類思考法則，製造天馬行空的創意，發揮出人意表的想像力，引誘讀者領受寫詩的樂趣；以另一半的篇幅，藉著活潑、風趣的語言，破解大學基測現代詩試題的奧秘。在大學入學方式改弦易轍的時候，為那些因新詩而慌亂的心靈找到定心劑。

　　11. 仇小屏：《下在我眼眸裡的雪──新詩教學》，臺北：
　　　　萬卷樓，2001

　　這是一本高中新詩教學經驗談，從如何在一節課內教中學生讀新詩開始，談鍛鍊佳句，轉化，續寫，構思的角度等，從毫無經驗的新手，到一個熟悉新詩奧秘的高手，與學生一起成長的經驗，歷歷在目。

　　12. 《詩從何處來──新詩寫作教學指引》，臺北：萬卷樓，
　　　　2002

　　這是一本在師院教學生寫詩的實錄，以鍛鍊相似聯想、相反聯想開始，如何定詩題作為第二層次的演練，其後大論知覺運用、意

象經營、動詞錘鍊、修辭運用，以及兒童詩、圖像詩、自敘詩、哲理詩、愛情詩的練習。包羅萬象，涵括面極廣。這兩本書的特色在於作者擅於為每一首新詩列出結構分析表，賓主、敘論、因果、正反，是她最常探討的結構術語，為篇章教學樹立典範。

13. 林文欽：《現代詩鑑賞教學研究》，高雄：春暉出版社，2002

作者強調理想的教學目標中，主學習即知識的教學，重在思考；副學習即習慣技能之教學，重在練習；附學習即興趣、態度、理想之教學，重在鑑賞。而現代詩的教學是情性的教學，美感的教學，所以全書以認識意象、認識章法結構，作為鑑賞的主軸，作為現代詩教學的首要目標。這是學者眼中的現代詩，從學理上認識的現代詩。

14. 白靈：《一首詩的玩法》，臺北：九歌出版社，2004

思緒嚴謹，態度輕鬆，白靈【一首詩】系列的第三部，從詩的不確定感、詩的非實用性、詩貴在似與不似之間的基本理論談起，分析卵生與胎生創作法的不同，接著進入一行詩、小詩、散文詩、圖畫詩、剪貼詩、數位詩的各種玩法，活潑有趣，特別是圖畫詩、剪貼詩、數位詩部分，已有科技整合的觀念，後現代主義的技巧，值得讚嘆。

15. 蕭蕭：《新詩體操十四招》，臺北：二魚出版社，2005

本書以體操祕笈的招式解析名家作品，告訴讀者：名詩「好」在哪裡？如何實實在在寫一首詩？可以讓教師、家長與學生一同創

造自己的詩風景。透過身心靈體操的幽默結合，如第一招是「創造一個會呼吸的句子」，旁邊則秀出「雙手環擁，納萬物入懷，八八六十四回」的體操招式，動動手，動動腦，要學生從珍惜、尊重每一個人、每一件事、每一項物，如同珍惜、珍重自己的生命，開始思考如何讓心柔軟、讓腦柔軟、也讓身體柔軟。

新詩繼續在發展，新詩創作的技巧繼續在開發，現代「新體詩方法論」的著作將勝過唐朝的詩格、宋朝的詩話、元朝的詩法，引領二十一世紀的青年學子，啟發愛詩的心靈，繼續創造奇異的詩風景。

本文將以前賢詩作為研究客體，從中發現新詩的芽苗如何在生活的語言裡爆生而出。文分五節，提出創作的五大意圖：

> 不排拒匪夷所思的想像力
> 能發現共構體中的大對比
> 敢推湧意象交疊的譬喻句
> 肯融入卑微低賤的生命體
> 願接納風情萬種的圖象式

尋此去嘗試創作的喜悅。

「典型在夙昔」，任何一首已經發表的作品，都有值得我們借鏡的地方，這是我們所抱持的信念。

二、不排拒匪夷所思的想像力

想像力，原該是出人意料之外、無中生有的產物，如果是當今世人所能理解，那也不過是一般人所可以料想到之事。詩之所以書寫，詩之所以為人所喜歡閱讀，就在於詩中自有一種匪夷所思的想

像力，出乎眾人意料之外而又能為眾人所接受。所以，詩的創作教學應該以激發學生內在的想像力為第一要務。

　　日制時代最傑出的小詩作者，非楊華（1906-1936）莫屬，在現實主義蔚為主流的時代，楊華以臺語漢字為女工的受寒、受苦而書寫，但他更能發揮自己的想像力，寫出〈晨光集〉、〈黑潮集〉這些精彩的意象小詩，這樣的作品佔有他所有作品的九成以上，為臺灣新詩人的詩才、詩藝做了最好的啟發與示範。

　　〈黑潮集〉47

　　飛鷹飢餓了
　　徘徊天空，想吞沒一顆顆的星辰[4]

　　我們看見飛鷹盤旋天空是在白天，但詩人卻說飛鷹「想吞沒一顆顆的星辰」，詩人的眼睛透視宇宙，不受現實環境的拘圍，時與空可以在自己的想像中任意重疊。如果依現實環境，飛鷹應該吞沒太陽，但太陽強又亮的光，不似可口的食物；太陽只有一顆，不足以滿足飢餓的肚腹。因此，詩人以滿天的星光做為食物，擴大誇飾的功能，拉開想像的弧度，現實環境中的不可能反而成為詩中的奇異之光。

　　二十世紀三〇年代的詩人如此發揮想像力，六〇年代現代主義興旺後的余光中（1928-）詩集《與永恆拔河》，是人與抽象的永恆拔河，一樣將人的意志推向強韌有力的最大極限，產生不可思議的鼓舞力勁。到了九〇年代後現代主義昌盛之時，白靈（莊祖煌，1951-）的〈風箏〉依然想要「拉著天空在奔跑」，少年遊戲一樣可以充滿無限的盎然興致，勃然詩意。

---

[4] 楊華：《黑潮集》，臺北：桂冠圖書公司，2001。

因此，創作之前常常做這樣的推究：

1. 滿罈的酒在流，滿室的花在香，
   整個＿＿＿＿＿＿＿＿＿驟然亮了起來。
      （整個心驟然亮了起來）
      （整個天空驟然亮了起來）
      （整個夜驟然亮了起來）

2. 眾星無言，
   只有一顆以＿＿＿＿＿＿＿＿＿發聲。
      （只有一顆以萬世的光華發聲）
      （只有一顆以過度喧囂的孤獨發聲）
      （只有一顆以太陽的餘威發聲）

3. 你說你要用＿＿＿＿＿＿＿＿＿寫詩
   讓那些閃爍的句子
   飛越尋常百姓家
   然後一路亮到宮門深鎖的內苑
      （你說你要用流水寫詩）
      （你說你要用月光寫詩）
      （你說你要用虔敬的心境寫詩）

　　這些詩句改寫自洛夫（莫洛夫，1928- ）的〈李白傳奇〉[5]，但是它們沒有一定的答案，重要的是我們有沒有讓自己的想像力盡情衝撞現實世界的不可能？是否敢於衝破世俗的禁忌？

---

[5] 洛夫：〈李白傳奇〉，《時間之傷》，臺北：時報文化公司，1981，頁183-189。或，《因為風的緣故》，臺北：九歌出版社，1988，頁192-199。

三、能發現共構體中的大對比

　　回過頭看看臺灣第一首新詩：追風（謝春木，1902-1969）的〈詩的模仿〉，前賢之作有著許多值得我們模仿、學習的地方，而詩題「模仿」彷彿也在暗中呼應我們「典型在夙昔」的教學理念。這裡，我們只取其中的〈讚美番王〉來作為練習的範例：

　　〈讚美番王〉

　　我讚美你
　　你以你的手，你的力量
　　建立你的王國
　　贏得你的愛人
　　你不剽竊人家功勞
　　我讚美你
　　你不虛偽，不掩飾
　　望你所望的
　　愛你所愛的
　　你不擺架子　　（月中泉譯）[6]

　　謝春木這首詩可以分為兩節來解讀，前五行為一節，歌頌原住民能憑自己的能力生存，暗諷日本殖民政府盜取臺灣資源，剽竊臺灣財富，如果再對照謝春木所寫的劇本〈國有財產即我家財產

---

[6]　追風：〈詩の真似する〉，原載《臺灣》雜誌第五年第一號（1924.4.10），月中泉漢譯：〈詩的模仿〉，羊子喬、陳千武主編：《光復前臺灣文學全集9‧亂都之戀》，臺北：遠景，1982，頁1-6。

──不信者請翻開古書〉，[7]純真的原住民與貪婪的日本人立即形成鮮明的對比。後五行為另一節，用意在稱頌原住民的直率，不虛偽、不掩飾、不擺架子，而且勇於「望你所望，愛你所愛」，比之於漢民族做人的繁文縟節，做事的因循苟且，原住民的率真親切則有立竿見影之效！從這樣的內容分析，我們可以學習的是事務的對比應用，謝春木以日人的貪婪、漢人的繁瑣，來襯托原住民的純、真，是成功的現實觀察所得，藉由這樣的觀察所得發而為詩，其實也顯現了另一種文化態度上的對比，當一般人對原住民持著鄙視心理時，詩人卻能深入人性的底層加以思考，發覺不同族群的優異種性，這種眾生平等的博愛之心，更是寫詩之人所該擁有的柔軟心。

前一段我們將謝春木這首詩分為兩節來解讀，顯然也是對比結構的基本認識，回歸到詩人創作時的想法，如果將這首詩前後兩節分為左右兩列來看，就可以看出詩人是在寫完第一節以後，以相同的格式繼續發展第二節：

我讚美你　　　　　　　　　我讚美你
你以你的手，你的力量　　　你不虛偽，不掩飾
建立你的王國　　　　　　　望你所望的
贏得你的愛人　　　　　　　愛你所愛的
你不剽竊人家功勞　　　　　你不擺架子

兩列的首句都是歌詠式的稱美，可以視為開門見山地呼應題目，第二句都是「當句對」：「你的手」對「你的力量」，「不虛偽」對「不掩飾」；第三句與第四句則是「單句對」：「建立王國」對「贏得愛人」，「望你所望」對「愛你所愛」──這樣的對比不一定要成為對仗型的句子，卻可以在同一節中發展句子，又可

7　謝南光：〈國有財產即我家財產──不信者請翻開古書〉，謝南光著・郭平坦校訂：《謝南光著作選》，臺北：海峽學術出版社，1999，頁120-124。

以在前後節中發展詩意。兩列最後的一句都有收束之功，讓整節詩彷彿形成結論，詩的外在結構於焉完成，詩的內在倫理也在同一時間達成目的。以圖示之：

余光中七十歲所寫的〈我的繆思〉就出現這種對比性的句子，使七十歲的詩思洋溢著老而彌堅的續航力：「歲月愈老」對比「繆思愈年輕」。「我七十歲的生辰／蠟燭之多令蛋糕不勝其負荷」對比「我劇跳的詩心／自覺才三十加五」。「我的繆思，美艷而娉婷／不棄我而去」對比「揚著一枝月桂的翠青／綻著歡笑，正迎我而來」。「不肯讓歲月捉住」對比「仍能追上她輕盈的舞步」。[8]

唐人詩作亦然，柳宗元（773-819）的〈江雪〉，可以析解為：

```
千山←→鳥飛絕↘
                    ──→孤舟簑笠翁，獨釣寒江雪
萬徑←→人蹤滅↗
```

以同質性的一組對比「千山」、「萬徑」，再去對比異質性的「孤舟」、「獨釣」（這是另一組同質性的對比），突顯出物境的寂涼、人情的淒清，詩意就在讀者心中悄然鋪展，一如天地之寬廣。

古今詩人都相信：

沒有那萬綠之叢，如何對比這一點之紅？

沒有那萬骨之枯，如何對比這一將之功？

寫詩之時，腦海中一定要有許多同質性或異質性的兩股力量互相張扯，所以，請從拉扯下面的詩句開始這種鍛鍊：

[8] 余光中：〈我的繆思〉，《高樓對海》，臺北：九歌出版社，2000。

1. 颱風海棠
   還在花蓮東南海面380公里

   _____

   這可能是一個威力巨大的颱風,即將威脅臺灣,但是它距
   離本島還有380公里,隱藏著許多變數,這時你會安排什
   麼樣的或然或必然?
   　　　　　　　（新竹的蟬,噤聲不語）
   　　　　　　　（慌急的心尋找穩固的臂膀）
   　　　　　　　（悄然出航,我們必須穩定自己）

2. 聽見和尚芒鞋
   踩碎露珠

   _____

   和尚是不忍殺生的,但是他的芒鞋竟然踩碎了露珠,天地
   之間會有什麼反應,什麼變化?露珠,在仁人的眼中依然
   是有生命,值得憐惜的。
   　　　　　　　（原野上的草葉一起隨風搖頭）
   　　　　　　　（枯枝上的斑鳩飛向荒廢的無人島）
   　　　　　　　（太陽的光越來越強）

3. 嘎————　煞車聲
   　與　咒罵聲之間

   _____

   社會上常見的景象,在一聲緊急煞車聲之後,免不了是一
   聲或一陣叫罵,但是在煞車聲與咒罵聲之間,那一剎那,

世界可能會有許多極不相干的事發生，你選擇什麼作為
　　襯托？

　　　　　　　　　（和平島岸邊，魚潑辣一聲又游向
　　　　　　　　　　大海）
　　　　　　　　　（柔柔的風穿過人的臉頰）
　　　　　　　　　（有人看見雲飄過那棟大樓）

　　在文學創作上，對比不是對立，更不會造成對峙的局面，相反
地，卻能使詩意的伸展有了張力，形成共構的穩實基礎。

四、敢推湧意象交疊的譬喻句

　　詩人、藝術家，為何而存在？我們為什麼要寫詩？這些問題都
可能牽涉到美學原理的探索，但仔細體會王白淵（1901-1965）所寫
的〈詩人〉，或許有些問題可以霍然而解。

　　〈詩人〉

　　薔薇默默盛開
　　在無言中凋謝
　　詩人為人不知而生
　　吃自己的美而死

　　蟬在空中唱歌
　　不顧結果如何飛走
　　詩人於心中寫詩
　　寫寫卻又抹消去

月獨自行走
照光夜的黑暗
詩人孤獨地吟唱
談萬人的心胸　　（巫永福譯）[9]

　　詩人在孤獨中咀嚼，再三回味，寫寫又塗抹、塗抹又寫寫的作品，卻可能道盡萬人心中的塊壘。所以，讓自己處在孤獨的情境中，可以獨立自主的思考，往往也是寫詩的必要條件。

　　美國詩人華滋華斯（William Wordsworth, 1770-1850）對於「孤獨」有著截然相反的觀點，在〈丁登寺〉中他以歡愉之心靜靜看著孤獨：「……我們躺臥在／自己體內，成為一個活的魂：／我們用一雙被和諧和歡愉的力量鎮懾的眼，／洞透事事物物的內在生命。」但在另一首〈哀歌〉中他卻有可憐的情緒：「再見罷，再見罷，住在孤單中、／守在夢中、遠離同類的心靈！／它縱使快樂，／也是可憐的；／因為它是盲目的。」[10]或許可以這麼說：孤獨，對詩人而言是身體的寂寞，對詩家而言卻是心靈的豐收，詩人要能不怕孤獨、寂寞，才能有深刻的作品。

　　不過，引述王白淵詩作的真正目的，是為了從中擷取創作的方法，那就是敢於一再推湧萬物一體的譬喻句。仔細探究〈詩人〉這首詩，它是以三個省略喻詞的譬喻句（略喻）所形成：「詩人為人不知而生／吃自己的美而死／（好像）薔薇默默盛開／在無言中凋謝」，「詩人於心中寫詩／寫寫卻又抹消去／（好像）蟬在空中唱歌／不顧結果如何飛走」，「詩人孤獨地吟唱／談萬人的心胸／

9　　王白淵：〈詩人〉，王白淵：《棘の道》，日本盛岡市：久保庄書店，1931年6月發行（寫作時間約為1925-1930年之間），巫永福譯：〈詩人〉，《文學界》27期，1998。另見陳才崑編譯：《王白淵・荊棘的道路》，彰化：彰化縣立文化中心，1995，頁80-81。

10　科克（Philip Koch，加拿大愛德華王子島大學哲學系副教授，1942- ）：《孤獨》Solitude，梁永安譯，臺北：立緒文化公司，2004，頁5-6。

（好像）月獨自行走／照光夜的黑暗」。但詩人將眾人熟知的自然現象（喻依）置於前，將自己特別的感觸（喻體）置於後，因而形成象在意之先，讓讀者接受「薔薇默默盛開／在無言中凋謝」的自然現象，因而自然也就接受了「詩人為人不知而生／吃自己的美而死」的人文事實。

王白淵在〈詩人〉詩中，使用的是「略喻」。紀弦（1913- ）的〈雕刻家〉說：「煩憂是一個不可見的天才的雕刻家」，[11]〈狼之獨步〉說：「我乃曠野裡的一匹狼」，[12]則是使用「暗喻」。鄭愁予的名篇〈錯誤〉更交錯使用「明喻」：「你底心如小小的寂寞的城」、「（你的心）恰若青石的街道向晚」；「暗喻」：「你底心是小小的窗扉緊掩」；「借喻」：「（你的心就好像）東風不來，三月的柳絮不飛」、「（你的心就好像）跫音不響，三月的春帷不揭」。[13]可見「譬喻」是文學創作最基本的要素，是將天地間的風雨雷電、雲霧霜雪、草木蟲魚、飛鳥走獸與「人」互動的最佳接合劑，詩人的創作無不以此為基礎，多方轉化運用，更求靈活。

日本詩人「江藤　淳」對於「暗喻」也有這樣的說詞：「居間於日常性的意識和被高揚的意識之間的就是暗喻。」他認為「暗喻之幾乎意味著詩本身，乃是由於一切優異的詩，在發想上都站於需要兩個以上的聲音之重層性的地點之緣故。」[14]詩，不可能單軌進行，意與象必須「重層」出現，暗喻就是將屬於「詩人」的「意」跟屬於「自然」的「象」，以串連、交錯、重疊或織染的方式呈現出來，因而才有「暗喻幾乎意味著詩本身」這種說法。敢於一再推湧萬物一體的譬喻句，就成為詩創作最根本的基礎練習。

---

[11] 紀弦：〈雕刻家〉，《紀弦詩拔萃》，臺北：九歌出版社，2002，頁56。
[12] 紀弦：〈狼之獨步〉，《紀弦詩拔萃》，臺北：九歌出版社，2002，頁96。
[13] 鄭愁予：〈錯誤〉，《鄭愁予詩集Ⅰ，1951-1968》，臺北：洪範書店，2003，頁8。
[14] 錦連：〈詩人備忘錄五〉（錦連翻譯日人江藤　淳〈日本詩在哪裡〉，日本：《短歌研究》四月號，1958），《錦連作品集》，彰化：彰化縣立文化中心，1993，頁150。

請試著做以下幾個練習，增長自己的設喻能力：

1. 螢火蟲
（就好像）＿＿＿＿＿＿＿＿＿＿＿＿＿＿＿＿＿＿＿＿
（提著燈籠的小姑娘）
（天上的星，為追尋自己的夢而飛）
（黑夜的眼睛，總是守護著夜歸人）

2. 時間
（是）＿＿＿＿＿＿＿＿＿＿＿＿＿＿＿＿＿＿＿＿＿＿
（一條河，流過我們的青春、皺紋，
流過……）
（創造奇蹟的魔術師，將一個生澀的
少年變成跋扈的暴君）
（無所不在的風，看不見，卻搔著你
的癢處）

3. 以＿＿＿＿（A）＿＿＿＿的快捷跳上最後一班車
如＿＿＿＿（B）＿＿＿＿，在我走進車廂前所有的星座都隱
沒了
（阮囊：〈最後一班車〉）
詩人阮囊這兩句詩，其實都是譬喻句的變身，恢復為譬喻
句的原型，應該是：
跳上最後一班車，就好像＿＿＿＿（A）＿＿＿＿那樣快捷。
在我走進車廂前所有的星座都隱沒了，
就好像＿＿＿＿（B）＿＿＿＿。
A.（豹隱沒在莽原中）
B.（暴君的手遮蓋了所有的真相）

A.（駕馭古戰車）

B.（太陽之會不到眾星的光輝）

A.（流星）

B.（沉船在漩渦的中心打轉）

在人類的大腦皮層下，記憶隨時會記錄人類知能的興奮過程，一個新的刺激被記錄下來時，也會喚醒從前的舊記憶，這種記憶的重疊出現就像電腦檔案可以隨時叫出一樣，因此，意象創作就像是喚醒舊記憶一般，不會是一件困難之事，常做這種練習，彷彿在晤見老友，彷彿在翻閱舊照片，彷彿在檢視珍藏的古董，意象會隨時翻陳出新，湧生不已。

五、肯融入卑微低賤的生命體

詩的寫作，自古以來就是在運用草木蟲魚鳥獸做為抒發感情的媒介，因此，深度理解各種生物的生命現象與特質，是創作者的基本素養，生物學知識越豐富，可運用的素材就越寬廣。前一節所說的「意象交疊」，其實已經是以草木蟲魚鳥獸入詩，這一節更進一步，要將自己化身為草木蟲魚鳥獸，主觀地將自己融入卑微低賤的生命體中，去沈思、去傳情達意。簡單的理解可以稱之為「擬人化」、「轉化」，但「擬人化」、「轉化」只是其中的技巧之一而已，它還可以有更多的途徑去達成。以錦連（1928-2013）的〈蚊子淚〉來看，這首詩不屬於轉化，卻將蚊子與人類設定在相等的位置上，共同承擔生命中的無奈與悲哀。

〈蚊子淚〉

蚊子也會流淚吧……

因為是靠著人血而活著的

而　人的血液裡
有流著「悲哀」的呢[15]

「靠著人血而活著的」，豈僅是蚊子而已，這首詩其實還有
一種深沈的社會批判，這種「靠著人血而活著的」人，恐怕更是悲
哀中的悲哀。當然，如同基督教的原罪一樣，詩人的認知裡，人的
本質、人的基本生活型態就像血液裡流著的悲哀，是無法袪除的基
因，這才是詩人本質上的覺悟，對人性的根本透視，詩的真正原生
質所在。

錦連選擇蚊子，選擇流淚，正是融入卑微低賤的生命體中思
考，這種思考而得的人性覺醒，反而更容易引起讀者的同情，產生
共鳴，擴大效應。

這種生命體有時也可以是有生、有死、會腐朽的「非生物」，
譬如白靈選擇「路標」做為八十歲老戰士的標記。新立的路標好像
新生的生命，傷痕纍纍的路標又會指向哪裡？

一身負傷纍纍
立在路口，伸出許許多多的臂膀

他指著城裡街道曲折的內心
他指著城外白楊遙遠的茫然

多半則錯失了方向
某某幾里指著地面小狗的一泡鏡子

---

[15] 錦連：〈蚊子淚〉，《錦連作品集》，彰化：彰化縣立文化中心，1993，頁9。

某某幾里指著天上白雲的幾朵逍遙

他纍纍像貼滿藥方，打著心結的老兵
披著歲月的勳章，他胡亂指著
旅人唇語中的遠方[16]

　　這首詩的路標，形似老戰士，如「曲折的內心」、「遙遠的茫然」寫的是老戰士，卻也是路人眼中路標常顯現的差錯、誤失；「錯失方向」的第三段則是歪斜的路標，卻也未嘗不是失智的老者；最後一段的「唇語」，只有開合而無聲音，既摹「路標」之形，又傳「老戰士」之神。至此，「路標」與「老戰士」，二而為一，是詩人融入「老戰士」卑微低賤的生命體、又融入「路標」卑微低賤的生命體所造致。

　　試著想想這些生物可以是人類的某種生命跡象？

　　1. 慵懶的貓

　　　　　　（水手：蜷縮在甲板上的一角，海，看了三十
　　　　　　　年，仍然只會無邊無際藍給你看，頂多翻幾個
　　　　　　　白眼。）
　　　　　　（中風者：人世的多少紛爭，其實就像我的右
　　　　　　　手、右腳，不要動它，它只是存在著。）
　　　　　　（算命仙：榮枯盛衰，如果真能預知，我會選擇
　　　　　　　坐在這裡等待客人嗎？唉，我們都是慵懶的
　　　　　　　貓。）

---

[16]　白靈：〈路標──記一位八十歲老戰士〉，臺北：《臺灣詩學》季刊第四期，1993年9月。

2. 含羞草

（憂鬱症者：你以為那是友善的招呼，我卻擔心
　　　那輕輕的一觸，會將我推向更深的淵底。）

（村姑：世界不就是一畦一畦的葡萄園嗎？日日
　　　我伸手採擷葡萄，為什麼會有一隻手，像採擷
　　　葡萄一樣伸向我？）

（健美先生：我可以讓你仔細看我鼓起來的舉重
　　　成績，我卻害怕你那柔情的撫觸，瓦解了我山
　　　一樣的意志。）

3. 迴紋針

（Ａ型人：我迴轉再迴轉，只為了輕輕將你夾
　　　住。）

（功利主義者：轉一個彎，又轉一個彎，我知道你
　　　轉不出我的手掌心，轉不出我的肚腹心脾。）

（儒者：我一直挺圓圓的腹，一如瓶之存在，但
　　　我心中方以直的堅持，二十一世紀的今天又有
　　　多少人認識？）

　　這樣的練習是使心柔軟的基本操，是物我合一的初體驗，是天
人合一的境界最後的追求，應該常常做這樣的連結。

六、願接納風情萬種的圖象式

美國詩人貝琦・佛朗哥（Betsy Franco）曾經創作《數學詩》[17]，他強調：「文字＋數學＋季節＋趣味＝大家的數學詩」，企圖讓數學與詩有著相契相合的契機，可以視為科際整合的嘗試。

<blockquote>

紅色落葉

橘色落葉

金色落葉

＋ 棕色落葉

踩下去窸窣有聲的地上彩虹[18]

</blockquote>

這是一個很簡單的加法算式，將地上鋪滿的落葉，紅色、橘色、金色、棕色，以加法繽紛呈現，妙的是形成一個色彩繁複的景色，詩人稱之為「地上彩虹」；奇的是詩人又將「視覺意象」添加上「聽覺意象」，讓這些繽紛的落葉與人類的腳步結合，因而「窸窣有聲」，將腳踩落葉的戲耍之樂加進兒童詩中，使創作與閱讀的過程增加許多趣味。

這是美國詩人跨界演出的圖象式的「數學詩」，當然，更不要忘記前輩詩人所曾經大力經營的「變化文字，應用符碼，以創造空間，模擬物象」的真正「圖象詩」，舉一首最近出現的圖象詩，

---

[17] 林良譯，貝琦・佛朗哥（Betsy Franco）著，史蒂文・沙萊諾（Steven Salerno）繪：《數學詩》（mathematickles），臺北：三之三出版社，2007（三刷）。根據書中的簡介「貝琦・佛朗哥（Betsy Franco）是一位喜愛數學的詩人，以二十年以上的時間，寫了許多圖畫書、詩歌和論著，啟發兒童認識數學的美妙、深刻和趣味。

[18] 同前注，林良譯，貝琦・佛朗哥（Betsy Franco）著：《數學詩》，臺北：三之三出版社，2007，未定題目，未標頁碼。

啟發同學也試著應用文字、數字、符碼，以裝置一首富含深意的
作品。

〈吵架〉[19]

```
         你                        你
        你你                      你你
       你你你                    你你你
      你你你你                  你你你你
你你你你你你你你你你你       你你你你你你你你你你你你
你你你你你你你你你你你你     你你你你你你你你你你你你
你你你你你你你你你你你你你你  你你你你你你你你你你你你你
你你你你你你你你你你你       你你你你你你你你你你你你你
你你你你你你你你你你你你     你你你你你你你你你你你
      你你你你                  你你你你
       你你你                    你你你
        你你                      你你
         你                        你
```

　　這首詩顯示相互指責的兩方，無不以蜷曲的拳頭、惱怒的食指
指著對方，語言中盡是「你、你、你……」，從來不會有自我反省
的時候，簡化的機械式圖形，單純的指標，卻也為爭吵的社會場景
留下圖形共相，讓人會心一笑。

---

[19]　林世仁：〈吵架〉，林煥彰主編：《林，詩的家》，臺北：唐山出版社，2007，頁
　　136。

一

1. 我在橋的這端眺望著└─────┘你會在那頭守候天晴嗎？
2. 陷在吊床的最底部└─就讓我沈入黑甜之鄉吧！
3. 基隆河底└─是沙粒、是爛泥，還是可以淘洗的碎沙金？
4. _____

一

1. 大頭的學士帽└─顯然太小了，但是又有什麼關係哩？戴著
   帽子的時間也不過是兩個小時，用頭腦的時間可要長達六
   十年啊！
2. 把北宜公路九彎十八拐的髮夾彎，集合成一個雪山隧道
   ┌─，果然回家的速度快多了。
3. 月亮上升了┌─，長長的幾聲蛙鳴為仲夏之夜帶來幾許清涼。
4. _____

&

1. 瑜珈又彎腰又抬腿 &，總是挑戰著體能的極限。
2. 甩下水袖至地 &，彷彿要把幾代的恩怨情仇甩到雲煙不見
   的地方。
3. 嬰孩以他的雙手扶起雙腳 &，總想嚐嚐自己的腳尖有沒有
   奶嘴那麼值得咀嚼。

4. _____

︿︿

1. 那是隱入天際的白翎鷥 ︿︿，急著尋回屬於牠的溫暖。
2. 深鎖的雙眉 ︿ ︿，何時成為展向天際的雙翅 ︿︿？
3. 遠遠的八卦山臺地 ︿︿，隱藏著我童年的笑聲。
4. _____

圖象的風情無限，就像詩有無限的可能，二者結合，值得我們繼續開發。

七、結語：詩道照顏色

或然，未必成為必然，但是，詩的追求原來也不是康莊大道、一路可達，所以或然的嘗試才是詩的通幽曲徑，才會有詩創作的驚喜。

此次所設計的創作五大意圖：

一、不排拒匪夷所思的想像力
二、能發現共構體中的大對比
三、敢推湧意象交疊的譬喻句
四、肯融入卑微低賤的生命體
五、願接納風情萬種的圖象式

一方面符合希臘哲人亞里士多德（Aristotélēs，BC384-BC322）所強調的創作三大原則：意象、對比與生動，一方面也貼近傳統「賦、比、興」的基本訴求，最重要的是，可以在新詩教學中付諸實踐，並且，在實踐的過程中再激發新的或然。因此，老師教學的過程，或學生實際創作的時刻，時時在心中迴盪這些問題，終會有所獲：

1. 創作（教學）時，如何激引（學生的）想像力？
2. 如何以對比的方式凸顯詩中的張力？
3. 意象創造，就是從情景交融開始，以達至天人合一，如何踏出「情景交融」這一步？
4. 如何關注卑微的小生命以激發詩心？

5. 圖象的應用是新詩異於舊詩之處，如何（引導學生）放手一試？

參考文獻

中文教學書目（依作者姓氏筆畫序及出版序）

仇小屏：《下在我眼眸裡的雪——新詩教學》，臺北：萬卷樓，2001。

仇小屏：《詩從何處來——新詩寫作教學指引》，臺北：萬卷樓，2002。

白靈：《一首詩的誕生》，臺北：九歌出版社，1991，新版2006。

白靈：《煙火與噴泉》，臺北：三民書局，1994。

白靈：《一首詩的誘惑》，河童，1997／鷹漢，2003／九歌出版社，2006。

白靈：《一首詩的玩法》，臺北：九歌出版社，2004。

林文欽：《現代詩鑑賞教學研究》，高雄：春暉出版社，2002。

張默：《小詩選讀》，臺北：爾雅出版社，1987。

渡也：《新詩補給站》，臺北：三民書局，1995。

蕭蕭：《青少年詩話》，臺北：爾雅出版社，1989，新版2007。

蕭蕭：《現代詩創作演練》，臺北：爾雅出版社，1991。

蕭蕭：《現代詩遊戲》，臺北：爾雅出版社，1997。

蕭蕭：《蕭蕭教你寫詩・為你解詩》，臺北：九歌出版社，2001。

蕭蕭：《新詩體操十四招》，臺北：二魚出版社，2005。

羅青：《從徐志摩到余光中》，臺北：爾雅出版社，1978。

中文詩集書目（依作者姓氏筆畫序）

王白淵著、陳才崑編譯：《王白淵・荊棘的道路》，彰化：彰化縣立文化中心，1995。

余光中：《高樓對海》，臺北：九歌出版社，2000。

洛夫：《時間之傷》，臺北：時報文化公司，1981。

紀弦：《紀弦詩拔萃》，臺北：九歌出版社，2002。

楊華：《黑潮集》，臺北：桂冠圖書公司，2001。

鄭愁予：《鄭愁予詩集Ⅰ，1951-1968》，臺北：洪範書店，2003。

錦連：《錦連作品集》，彰化：彰化縣立文化中心，1993。

中譯書目（依作者姓氏字母序）

貝琦‧佛朗哥（Betsy Franco）著、史蒂文‧沙萊諾（Steven Salerno）繪、林良譯：《數學詩》（mathematickles），臺北：三之三出版社，2007。

科克（Philip Koch，1942- ）：《孤獨》Solitude，梁永安譯，臺北：立緒文化公司，2004。

中文篇目（依作者姓氏筆畫序）

白靈：〈路標──記一位八十歲老戰士〉，臺北：《臺灣詩學》季刊第四期，1993年9月。

林世仁：〈吵架〉，林煥彰主編：《林，詩的家》，臺北：唐山出版社，2007，頁136。

胡應麟：《詩藪》外編卷三，上海：上海古籍出版社，1979，頁163。

追風：〈詩的模仿〉，羊子喬、陳千武主編：《光復前臺灣文學全集9‧亂都之戀》，臺北：遠景，1982，頁1-6。

陳尚君、汪湧豪：〈司空圖《二十四詩品》辨偽（節要）〉，《唐代文學研究》第六輯，桂林：廣西師範大學出版社，1996年9月，頁581-588。

謝南光：〈國有財產即我家財產──不信者請翻開古書〉，謝南光著‧郭平坦校訂：《謝南光著作選》，臺北：海峽學術出版社，1999，頁120-124。

心物交感互動：好詩的基本條件
──以林亨泰、鄭愁予的兩首組詩為例

摘　要

　　好詩的條件會是什麼？一直是歷史中爭辯不休而未得正解的問題，詩人的見解不免成為主觀的詩觀的表達，評論者的意見往往又是術語的堆砌，讀者接受學的反應，也從未有人真正提出統計數據加以分析。本文試圖從詩歌發生學的角度去釐清好詩的基本條件，第一層次在於詩人是否能以自己的心與外物交感互動，成就一首好詩，第二層次在於這首詩是否能夠喚醒讀者的心與外物（包含這首詩）的交感互動，藉以確立一首好詩的基本特質。並以林亨泰的〈風景〉組詩、鄭愁予的〈小城連作〉組詩為例證，加以鑑識。

關鍵詞：心物交感互動、林亨泰、鄭愁予、〈風景〉、〈小城連作〉

一、前言：好詩「四動」標準的再思考

臺灣新詩發展史中，思潮的波動一直呈現著拉鋸式的爭辯，一波稍歇，一波又起。但事發當時，雙方（或者多方）一來一往的過程裡，讀者大眾既分不出輸贏，也看不出對錯，終究是各是其是，各非其非，如文言與白話之爭、臺語漢字與日文或中文書寫之辯，如文學語言與生活語言的區隔，如前衛藝術與鄉土意識孰重孰輕、古典情懷與現實關懷誰優誰劣。論辯時就像站在物之兩極，亟欲刀刀見血，絕不避退，檢視其創作卻又你泥中有我、我泥中有你，有所偏倚而無所偏廢。最有名的例子是前輩詩人紀弦（1913-2013）與覃子豪（1912-1963）的論戰：主張現代詩是「橫的移植」而非「縱的繼承」的紀弦，一生中大部分的詩作其實是傾向傳統的「述志詩」；認為象徵主義已經走向尾聲的覃子豪，〈瓶之存在〉以後的作品則自覺或不自覺地往象徵主義的奧秘與深邃傾斜。

因此，現代詩壇上一直流傳著「非詩」、「偽詩」的批判聲音，但是何者為詩、何者為非詩，何者為真詩、何者為偽詩，卻各有立場與堅持，當甲方指責乙方為「非詩」、「偽詩」時，乙方也以同樣的詞彙指稱對方為「非」、為「偽」，若是，讀者大眾又該如何辨其是非、分其真偽？如何在「公說公有理」中發現「婆」之所以存在的真諦，又在「婆說婆有理」中發現「公」之不可或缺的奧義？或者，擇其氣質之所近，選邊吶喊，亦未可知。實則臺灣新詩長流裡，這種論爭的雙方是以共構的關係而存在，既為敵又為友，互有利又有害，相牽扯而又相助成。如主張超現實主義、以藝術論為導向的「創世紀」詩社，與主張現實主義、以本土論為導向的「笠」詩社，在競爭的態勢下同樣存在了半世紀以上；如主張前衛、實驗的「現代派」、〈現在詩〉，與主張清順、平白的〈葡萄園〉、〈秋水〉詩刊，同樣持續發行著不同調的雜誌。他們都長期

擁有自己的版圖、自己的信眾，是耶？非耶？真耶？偽耶？都在歷史的長流裡滾滾生波，不斷向前。

最近詩論家陳仲義（1951-　）在《海南師範大學學報》（社會科學版，2008年第1期）發表〈感動　撼動　挑動　驚動──論好詩的「四動」標準〉，[1]挑起大陸詩界共同思考好詩與壞詩的分際何在，是否也會像臺灣詩壇中詩與非詩、真詩與偽詩的爭辯一樣，你走你的陽關道、我過我的獨木橋？尚待觀察。不過，陳仲義所大膽給出的好詩公式，卻引發我思考到底好詩要從詩歌發生學或詩歌接受學去判定，更為合理。

陳仲義的好詩公式：

好詩＝感動＋撼動＋挑動＋驚動

公式顯豁易解，好詩是四動的集合體。但在內文中的說明，他顯然偏重「感動」二字，認為「好詩就形成了以“感動”作為主旋律，以“撼動”、“挑動”、“驚動”作為“副部”的──審美接收“交響”。或者說，以感動作為終端接收器的好詩，同時混合著“撼動”、“挑動”、“驚動”的審美成分。」[2]如果這樣的理解沒錯，陳仲義的公式，其實應該在每個「＋」號後面加上「（或）」，成為這樣的新式子：

好詩＝感動＋（或）撼動＋（或）挑動＋（或）驚動

如是，情感情緒層面的的「感動」濃度是好詩的必要條件，

---

1 陳仲義：〈感動　撼動　挑動　驚動──論好詩的“四動”標準〉，《海南師範大學學報》（社會科學版），2008年第1期。全文又發表於臺北：《創世紀》詩雜誌（季刊）156（2008年9月秋季號）、157期（2008年12月冬季號）。

2 陳仲義：〈感動　撼動　挑動　驚動──論好詩的“四動”標準〉，臺北：《創世紀》詩雜誌（季刊）157期，2008年12月，頁173-174。

但，精神意識層面的「撼動」力度、詩性思維層面的「挑動」銳度、語言修辭層面的「驚動」亮度，則是好詩的充分條件。更簡化一點來說，好詩就是能使讀者有所感、有所動的作品——情感有所動、精神有所動、思維有所動、語言有所動，一個感字牽引一個動字（或更多的動字），這是從讀者接受學論述的好詩標準，強調後面的「動」字。如果究其來處，「感」字其實比「動」字更為重要，無所感則無所動，作者無所感則讀者無所動，作者無所感、無所動，則讀者無所感、無所動。因此本文所憑以討論的，是從詩歌發生學的角度來探索詩人因何而感、為何而動，如何因感動而成就一首詩，這首詩又憑著什麼能感動讀者，到達好詩的位置。

二、心物交感互動：好詩的基本條件

最早的「詩歌發生學」理論，應數《詩·大序》：

> 「詩者，志之所之也，在心為志，發言為詩。情動於中而形於言，言之不足故嗟嘆之，嗟嘆之不足故永歌之，永歌之不足，不知手之舞之、足之蹈之也。情發於聲，聲成文謂之音，治世之音安以樂，其政和；亂世之音怨以怒，其政乖；亡國之音哀以思，其民困；故正得失，動天地，感鬼神，莫近乎詩。先王以是經夫婦，成孝敬，厚人倫，美教化，移風俗。」[3]

詩之所以發生，就個人而言，在於詩人「志之所之」與「情動於中」，前一句話「志之所之」，可以視為個人氣質的展現與毅力的堅持，自古以來都將「志」字解釋為「心」，「心之所往」是指

---

[3]　文津閣四庫全書第六十四冊：《詩序·卷上》，北京：商務印書館，2006，頁0064-3。

所有心靈、心智的總體活動，屬於理性思維的展現。相對於此，後一句話「情動於中」則是感性的作用，情意的震顫，絕大部分的詩的抒情功能無不藉此而萌發。朱熹（1130-1200）在《詩經傳序》將這一段話申論為：「人生而靜，天之性也，感於物而動，性之欲也。夫既有欲矣，則不能無思；既有思矣，則不能無言，既有言矣，則言之所不能盡，而發於咨嗟咏歎之餘者，又必有自然之音響節奏而不能已焉，此詩之所以作也。」陳仲義「四動說」的「感動」，應是指此而言。但特別要注意朱熹「感於物而動」這句延伸義，「感於物而動」的主詞依然是「心」，是「心感於物而動」，是心有所感、有所動，其受詞為「物」，雖然「物」之所指為何？《詩・大序》並未觸及、朱熹亦未言及，但心物互動的觀念已經萌生。

就詩歌發生的時代背景而論，《詩・大序》也指出不同的時代、不同的政局必然產生不同風格、不同趣味的詩篇，詩因而有著實際的作用、效應和功能，如治世之世，政通人和，可以產生安樂之詩；亂亡之際，政乖民困，可能產出怨怒、哀思的作品，這是詩歌發生學的時代因素，或許也可以用來指稱朱熹所言的「感於物而動」的「物」，詩人有見於社會民生的變與動，因而觸動心靈，興發了或安樂、或怨怒、或哀思之作，一種現實主義傾向的作品。這樣的詩作，可以「正」得失、「動」天地、「感」鬼神，可以「經」夫婦、「成」孝敬、「厚」人倫、「美」教化、「移」風俗，這些引號內的動詞都可以是陳仲義「四動說」中的「撼動」、「挑動」、「驚動」，向著至善至美的方向潛移默化。

《詩・大序》所言「在心為志，發言為詩」，顯然簡化了心與詩的距離，彷彿「詩人之心」只要一舉步、一發言，就可以踏入詩的國境。詩人的心與詩之間如何聯繫，要到南北朝時代的審美思想才有比較清楚的線索。

南朝梁鍾嶸（約468年-518年）《詩品》之〈序〉開頭即言：

「氣之動物,物之感人,故搖蕩性情,形諸舞詠,照燭三才,暉麗萬有,靈祇待之以致饗,幽微藉之以昭告,動天地,感鬼神,莫近於詩。」[4]這裡的「氣」是指著昇騰於天地之間無所不在的氣,落實的講法可以是風雨雷電的氣象變化,是後文所說的「若乃春風春鳥,秋月秋蟬,夏雲暑雨,冬月祁寒,斯四候之感諸詩者也。」[5]或如劉勰(約465-約532)《文心雕龍‧物色》所言:「春秋代序,陰陽慘舒,物色之動,心亦搖焉。……是以獻歲發春,悅豫之情暢;滔滔孟夏,鬱陶之心凝;天高氣清,陰沉之志遠;霰雪無垠,矜肅之慮深。歲有其物,物有其容;情以物遷,辭以情發。一葉且或迎意,蟲聲有足引心。況春風與明月同夜,白日與春林共朝哉。」因而得出心物交感互動的論點:「寫氣圖貌,既隨物以宛轉;屬采附聲,亦與心而徘徊。」[6]——此處所言之「物」,是與「人」相對舉的「天」,天然的天。

　　昭明太子蕭統(501-531)《文選‧序》:「楚人屈原……耿介之意既傷,壹鬱之懷靡愬,臨淵有懷沙之志,吟澤有憔悴之容,騷人之文,自茲而作。蓋志之所之也,情動於中而形於言。」[7]蕭統依然襲用《詩‧大序》的「志之所之」、「情動於中」的發生學,但「耿介之意既傷,壹鬱之懷靡愬,臨淵有懷沙之志,吟澤有憔悴之容」,有著「心」與「物」的交感互動因素。屈原耿介之意(心)為「物」所傷,壹鬱之懷(心)無法向他人(物)傾訴,所以臨於淵(物)有懷沙之志(心),吟於澤(心)有憔悴之容(物),詩人內在的心與外在的物多次來回交互感應,騷人之文,自茲而作。由此回看鍾嶸的《詩品‧序》:「嘉會寄詩以親,離群託詩以怨。至於楚臣去境,漢妾辭宮;或骨橫朔野,或魂逐飛蓬;

4　南朝梁‧鍾嶸:《詩品》,弘道公司編輯部:《詩話叢刊》,臺北:弘道文化事業公司,1971,頁1。
5　同前注,鍾嶸:《詩品》,《詩話叢刊》,頁3。
6　南朝梁‧劉勰:《文心雕龍‧明詩》,臺北:明倫出版社,1970。
7　南朝梁‧蕭統編、唐‧李善注:《文選》,臺北:華正書局,2000,頁1。

或負戈外戍，或殺氣雄邊；塞客衣單，孀閨淚盡；或士有解佩出朝，一去忘返；女有揚蛾入寵，再盼傾國。凡斯種種，感蕩心靈，非陳詩何以展其義；非長歌何以騁其情？」[8]這些物事、故實，都屬於進行式的社會現實或過去式的歷史陳跡，卻都是詩人心中所心凝神馳之「物」。——此處所言之「物」，是與「人」相並舉的「事」，人事之人、人事之事。

劉勰（約465-約532）《文心雕龍・明詩》：「人秉七情，應物斯感，感物吟志，莫非自然。」[9]「詩者，持也，持人情性；三百之蔽，義歸無邪，持之為訓，有符焉爾。」[10]都在強調詩由詩人所秉持的情性（心）而發，其中心與物要有多重多層次的往復感應，「應物（物）斯感（心）」而後又「感物（物）吟志（心）」，一而再，再而三，來來回回，舞之蹈之，這一切感應沉吟都在「自然」的狀態中運行（莫非自然），除此之外再無其他途徑可循（義歸無邪）。

至此，心隨物以宛轉，物與心而徘徊，成為詩歌發生學最原始、最傳統、最正規的理念。將這樣的理念當作檢驗好詩的基本條件，不失為最低的門檻。

如果將這樣的理念當作好詩的基本條件，敢於面對後現代主義威行的新世紀詩作，或許被當作是一種完全的諷刺行為，卻未嘗不是真正的挑戰好詩門檻的動作。試看臺灣目前最具實驗精神，最喜歡以當代行動藝術的出軌方式去衝撞「詩」的定義或定位的「現在詩社」，他們曾經用市集當街塗鴉的大字報方式出版詩刊，用投稿即行動的來稿必登方式刊用詩作，用仿（或反）諷日曆本型態來編印刊物，這些詩作是不是也是心與物的交感互動？是不是心與物的交感互動越真越切，詩作也就越好越能傳世？

---

[8]   鍾嶸：《詩品》，《詩話叢刊》，頁3。
[9]   南朝梁・劉勰：《文心雕龍・明詩》，頁65。
[10] 同前注，南朝梁・劉勰：《文心雕龍・明詩》，頁65。

「現在詩社」第8期的徵稿啟事：

　　我們邀請你走進一個四面黑牆的房間，裡面堆滿報紙雜誌傳單說明書各式各樣資訊。
　　你隨便撿一頁讀。一邊用筆劃掉你不要的句子。劃掉。劃掉。劃掉。
　　劃掉。劃掉。劃掉。劃掉。
　　劃掉。劃掉
　　1000個句子劃掉500個剩下500個。
　　再劃掉剩下300個。 再刪再刪剩200個。 剩50個。 最後留下5或6個句子。甚至2個3個。
　　這幾個句子彼此心領神會，自行運轉，變成一首詩。

古代的羊皮紙以燭火輕觸顯現密語，龐雜繁複的現代文字資訊若以第三眼注視將有多少詩若隱若現？

意思再明顯不過了：這回我們假設詩是一種壓縮一種減法乃至一種不斷逼視後的浮現。不懷好意地浮現。

你也可以帶著自己蒐集的字紙前來。

披著羊皮的詩將於展覽結束後印刷成集成為《現在詩》第8期。[11]

　　一個前衛的徵稿設計。在既有的、現存的、另有其義的字句中，刪除雜蕪，浮現密語，詩，仍然是心與物在極短的時間內交互

---

[11]　「現在詩poetrynow」網誌：http://poetrynow2002.blogspot.com/，2008年10月採錄。

感應，來回思索的結果。這時的「物」是眼前既有的、限定的字詞，「心」既要剷除既有意義的干擾，又要尋覓未知意義如何成形，這與前輩詩人務去陳詞、鍛鍊新語的目的完全相同，表面上看來可能不堪入目，其結果卻有可能眩人耳目。所以，心物交感互動的「物」，從風雨雷電、草木蟲魚鳥獸的自然萬象，到喜怒哀樂愛惡欲的人間七情，卻也可以不排除蠢蠢欲動的字的誘惑。超現實主義的自動書寫，後現代主義的拼貼，都在字與字的撞擊間尋覓火花，吟安一個字，撚斷數莖鬚，為的是那字與字撞擊的火花。

三、〈風景〉：發生學的思考

作為好詩的基本條件，心物交感互動必須經歷兩個不同層次的考驗，一是作者是否心與物交感互動，作者的詩心是否在物的選擇上做過琢磨，創造了最好的、最生動的意象；二是讀者能否心與物交感互動，作者所創作出來的詩是讀者眼中的物，此物能否引起讀者同情共鳴。這兩個子議題，關涉詩歌發生學與接受學，似可拆離，又不可拆離，因此，第三節與第四節雖然分別以林亨泰（1924- ）的〈風景〉與鄭愁予（鄭文韜，1933- ）的〈小城連作〉作為討論的客體，各有所偏，但不妨以「互文」的觀點交換位置探索、思考。

臺灣新詩史上林亨泰的〈風景〉與鄭愁予的〈小城連作〉，是這兩位詩人的經典名篇，站在他們所有創作的最亮點，但是卻也形成一個有趣的公案，這兩首詩都是組詩（連作），同一組詩中的兩首作品應該有著相近的評價，然而這兩組詩中的兩首作品卻出現了完全不同的遭遇，其中一首人人琅琅上口，數十萬字讚賞；另一首卻乏人問津，評論者從無一語論及。何以致此？我們試著以「心物交感互動」加以分析，或許可以使好詩的條件更為顯豁。

林亨泰的兩首〈風景〉詩作同時發表於一九五九年十月出版的

《創世紀》十三期，原詩如下：

　　〈風景NO.1〉　　林亨泰

　　農作物　的
　　旁邊　還有
　　農作物　的
　　旁邊　還有
　　農作物　的
　　旁邊　還有

　　陽光陽光曬長了耳朵
　　陽光陽光曬長了脖子

　　〈風景NO.2〉

　　防風林　的
　　外邊　還有
　　防風林　的
　　外邊　還有
　　防風林　的
　　外邊　還有

　　然而海　以及波的羅列
　　然而海　以及波的羅列[12]

---

[12] 林亨泰：〈風景〉，《林亨泰全集》第二冊，彰化：彰化縣立文化中心，1998年9
　　月，頁126-127。此詩原載《創世紀》13期，1959年10月。

這兩首詩所呈現的風景是中臺灣彰化的地方景觀，林亨泰在一九五四年之前一直住居在北斗街上，〈NO.1〉是北斗鎮斗苑路一路往西到埤頭鄉的農田景象，〈NO.2〉則是沿斗苑路繼續西行之後，二林鎮、芳苑鄉海邊防風林的景觀。因此，它不僅是一首組詩，更是一首連作，有著不可分割的連貫性，它們的相同優點有三：

一是字詞裝置的圖象效果：如每首詩的第一段，圖象出農作物的旁邊還有農作物，防風林的外邊還有防風林，農田、防風林有著綿延無盡的感覺。其中詞與詞的留空處，彷彿農作物與農作物、木麻黃與木麻黃間，光影的閃爍，具有寫實的存真作用。

二是複沓語式的聲韻效果：以文字上的類疊修辭、聲韻上的複沓效果（旁邊還有、外邊還有、陽光陽光曬長了、然而海以及波的羅列），造成空間的無限疊景，以「還有、還有」的未盡語意，延伸視覺與心覺的無限餘韻。

三是以簡御繁的哲學效果：〈風景NO.1〉、〈風景NO.2〉各用四十二個單字，其實都只呈現三個名詞（農作物、陽光、耳朵／防風林、海、波），呈現出一首最單純的、極目所見的即景之作，一幅數大就是美的巨幅圖畫，一件極簡淨的地景藝術。全詩八十四字，只有「曬」與「羅列」是真正的動詞（多麼安靜的動詞），顯示彰化農民靜純的心思，平和的心境，純任萬物自生自長的道家情懷。

整體而言，詩的外在聲與色之美，兼顧周全；詩的內在視象與心象之美，兼顧周全；彰化北斗、二林在地的陸與海之美，兼顧周全；臺灣農業與漁業的靜與動之美，兼顧周全。絕對是一首好詩。但五十年來的詩選家、評論家，選入〈風景NO.2〉、讚美〈風景NO.2〉，車載斗量，不可勝數，卻從無一家單獨選入〈風景NO.1〉、論述〈風景NO.1〉。

北斗至芳苑的斗苑路上風景相連，同一時間內呈供出兩首手法相近的詩作，卻被切割為平凡鄉村景色與熱門觀光地標，這是讓人詫異的事，如果以心物交感互動的論說加以解釋，能否得出結論，

進而釐清好詩的「好」所需要的級度？

試看：〈風景NO.1〉的「農作物的旁邊還有農作物」，「旁邊」是視野之內的平面展示，〈風景NO.2〉的「防風林的外邊還有防風林」，「外邊」則有視野之外的立體效果；讀者接收的喜悅已經有所不同。更重要的，「防風林的外邊」還有「海以及波的羅列」，是在視野之外又加上了想像的空間，給予讀者生活經驗之外的驚喜，彷彿可以想見防風林的外邊海的波光正激灩。就作者而言，詩歌之所以發生，是在自己面對斗苑路景物「心物交感互動」時，〈風景NO.2〉比起〈風景NO.1〉，能多往「心」上琢磨，能盪開眼前農村景象，藉「景」向「境」延伸。〈風景NO.1〉雖然也有「陽光陽光曬長了耳朵／陽光陽光曬長了脖子」的擬人設計，還特意加上「時間」所促生的生命力的勃發，終究還停留在「農作物」身上，未曾遠離，「景」仍然只是「景」。〈風景NO.2〉則有著較多的交感互動的作用，詩人在接收物的訊息時，能在心上多所斟酌，不限定在眼前的景物上著墨，因而拓展了心的新境。換句話說，心「看見」物，「景」只是「景」；心「看入」物，物又回應心，「感動」交互出現，「景」才有「詩境」。好詩的條件在此。

四、〈小城連作〉：接受學的試探

鄭愁予的〈錯誤〉可能是現代漢詩中的第一名篇，一九七九年出版之《鄭愁予詩集Ⅰ，1951-1968》此詩獨立成篇，但在二〇〇三年詩人親自審定編校的二十五開本的《鄭愁予詩集Ⅰ，1951-1968》，則將同一年的詩作〈客來小城〉納為第二首，另以〈小城連作〉名其篇，形成二詩連作的組詩形式。但這六年來所有教科書、選集，似乎不曾有人發現這種變動，選家仍然只選〈錯誤〉，不理〈客來小城〉；評論家也不曾有人發現這種更易，未從〈小城連作〉的方向思考，挖深織廣詩作應有的內涵。

〈小城連作〉是鄭愁予理想中的詩的全貌，全詩如下：

〈小城連作〉

　　Ⅰ　錯誤

　　我打江南走過
　　那等在季節裏的容顏如蓮花的開落

　　東風不來，三月的柳絮不飛
　　你底心如小小的寂寞的城
　　恰若青石的街道向晚
　　跫音不響，三月的春帷不揭
　　你底心是小小的窗扉緊掩

　　我達達的馬蹄是美麗的錯誤
　　我不是歸人，是個過客……[13]

　　Ⅱ　客來小城

　　三月臨幸這小城，
　　春的飾物堆砌著……
　　悠悠的流水如帶：
　　在石橋下打著結子的，而且

---

[13]　鄭愁予：〈錯誤〉，《鄭愁予詩集Ⅰ，1951-1968》，臺北：洪範書店，2003，頁8。
　　此詩作於1954年，1979年出版之《鄭愁予詩集Ⅰ，1951-1968》獨立成篇（臺北：洪範
　　書店，1979，頁123），2003年詩人重編的定本《鄭愁予詩集Ⅰ，1951-1968》則後接
　　〈客來小城〉，合為〈小城連作〉。

牢繫著那舊城樓的倒影的，

三月的綠色如流水……。

客來小城，巷閭寂靜

客來門下，銅環的輕叩如鐘

滿天飄飛的雲絮與一階落花……[14]

　　一般將〈錯誤〉這首詩當作是閨怨情詩看待，沈奇（1951-）則以美麗的錯位這樣的觀念，將此詩當作浪漫主義與現代主義交疊，現代詩歌感應古典輝煌的重要徵象：「在適逢浪漫主義餘緒與現代主義發軔的紛爭之中，鄭愁予選擇了一條邊緣性的，可謂『第三條道路』的詩路進程。一方面，他守住自己率性本真的浪漫情懷，去繁縟而留絢麗，去自負而留明澈，去浮華而留清純，且加入有控制的現代知性的思之詩；另一方面，他自覺地淘洗、剝離和熔鑄古典詩美積澱中有生命力的部分，經由自己的生命心象和語感體悟重新鍛造，進行了優雅而有成效的挽回。由此生成的『愁予風』，確已成為現代詩歌感應古典輝煌的代表形式：現代的胚體，古典的清釉；既寫出了現時代中國人（至少是作為文化放逐者族群的中國人）的現代感，又將這種現代感寫得如此中國化和東方意味，成為真正『中國的中國詩人』」[15]蕭蕭（1947-）則藉日本精神醫學專家土居健郎（Takeo Doe，1920-）所使用的日語「甘え」（amae）來解釋鄭愁予〈錯誤〉這一系列的情詩何以能夠得到大家喜愛。「甘え」（amae）依其音義翻譯為「依愛」，依愛的原

---

[14] 鄭愁予：〈客來小城〉，《鄭愁予詩集Ⅰ，1951-1968》，臺北：洪範書店，2003，頁9。此詩作於1954年，1979年出版之《鄭愁予詩集Ⅰ，1951-1968》獨立成篇（臺北：洪範書店，1979，頁122），2003年詩人重編的定本《鄭愁予詩集Ⅰ，1951-1968》則前連〈錯誤〉，合為〈小城連作〉。

[15] 沈奇：〈美麗的錯位──鄭愁予論〉，《臺灣詩人散論》，臺北：爾雅出版社，1996，頁251。

型,是乳兒依稀知道媽媽和自己是個別的存在,而渴望緊緊依偎媽媽身上。依愛的心理可以定義為:企圖否定人類存在本來不可分離的部分(結果卻)分離的事實,以解除分離的痛苦。[16]可見這種「依愛」是被動的、溫柔的一種索愛行為,鄭愁予以詩中臨窗「望眼」的那種期盼,一種含蓄的愛的表現,成功傳達了大家共同的心聲。[17]

　　這些說解正確傳達了鄭愁予〈錯誤〉的詩意,是眾多讀者所樂於接受的訊息,可以呼喚他們心中隱藏的真正情愛的渴望。但詩人卻不願意停留在情詩書寫這個泛情的層次上,繼續向更高的生命境界探索,詩人要以〈錯誤〉結合〈客來小城〉而成的〈小城連作〉,點出生命中的無可如何之苦。所以〈錯誤〉中的我雖是一個過客,卻是主宰一個女子情緒或情感的主人,但到了〈客來小城〉,詩人將「我」的身分直接當回歸為「客」,毫無矯飾,不僅失去了「她」的期盼,自己反成為一個失落的人,找不到自己的舊愛與歸屬,那門環的輕叩聲像鐘一樣響,那三月的春綠像流水一去不回,那舊日的回憶像滿天的雲絮飄飛,像一階的落花飄零,無聲無息,無蹤無影,令人惋惜,令人惆悵!兩首詩的結合,跳脫了情詩的桎梏,以傳奇的方式訴說生命的無常,詩境顯然更為深沈、更加開闊。

　　〈客來小城〉的時間點依然設計在春天三月,充滿了盎然春意,依然有著響亮的銅環聲如鐘聲(就像馬蹄聲)迴盪在情意的深谷,但也依然是落花伴著寂寞的城、寂寞的巷閭、寂寞的心。詩情、詩意、詩語,一如〈錯誤〉,但在讀者接受上,卻像林亨泰的〈風景NO.1〉一樣不受青睞。在讀者接受學的反應上,〈客來小

---

[16] 土居健郎:《日本式的「愛」》(《「甘え」の構造》),黃恒正譯,臺北:遠流出版公司,1986,頁86。

[17] 蕭蕭:〈孤獨美學:現代主義裡的古典文學情懷〉,《現代新詩美學》,臺北:爾雅出版社,2007,頁124。

城〉在「心物」兩極的槓桿上偏向詩人之心多些，物的應用雜而分歧，不如〈錯誤〉首段的五個譬喻句全都指向女子堅貞的心。好詩的接受度，在〈錯誤〉與〈客來小城〉中受著另一層考驗，心與物的交感互動雖為必然，但交感互動的力度、勁度、傾向度，卻也不是那麼容易拿捏，作者與讀者之間的進退，似乎不像華爾滋舞步那樣有著規則的旋律。

五、結語

　　藉由林亨泰的兩首〈風景〉詩、鄭愁予的〈小城連作〉，分由詩歌發生學與詩歌接受學的角度思考，詩在「心」與「物」之間倏忽來回，詩人也在「心」與「物」之間，或者以逸待勞，或者疲於奔命，為捕捉好詩而費盡心血。有時偏於「心」而獲得喝采，有時偏於「物」而獲得青睞；有時在發表的當下得到應有的掌聲，有時在歷盡相當的歲月之後才獲得迴響。

　　好詩，大家共同的期待，好詩的條件，仍然在「心」與「物」之間等待電光石火那一瞬。

參考文獻

中文書目（依作者姓氏筆畫序）

〔南朝梁〕鍾嶸：《詩品》，弘道公司編輯部：《詩話叢刊》，臺北市：弘道文化事業公司，1971。

〔南朝梁〕劉勰：《文心雕龍・明詩》，臺北市：明倫出版社，1970。

〔南朝梁〕蕭統編、唐・李善注：《文選》，臺北市：華正書局，2000。

沈奇：《臺灣詩人散論》，臺北市：爾雅出版社，1996。

林亨泰：《林亨泰全集》第二冊，彰化縣：彰化縣立文化中心，
　　1998。

鄭愁予：《鄭愁予詩集Ⅰ，1951-1968》，臺北市：洪範書店，2003。

蕭蕭：《現代新詩美學》，臺北市：爾雅出版社，2007。

現在詩poetrynow網誌：http://poetrynow2002.blogspot.com/，2008年
　　10月採錄。

中譯書目

土居健郎：《日本式的「愛」》（《「甘え」の構造》），黃恒正
　　譯，臺北市：遠流出版公司，1986。

中文篇目（依作者姓氏筆畫序）

陳仲義：〈感動　撼動　挑動　驚動——論好詩的 "四動" 標
　　準〉，《海南師範大學學報》（社會科學版），2008年第1期。

陳仲義：〈感動　撼動　挑動　驚動——論好詩的 "四動" 標
　　準〉，《創世紀》詩雜誌（季刊）156期（2008年9月秋季
　　號）、157期（2008年12月冬季號）。

附錄

┃蕭蕭文學年表

1947　〔民國三十六年〕丁亥年農曆六月初七節氣大暑，出生於彰化縣社
　　　頭鄉朝興村八卦山腳下。祖籍福建省漳州府南靖縣。曾祖父為晚清
　　　秀才，父親務農。

1953　入朝興國民學校就讀。

1956　小學四年級，得恩師柳明智、任文治先生指導，閱讀課外讀物，初
　　　識文學。

1959　小學畢業，入臺灣省立員林中學初中部。在初一導師何乃斌誘引
　　　下，苦背古文。

1962　直升省立員林中學高中部。與同班同學黃榮村等創辦刊物《晨曦》文
　　　藝，發行員林，後來由校方接辦，改為《員中青年》，續任主編。

1963　六月十八日在彰化市舊書攤上購得洛夫詩集《靈河》，初識現代
　　　詩。嗣後參加「中國文藝函授學校」詩歌組，閱讀覃子豪先生所編
　　　新詩講義。
　　　十月，在一次《笠》詩刊的籌備會上，認識詩人桓夫──生平第一
　　　位認識的詩人，同時也會見了林亨泰、錦連等。
　　　十一月，習作第一首詩，發表於桓夫商借《民聲日報》編刊的
　　　《詩·展望》上。

1964　高三，與同學黃榮村參加以古貝、陳奇合為主的《新象》詩刊，參
　　　與編輯。此年盡讀員中圖書館中國古典小說。

1965　入輔仁大學中國文學系，認識外文系學長王裕之，瘋狂閱讀並背誦
　　　現代詩。任中文系、哲學系合組之「文哲學會」會長，參與《輔大
　　　新聞》編務。選修葉嘉瑩教授「詩選」課程。

1966　任「輔大新聞社」及「新境界社」社長，與林文寶、周順、林明
　　　德等共同主編《輔大新聞》、《新境界》校刊，及《輔仁文學》
　　　系刊。

七月，參加暑期「戰鬥文藝營」，與陳芳明、周玉山同組，受詩人
瘂弦、鄭愁予指導，習作較多。

九月，協助陳芳明創辦輔大「水晶詩社」。研修張秀亞教授「新文
藝」課程、南懷瑾教授「禪宗概要」課程。

1968　認識青年詩友林鋒雄、陳明臺、黃勁連、鍾友聯、龔顯宗、李弦、
蔣勳、翔翎、皇篁〔華岡詩社〕及輔大外文系羅青等人。

1969　年初，撰寫〈文學無我論〉長文，開始熱衷於文學特質之省察。

六月，輔大畢業，考取師大國文研究所碩士班。

七月入伍，服役於國防部心戰總隊「光華廣播電臺」（林口），擔
任新聞官工作。

十二月轉調金門山外「光華廣播電臺」。

1970　二月，寫作散文〈流水印象〉，《這一代》月刊連載。初識蘇紹連。

三月、四月、五月，撰述三萬字論文評析洛夫一首〈無岸之河〉，
引起詩壇注意。

七月，退伍。

九月，入國立臺灣師範大學國文研究所讀碩士班（所長林尹先
生）。結識「創世紀」詩社諸君子。

十二月，認識青年詩友辛牧、施善繼，並策劃成立屬於青年而又關
注臺灣現實的詩社。

1971　一月，「龍族詩社」正式成立（創社詩人共有九位：辛牧、施善
繼、林煥彰、林佛兒、景翔、喬林、陳芳明、蘇紹連、蕭蕭）。第
一首詩〈舉目〉發表於《龍族》創刊號。

1972　五月，退出龍族詩社，稍後蘇紹連亦退出，應蘇紹連之邀參與「後
浪詩社」，為《詩人季刊》前身。

六月，碩士論文《司空圖詩品研究》在恩師盧元駿教授指導下完
成，通過碩士學位考試，論文選入《師大國文研究所集刊》。

八月，返回員林，任中州工專講師兼課外指導組主任。此年秋天與
戴惠櫻結婚。此後五年未與詩壇往來。

1973　四月，長男必沛出生。

1974　八月，轉任達德高級商工職業學校教師兼訓育組長。與張漢良同獲
「創世紀」詩社創立二十週年詩評論獎。

1976	五月，出版第一本散文集《七個印象》（後改為《流水印象》），大昇出版社印行。
1977	隨張默先生參與詩人談詩座談會，擔任紀錄。
	四月，經由瘂弦先生推薦，出版現代詩評鑑專集《鏡中鏡》，幼獅文化公司發行。
	八月，轉任再興中學教師。認識詩友李瑞騰、向陽等人。
1978	六月，出版現代詩集《舉目》，大昇出版社印行。
1979	承蘇紹連之邀，主編《詩人季刊》。
	四月，出版《青紅皂白──中國古典詩歌中的色彩》，故鄉出版社發行。
	五月，出版《現代名詩評賞集》（聯亞出版社發行），為近一年來詩人座談實錄。
	十一月，編著《現代詩導讀》五大冊，與張漢良共同編著，故鄉出版社發行，包括導讀三冊，理論一冊，批評一冊。
1980	元月，開始發表「朝興村雜記」各篇散文，正式專事散文創作。
	三月，應《文藝月刊》俞允平先生邀請，撰寫「現代詩泛論」開始逐期連載。
	四月，出版《中學白話詩選》，與楊子澗共同編著，故鄉出版社發行；出版現代詩評鑑專集《燈下燈》，東大圖書公司、三民書局發行。
	八月，次男必浩出生。
1981	元月，應《幼獅少年》之邀，撰寫「我們來寫詩」逐期連載，指導青少年寫詩。
	二月，出版第二本散文集《美的激動》，重刊第一本散文集《流水印象》，均由蓬萊出版社發行。
	六月，編選《中國當代新詩大展》，與陳寧貴、向陽共同編選，德華出版社發行。
	七月，應《臺灣時報》副刊周浩正先生邀請，策劃「時報詩學月誌」，每月月底出刊。
1982	二月，出版《現代詩入門》，故鄉出版社發行。
	二月，編選《七十年散文選》，九歌出版社發行。

三月，出版第三本散文集《穿內褲的旗手──朝興村雜記》，蓬萊出版社發行。

七月，應《自立晚報》副刊（主編：向陽）邀請，每週撰寫專欄「蓬萊速記」（週一刊出）。

八月，離開再興中學，轉任景美女中，並經由李瑞騰介紹為德明商專兼任講師。

九月，以〈小學生與阿兵哥〉一文獲《聯合報》副刊「愛的故事」散文徵文佳作。

十一月，出版詩集《悲涼》，收入一九七一年至一九八二年全部詩作，爾雅出版社印行。

1983 八月二日，獲中國青年寫作協會頒贈「第一屆青年文學獎」，並當選為青年寫作協會理事。

十月，編選《奔騰年代──今生之旅之三》，故鄉出版社印行。

十月，編選《歸根時候──今生之旅之四》，故鄉出版社印行。

十一月，出版散文集《來時路》（即《穿內褲的旗手》改版），爾雅出版社印行。

1984 三月一日，年度詩選值年主編，編選《七十二年詩選》，爾雅出版社印行。

十月十五日，出版散文集《太陽神的女兒》，九歌出版社印行。

十二月一日，編選《感人的詩》，希代書版有限公司出版。

1985 三月十日，年度散文選值年主編，編選《七十三年散文選》，九歌出版社印行。

四月，重排出版散文集《美的激動》（五十開袖珍本），文鏡文化事業有限公司發行。

十月，以《太陽神的女兒》榮獲七十四年「金鼎獎」（優良圖書獎），得獎評語：「作者具有駕馭多種風格的創作能力，對生活、對自然、對青年、對文化皆有一種積極進取而超越表層的關懷與見解。」

1986 五月四日，以《來時路》榮獲七十五年「中興文藝獎章」（散文獎）。

五月十日，出版散文集《稻香路》，九歌出版社印行。

十月，以〈鏗鏘〉一詩榮獲《中央日報》「千萬讀者，百萬徵文」詩歌類佳作獎。

1987　二月一日至十日，與洛夫、張默，向明、白萩、管管等人應「千島詩社」諸社團之邀，赴菲律賓參加「菲華現代詩學研討會」，並順道訪問香港，認識藍海文、傅天紅等詩人，討論中國現代詩前途。

四月，編選《鼓浪的竹筏》（青春小夢之一），臺中晨星出版社印行。

四月，出版評論集《現代詩學》，東大圖書公司印行。

四月，出版散文集《感性蕭蕭》（蕭蕭散文自剖集），希代書版有限公司出版。

八月，離開景美女中，轉任北一女中教職。

1988　二月十日，年度散文選值年主編，編選《七十六年散文選》，九歌出版社印行。

二月十六日至二十二日，與羅青應菲律賓「千島詩社」之邀，再度赴馬尼拉演講。

六月，獲行政院文建會及中國新詩學會頒贈「詩運獎」。

七月，「現代詩注」開始於《文藝月刊》逐月連載。

九月十日，出版散文集《與白雲同心》，九歌出版社印行。

九月，「一行心情兩行淚」極短篇散文開始於《大華晚報》隔天連載。

十二月，應「合森文化事業有限公司」之邀，擔任編輯顧問。

1989　元月，出版《青少年詩話》，爾雅出版社印行。

元月，「中學生詩話」開始於《幼獅文藝》及《青年世紀》隔月連載。

四月，出版微型散文集《一行二行情長》（席慕蓉插畫），漢光文化公司印行。

七月，出版詩集《毫末天地》，漢光文化公司印行。

九月，因李瑞騰先生之推薦，赴中國文化大學教授「新文藝選讀及習作」。

九月，出版散文集《測字隨想錄》，合森文化公司印行。自此書出版後，先後在《中國詩報》闢「字字玄機」專欄，《聯合報》闢

「神字妙算」專欄，掀起港臺兩地測字熱潮。

1990　二月，年度詩選值年主編，編選《七十八年詩選》，爾雅出版社印行。

四月，編選《詩魔的蛻變──洛夫詩作評論集》，詩之華出版社印行。

八月，出版散文集《字字玄機》，健行文化出版公司印行。

八月，出版散文集《神字妙算》，漢藝色研公司印行。

九月，應黃湘陽先生之邀，赴輔仁大學教授「新文藝習作」。

1991　二月，出版散文集《八字看平生，一字透玄機》，健行文化出版，九歌出版社印行。

二月，編選《七十九年散文選》，九歌出版社印行。

五月四日，獲中國文藝協會第三十二屆文藝獎章（散文創作獎），贊語曰：「表現敦厚而深情，鮮活而富情趣，作品中充滿對社會的關懷與愛心。」

六月，出版評論集《現代詩縱橫觀》，文史哲出版社印行。

七月，出版論述《現代詩創作演練》，爾雅出版社印行。

九月，應王國良先生之邀，赴東吳大學教授「現代詩」、「現代文學批評」課程。

1992　三月，出版散文集《忘憂草》，九歌出版社印行。

十月，出版散文集《每一滴水都有他自己的聲音》，耀文圖書公司印行。

十二月，與詩友向明、李瑞騰、白靈、蘇紹連等組成「臺灣詩學季刊雜誌社」，出版《臺灣詩學季刊》，擔任發行等業務。

1993　二月，出版古典詩論著《從鍾嶸詩品到司空詩品》，文史哲出版社印行。

六月，出版論述《現代詩廊廡》，彰化縣立文化中心印行。

十月，出版散文集《站在尊貴的窗口讀信》，九歌出版社印行。

1994　一月，《青紅皂白──中國古典詩歌中的色彩》（新版），月房子出版社發行。

二月，應《臺灣新生報》副刊（劉靜娟主編）邀請，撰寫「霹靂小品」專欄。

三月，編選《半流質的太陽》，幼獅文化事業公司印行。

四月，編選《八十二年散文選》，九歌出版社印行。

六月，出版散文集《47歲的蘇東坡，47歲的我》，爾雅出版社印行。

八月，離開北一女中，轉任景美女中教職。

九月，編選《預約一個亮麗的生命》，幼獅文化事業公司印行。

九月，編選《詩儒的創造——瘂弦詩作評論集》，文史哲出版社印行。

九月，編選《詩癡的刻痕——張默詩作評論集》，文史哲出版社印行。

1995　三月，出版散文集《禪與心的對話》，九歌出版社印行。

四月，編選《永遠的青鳥——蓉子詩作評論集》，文史哲出版社印行。

九月，編著《新詩三百首》二冊（與張默合編），九歌出版社印行。

1996　三月，出版詩集《緣無緣》，爾雅出版社印行。

四月，出版散文集《心中升起一輪明月》，九歌出版社印行。

1997　三月，編選《八十五年散文選》，九歌出版社印行。

六月，編選《八十五年詩選》，現代詩季刊社印行。

六月，出版論述《雲端之美，人間之真》，駱駝出版社印行。

七月，與白靈應邀前往福建廈門、武夷山，首度登陸，參與「現代漢詩國際研討會」，發表論文。結識謝冕、沈奇、劉登翰、陳仲義、舒婷、翟永明等大陸學者、詩人。

十一月，出版論述《現代詩遊戲》，爾雅出版社印行。

十二月，接任《臺灣詩學季刊》主編（1997.12-2002.12）。

1998　五月，編選《黃衫客——景美女中文學選集》，文學街出版社印行。

七月，出版詩集《雲邊書》，九歌出版社印行。

七月，出版論述《詩從趣味始》，幼獅文化公司印行。

七月，自景美女中退休，轉任南山中學教職（1998.8-2004.7），兼任真理大學臺灣文學系〔現代詩〕課程。

1999　三月，編選《千針萬線紅書包》，幼獅文化事業公司印行。

九月，出版《中學生現代散文手冊》，翰林出版公司印行。

九月，出版《中學生現代詩手冊》，翰林出版公司印行。

十月，與綠蒂、羅青等人赴墨西哥參加世界詩人大會。

2000　一月，策劃出版周夢蝶等十二位詩人選集《世紀詩選》，由爾雅出版社陸續印行。

二月，出版詩集《皈依風皈依松》，文史哲出版社印行。

三月，出版散文集《詩人的幽默策略》，健行出版社印行。

四月，出版詩集《凝神》，文史哲出版社印行。

五月，出版詩集《蕭蕭·世紀詩選》，爾雅出版社印行。

六月，《創世紀》詩刊第123期製作〔蕭蕭詩作評論小輯〕。

九月，出版詩集《我是西瓜爸爸》，三民書局印行。

2001　五月，榮獲第四屆「五四獎」（文學編輯獎）。

十二月，出版《父王·扁擔·來時路》，爾雅出版社印行。

2002　六月，出版詩集《蕭蕭短詩選》（中英對照），香港·銀河出版社印行。

八月，編著《新詩讀本》（與白靈合編），二魚文化公司印行。

2003　一月，出版《詩話禪》，健行文化公司印行。

四月，出版《暖暖壺穴詩》，紅樹林文化公司印行。

四月，編選《飛翔的姿勢──成長散文集》，幼獅文化公司印行。

八月，應陳維德之邀，擔任明道管理學院中文系「新詩選讀及習作」課程。

2004　二月，出版《臺灣新詩美學》，爾雅出版社印行，此後以此書申請升等助理教授，獲得通過。

三月，編選《壓力變甜點》，幼獅文化公司印行。

五月，與向陽、林黛嫚合力編選《臺灣現代文選》，三民書局印行。

八月，應陳維德之邀，結束中學三十二年教職，轉回彰化，擔任明道管理學院中文系助理教授，教授「現代詩」、「現代小說」、「臺灣文學」、「文學與人生」、「修辭學」等課程。此年，國學研究所成立。

九月，應《中華日報》副刊（羊憶玫主編）邀請，撰寫〔重回白雲天〕專欄散文。

十月，編選《與自然談天：生態文集》，幼獅文化公司印行。

2005　二月至六月，擔任弘光科技大學駐校作家一學期。

三月，編選國中散文集《開拓文學沃土》，聯合文學印行。

三月，編選高中散文集《攀登生命顛峰》，聯合文學印行。

五月，出版《新詩體操十四招》，二魚文化印行。

六月，編選大學散文集《臺灣現代文選‧散文卷》，三民書局印行。

八月，兼任明道管理學院通識中心主任（2005.8-2008.2）

十月，編選《我們就在光之中》，文史哲出版社印行。

2006　四月，應邀出席香港大學中文系主辦（召集人黎活仁）之「鄭愁予詩歌研討會」，遠赴廣東信誼市發表論文。

六月，出版臺灣第一部《現代詩學》，東大圖書公司（三民書局）印行。編選《揮動想像翅膀》、《優游意象世界》專為國中生、高中生量身打造的現代詩選，聯合文學出版社印行。

七月，年度詩選值年主編，編選《2005臺灣詩選》，二魚文化公司印行。

十月，編選《生命的學徒：生命散文集》，幼獅文化公司印行。

十一月，出版散文集《放一座山在心中》，九歌出版社印行。出版評論集《老子的樂活哲學》，圓神出版社印行。

2007　三月，年度散文選值年主編，編選《九十五年散文選》，九歌出版社印行。

六月，與白靈策畫「儒家美學的躬行者——向明詩作學術研討會」在國立臺北教育大學盛大登場，是明道大學向高齡詩人致敬的第一場學術研討會。

七月，同時出版兩本評論集，《土地哲學與彰化詩學》，臺中晨星出版公司印行，《現代新詩美學》，臺北爾雅出版社印行。《土地哲學與彰化詩學》為臺灣首冊地方詩學研究，《現代新詩美學》則是升等副教授的主要著作，也是撰述、編輯第一百本紀念書，爾雅出版社特別在爾雅書房舉辦「蕭蕭第一百本書出版紀念茶會」。

八月，明道大學升格為大學，設五院十四系，人文學院此時成立。

十月，編選《活著就是愛：勵志散文集》，幼獅文化公司印行。

十二月，出版詩集《後更年期的白色憂傷》，列入〔臺灣詩學十五周年詩叢〕唐山出版社印行。與白靈合編《儒家美學的躬行者》，萬卷樓圖書公司印行，是明道大學舉辦「向明八十歲壽慶學術研討

會」論文結集。

2008　二月，調任中國文學系主任（2008.2-2008.7）

五月，策畫舉辦「錦連的時代──錦連詩作學術研討會」，在明道大學舉辦，向彰化前輩詩人錦連先生致敬。

八月，辭卸行政兼職（改由羅文玲擔任中國文學系主任或國學研究所所長，直至2016年）。

十月，出版詩集《草葉隨意書》，萬卷樓圖書公司印行。

十一月十九、二十日，十二月十七日晚間在明道大學舉行「吳晟之夜」、「鄭愁予之夜」、「瘂弦之夜」，結合了現代詩朗誦、詩歌吟唱，以及詩人現身說法，是為第一屆〔濁水溪詩歌節〕。

十二月，編選《錦連的時代──錦連新詩研究》，為五月間明道大學學術研討會論文結集，由晨星出版公司印行，列入彰化學叢書中。

2009　三月，編選《溫情的擁抱：經典親情散文集》，幼獅文化公司印行。

五月，策畫舉辦「翁鬧百歲冥誕紀念文學創作研習營」（朝興國小），「翁鬧的世界──翁鬧百歲冥誕紀念學術研討會」（明道大學）。

十月，策畫舉辦〔2009濁水溪詩歌節〕，以「管管八十壽慶」為主軸，辦理詩作學術研討會、詩畫展、新詩朗誦及講座。蒐集評論林亨泰詩作論文，編選《林亨泰的天地》，列入彰化學叢書中，晨星出版公司印行。與管管合作出版散文集《管簫二重奏》，有圖有文，九歌出版社印行。

十二月，請詩人方明贊助，編選《現代詩壇的孫行者──管管作品學術研討會論文集》，萬卷樓圖書公司印行。編選《翁鬧的世界》，列入彰化學叢書中，晨星出版公司印行。

2010　四月，邀環球科技大學王若嫻教授合編《溫馨的愛：現代親情散文集》，幼獅文化公司印行。

四月，28日，在明道大學接待「湖北臺灣週」訪問團之秭歸團，偕同蘇慧霜、羅文玲探訪彰化寶部里屈家村。

六月，出版《蕭蕭教你寫詩、為你解詩》，教授高中生新詩方法學，九歌出版社印行。

六月，16日陪同余光中先生前往屈原故里，在秭歸的端午詩會上朗

誦詩作〈屈原的潤澤〉。

十月，1-15日，策畫〔2010濁水溪詩歌節〕，舉辦「追風詩牆」揭幕式、「張默八十壽慶詩作學術研討會」、「創世紀的輝煌——張默、辛鬱、方明、陳素英新詩朗誦會」、「詩畫巡迴展」等活動。

十月，由香港大學、復旦大學、明道大學等（黎活仁召集）聯合主辦「蕭蕭與二十世紀華文文學兩岸三地學術研討會」，在上海復旦大學舉行。

十一月，出版散文集《少年蕭蕭》，幼獅文化公司印行。

十二月，與黎活仁教授所帶領的香港大學研究團隊合辦「周夢蝶與二十世紀華文文學兩岸三地學術研討會」，編選《雪中取火且鑄火為雪——周夢蝶新詩論評集》，萬卷樓圖書公司印行。

2011　三月，出版詩集《情無限‧思無邪》，釀出版、秀威資訊科技公司印行。

三月下旬至五月上旬，擔任香港大學駐校作家兩個月，觀察香港，寫作散文。其間曾赴北京師範大學珠海分部參加「林煥彰與二十世紀華文文學兩岸三地學術研討會」（黎活仁召集），發表論文。

五月，編選《生命意象的霍霍湧動——張默新詩評論集》，萬卷樓圖書公司印行。

六月，與黎活仁教授策畫，邀請明道大學、香港大學、澳門大學、徐州師範大學、廈門大學、香港專業進修學院合作，為長期推動文學出版的隱地舉辦「隱地與華文文學兩岸三地學術研討會」，同時出版《都市心靈工程師：隱地的文學心田》，爾雅出版社印行。

七月，邀請高中老師、大學教授假爾雅書房舉辦「閱讀隱地‧創造自己——作文教學座談會」。

六月，透過彰化地區學者陳憲仁、蘇慧霜、羅文玲邀請，與詩人鄭愁予、隱地、白靈一起前往秭歸參加端午詩會，鄭愁予朗誦〈宇宙的花瓶〉，隱地朗誦〈追念詩人的第一道曙光〉，白靈朗誦〈秭歸的老船長〉，蕭蕭朗誦〈橘，詩人勃勃躍動的心〉。

九月，自9.15-10.26策畫舉辦「2011桃城詩歌季」，邀請嘉義詩人、作家返鄉演講。出版42位詩人手稿的《臺灣詩人手稿集》。

十月，編選《悅讀隱地‧創造自己》作為作文教學的參考性書籍之

第一冊，爾雅出版社印行。

十月，策畫〔2011濁水溪詩歌節〕，舉辦「名詩名作詩畫展」，邀請課本的詩人、作家來到彰化：席慕蓉、蕭蕭、路寒袖、白靈、吳晟、顏艾琳、陳謙、王宗仁等。

十一月，編選《Taiwan城市流轉》，幼獅文化公司印行。

2012 二月，出版學術論文集《後現代新詩美學》，作為升等教授之主要著作，爾雅出版社印行。

四月，編選作文教學書籍《悅讀王鼎鈞‧通澈文心》，爾雅出版社印行。

五月，聯繫秭歸與彰化屈原後代子孫，策畫舉辦「屈原銅像致贈大典」，圓滿達成。

五月，13-16日跨海舉辦「網路世紀‧故里情懷──2012漳州詩歌節」，假漳州師範學院（後來升格為閩南師範大學）舉行，自2014年後易名為〔閩南詩歌節〕，年年舉辦。十二月出版此一詩歌節之論文專集《網路世紀‧故里情懷論文集》，此書未掛名編輯。

五月，31日召開「鄭愁予八十壽慶國際學術研討會」、贈送《鄭愁予詩學論集》、舉辦「鄭愁予先生詩作朗誦表演賽」與「詩作書法展」，並以鄭愁予詩作打造裝置藝術，在校內建構「鳳凰詩園」園區。

八月，明道大學延聘為講座教授五年。

十月，策畫〔2012濁水溪詩歌節〕，舉辦四場主場活動：詩的一種堅持（詹澈），詩的百變面具（顏艾琳與方群），詩的千種幸福（陳義芝），詩的無限可能（詩畫展）。

十一月，協助陳憲仁完成「彰化縣文學家的城市」行旅活動，編輯《彰化縣文學家的城市》（彰化縣文化局，2012，ISBN 978-986-031-616-2）。

十二月，編選作文教學書籍《閱讀琦君‧筆燦麒麟》，爾雅出版社印行。與白靈等編選《臺灣生態詩》，爾雅出版社印行。出版茶詩集《雲水依依－蕭蕭茶詩集》，釀出版、秀威資訊科技公司印行。

2013 二月，出版新版散文《稻香路──蕭蕭農村散文新選》，仍由九歌出版社印行。

四月，捐贈圖書近兩萬冊給明道大學國學研究所，成立國學研究中心，贈書存放於開悟大樓304、306室。

五月，蒐集評論鄭愁予詩作論文，編選《錯誤的驚喜：鄭愁予詩學論集1》、《無常的覺知：鄭愁予詩學論集2》，萬卷樓圖書公司印行。

五月，30日，參加兩岸屈原文化交流詩會，主辦單位為秭歸縣人民政府、彰化市公所、明道大學，余光中、鄭愁予、隱地、白靈同時與會，蕭蕭想像屈原出江入海來到臺灣，應該是快樂的白海豚，朗誦〈與屈原戲水〉。

六月，編選《愁予的傳奇：鄭愁予詩學論集3》，萬卷樓圖書公司印行。應瘂弦、張默先生邀請，合力編選《天下詩選》（全集，共二冊），天下文化公司印行。

九月，捐贈圖書給母校──彰化縣社頭鄉朝興國小，建置〔蕭蕭工作室〕閱覽圖書室。策畫出版〔明道國學論叢〕：《尚古與尚態》、《記憶與超越》、《重構與新詮》、《尚法與尚意》、《遊藝與研學》、《互涉與共榮》等書，萬卷樓圖書公司印行。

十月，策畫〔2013濁水溪詩歌節〕，以年輕詩人走入高中校園為主軸，畫說一首詩（楊佳嫻），舞動一首詩（廖之韻），玩成一首詩（林德俊），照出一首詩（李長青）。

十月，欣逢西螺大橋通車六十週年，濁水溪詩歌節團隊一連兩天到西螺大橋辦理「濁水溪詩歌風華傳揚」活動，為在地美景增添人文色彩。

十一月，出版論文集《我夢周公周公夢蝶》，萬卷樓圖書公司印行。編選《閱讀余秋雨‧生命譜新曲》，爾雅出版社印行。

十二月，編選《衣鉢的傳遞：鄭愁予詩學論集4》，萬卷樓圖書公司印行。至此，鄭愁予詩學論集編輯完成。

2014　三月，一日舉辦〔生命意象霍霍湧動：八十四歲的張默‧六十歲的創世紀〕座談會，明道大學出版經摺裝《生命意象霍霍湧動》（ISBN 978-986-6468-50-6）。

五月，《笠》詩社創立五十周年，五月24日明道大學假「鳳凰詩園」舉辦「本土本色‧現實實現──笠詩社創立50週年慶祝活動」。

五月，30日，明道大學舉辦「唐宋生態文學學術研討會」。

六月，假紀州庵舉辦「本土本色・現實實現——笠詩社創立50周年慶祝活動」第二場，邀請臺北詩人參與。

八月，擔任明道大學人文學院院長。

八月，20-23日為閩南師範大學文學院開辦「臺灣藝文暨文化巡禮研習營」，假明道大學校園舉辦，邀請廖玉蕙、蔡素芬、劉克襄、路寒袖授課。

九月，創世紀詩社創社60周年（1954-2014），明道大學於27日上午假臺北張榮發基金會國際會議中心四個場次舉辦「穿越一甲子・橫跨兩世紀——創世紀60社慶學術論文發表會」。當天下午同一地點，創世紀詩社舉辦社慶大會。

十月，蕭蕭主編《創世紀60社慶論文集》（萬卷樓文化公司）、與白靈、嚴忠政合編《創世紀60年詩選（2004-2014）》（九歌出版社），開始發行。

十二月，2014年適逢賴和先生誕生一百二十週年，受彰化縣文化局委託，策畫舉辦「賴和，臺灣魂的迴盪——2014彰化研究學術研討會」，邀請康原、謝瑞隆為與會來賓及報名文友導覽賴和詩牆及彰化文學步道，並出版同名論文集（彰化縣文化局印行）。

2015　三月，出版詩集《月白風清》，釀出版、秀威資訊科技公司印行。

七月，出版詩集《松下聽濤》，釀出版、秀威資訊科技公司印行。

七月，20-28日為閩南師範大學文學院開辦「臺灣藝文暨文化巡禮研習營」，假明道大學校園舉辦，邀請李崇建、鍾建平、林煥彰、甘耀明、石德華、羅文玲、蕭蕭、林俊臣、陳靜容、謝瑞隆、陳麗珠、路寒袖授課。

九月，與同事羅文玲、陳靜容編選《草原的迴聲：席慕蓉詩學論集》，萬卷樓圖書公司印行。

十月，策畫〔2015濁水溪詩歌節〕，新建〔雲天平臺〕做為開幕式、表演臺，聚焦於「曠野・繁花裡的詩人——席慕蓉」，邀請女性詩人龔華、雲朵、顏艾玲、羅任玲蒞臨，相繼舉辦詩歌朗誦會、學術研討會、專題演講、詩歌朗誦表演競賽，贈送《草原的迴聲：席慕蓉詩學論集》給貴賓。

十一月，策畫舉辦〔踏破荊棘，締造桂冠──王白淵逝世五十週年紀念學術研討會〕，上午場次借用二水鄉實踐大學附設家政推廣中心，下午場次借用臺灣基督長老教會二水教會舉行。

2016　一月，出版散文集《快樂工程》，九歌出版社印行。

二月，邀請詩人林煥彰到明道大學展出〔千猴圖〕，舉辦「諸侯祝福・千猴報到」演講、二水鄉獼猴保護園區生態觀察等活動。

四月，26日湖北秭歸參訪團來訪明道大學，邀請參加端午節的2016屈原故里端午文化節活動。

五月，15-21日參加2016龍人古琴文化節「海峽兩岸古琴論壇」，閩南詩歌節，武夷學院之玉山學院夏季博雅論壇，三處主題演講。

六月，8-9日參加湖北秭歸屈原故里端午文化節，蕭蕭作為臺灣的唯一代表詩人，上臺朗誦〈詩的原鄉〉，大陸代表是吉狄馬加，朗誦〈誰也不能高過你的頭顱〉。

六月，與明道大學同仁謝瑞隆、羅文玲編選《踏破荊棘，締造桂冠：王白淵文學研究論集》，萬卷樓圖書公司印行。

七月，12日協助明道大學中文系謝瑞隆、國學研究所羅文玲，遠赴雲林縣臺西鄉舉辦「海口風雅頌──2016雲林縣現代文學研討會」，是雲林縣第一次大規模的現代文學學術研討會，是雲林縣第一次舉全鄉之力舉辦的學術研討會。

七月，繼續與同事羅文玲、陳靜容編選《江河的奔向：席慕蓉詩學論集II》，萬卷樓圖書公司印行。

九月，與謝瑞隆合力編選《島與半島的新詩浪潮》，萬卷樓圖書公司印行。舉辦〔2016濁水溪詩歌節〕，邀請東南亞詩人來臺發表論文、朗誦詩歌，參加的東南亞詩人有汶萊、泰國、菲律賓、新加坡、馬來西亞等國代表。

2017　一月，出版詩集《天風落款的地方》，新世紀美學出版社印行。

二月，與前輩詩人張默重編《新詩三百首》為《新詩三百首百年新編》臺灣篇I、臺灣篇II、五四時期・域外篇，共三大冊，九歌出版社印行。蒐集為詩人朋友所寫序文，都為一集，命名為《亂中有序：詩人與詩人的第一類接觸》出版，新世紀美學出版社印行。

三月，明道大學國學研究中心主任羅文玲策畫的〔蕭蕭玄思道〕落

成，坐落於明道大學蠡澤湖北岸，以鑄鐵鐫刻蕭蕭詩作供人閱覽。

四月，出版論集《空間新詩學》，萬卷樓圖書公司印行。

五月，出版論集《物質新詩學》，萬卷樓圖書公司印行。

五月，9-11日，參加武夷學院之玉山學院博雅論壇。12-14日，參加2017閩南詩歌節，接受閩南師範大學頒贈〔卓越貢獻獎〕，是閩南師大頒贈〔卓越貢獻獎〕給校外人士之第一人。28日，參加彰化市公所假彰化市屈原紀念公園舉辦的2017屈原文化節，臺中女中學生朗誦蕭蕭作品。

六月，出版論集《心靈新詩學》，萬卷樓圖書公司印行。

七月，24-29日，赴福建長泰龍人古琴村策畫舉辦2017〔古典的溫柔當代的敦厚〕人文藝術營，擔任創意總監。

七月，自明道大學退休，應聘為「特聘講座教授」。

九月，出版詩集《蕭蕭截句》，秀威資訊科技公司印行。1-4日，與白靈、李瑞騰、葉莎前往新加坡，參加東南亞華文詩人大會。28日，明道大學國學研究中心籌設的〔思齊書苑〕、〔蕭蕭書房〕揭幕，做為陳維德、蕭蕭永久的研究室。

十二月，出版論集《新詩創作學》，秀威資訊科技公司印行。

┃蕭蕭書目總覽

序號	作者 姓名	書名 （含ISBN）	出版地	出版社	出版 年月
001	蕭蕭	《七個印象》（散文） ISBN無 《流水印象》	彰化	大昇出版社 蓬萊出版社	1976.05 1981.04
002	蕭蕭	《鏡中鏡》（評論） ISBN無	臺北	幼獅 文化公司	1977.04
003	蕭蕭	《舉目》（新詩） ISBN 無	彰化	大昇出版社	1978.06
004	蕭蕭	《青紅皂白——中國古典詩中的色彩》 （評論） ISBN 9576963591	臺北	故鄉出版社 月房子 新自然主義	1979.04 1994.03 2000.07
005	蕭蕭	《現代名詩品賞集》（編選） ISBN無	臺北	聯亞出版社	1979.05
006	張漢良 蕭蕭	《現代詩導讀——導讀篇1》（編選） ISBN無	臺北	故鄉出版社	1979.11
007	張漢良 蕭蕭	《現代詩導讀——導讀篇2》（編選） ISBN無	臺北	故鄉出版社	1979.11
008	張漢良 蕭蕭	《現代詩導讀——導讀篇3》（編選） ISBN無	臺北	故鄉出版社	1979.11
009	張漢良 蕭蕭	《現代詩導讀——理論篇》（編選） ISBN無	臺北	故鄉出版社	1979.11
010	張漢良 蕭蕭	《現代詩導讀——批評篇》（編選） ISBN無	臺北	故鄉出版社	1979.11
011	楊子潤 蕭蕭	《中學白話詩選》（編選） ISBN無	臺北	故鄉出版社	1980.04
012	蕭蕭	《燈下燈》（評論） ISBN 9571907138	臺北	東大 出版公司	1980.04
013	蕭蕭	《美的激動》（散文） ISBN無 《美的激動》（散文）（新版） ISBN無	臺北	蓬萊出版社 文鏡文化 公司	1981.02 1985.04

序號	作者姓名	書名（含ISBN）	出版地	出版社	出版年月
014	陳寧貴 向陽 蕭蕭	《中國當代新詩大展》（編選） ISBN無	臺北	德華出版社	1981.06
015	蕭蕭	《七十年散文選》（編選） ISBN無	臺北	九歌出版社	1982.02
016	蕭蕭	《現代詩入門》（評論） ISBN無	臺北	故鄉出版社	1982.02
017	蕭蕭	《穿內褲的旗手》（散文） ISBN無	臺北	蓬萊出版社	1982.03
018	蕭蕭	《悲涼》（新詩） ISBN 9576390109	臺北	爾雅出版社	1982.11
019	蕭蕭	《奔騰年代——今生之旅之三》（編選） ISBN無	臺北	故鄉出版社	1983.09
020	蕭蕭	《歸根時候——今生之旅之四》（編選） ISBN無	臺北	故鄉出版社	1983.10
021	蕭蕭	《來時路》（《穿內褲的旗手》改版） （散文） ISBN 9576391342	臺北	爾雅出版社	1983.11
022	蕭蕭	《七十二年詩選》（編選） ISBN無	臺北	爾雅出版社	1984.03
023	蕭蕭	《太陽神的女兒》（散文） ISBN 9575602218	臺北	九歌出版社	1984.10
024	蕭蕭	《感人的詩》（編選） ISBN無	臺北	希代書版公司	1984.12
025	蕭蕭	《七十三年散文選》（編選） ISBN 9575603451	臺北	九歌出版社	1985.03
026	蕭蕭	《稻香路》（散文） ISBN9789574448661	臺北	九歌出版社	1986.05
027	蕭蕭	《鼓浪的竹筏》（編選） ISBN 9789575830014	臺中	晨星出版社	1987.04
028	蕭蕭	《感性蕭蕭》（散文） ISBN無	臺北	希代書版公司	1987.04
029	蕭蕭	《現代詩學》（評論） ISBN 9789571928333	臺北	東大圖書公司	1987.04
030	蕭蕭	《七十六年散文選》（編選） ISBN 9575601807	臺北	九歌出版社	1988.02

序號	作者姓名	書名（含ISBN）	出版地	出版社	出版年月
031	蕭蕭	《與白雲同心》（散文） ISBN 957990863X	臺北	九歌出版社	1988.09
032	蕭蕭	《青少年詩話》（評論） ISBN 9576394414	臺北	爾雅出版社	1989.01
033	蕭蕭	《一行二行情長》（散文） ISBN無	臺北	漢光文化公司	1989.04
034	蕭蕭	《毫末天地》（新詩） ISBN 9576290260	臺北	漢光文化公司	1989.07
035	蕭蕭	《測字隨想錄》（散文） ISBN 9579579040	臺北	合森文化公司	1989.09
036	蕭蕭	《七十八年詩選》（編選） ISBN 9579159718	臺北	爾雅出版社	1990.02
037	蕭蕭	《詩魔的蛻變──洛夫詩作評論集》（編選） ISBN 9579348006	臺北	詩之華出版社	1990.04
038	蕭蕭	《神字妙算》（散文） ISBN 9576300819	臺北	漢藝色研公司	1990.08
039	蕭蕭	《字字玄機》（散文） ISBN 9579546096	臺北	健行公司	1990.08
040	蕭蕭	《七十九年散文選》（編選） ISBN 9575601351	臺北	九歌出版社	1991.02
041	蕭蕭	《八字看平生，一字透玄機》（散文） ISBN 9579546134	臺北	健行公司	1991.02
042	蕭蕭	《現代詩縱橫觀》（評論） ISBN 9789575470524	臺北	文史哲出版社	1991.06
043	蕭蕭	《現代詩創作演練》（評論） ISBN 9576390354	臺北	爾雅出版社	1991.07
044	蕭蕭	《忘憂草》（散文） ISBN 9575601882	臺北	九歌出版社	1992.03
045	蕭蕭	《每一滴水都有他自己的聲音》（散文） ISBN 9789577180384	臺北	耀文圖書公司	1992.10
046	蕭蕭	《從鍾嶸詩品到司空詩品》（評論） ISBN 9575471938	臺北	文史哲出版社	1993.02
047	蕭蕭	《現代詩廊廡》（評論） ISBN 957002674X	彰化	彰化縣立文化中心	1993.06
048	蕭蕭	《站在尊貴的窗口讀信》（散文） ISBN 9575602676	臺北	九歌出版社	1993.10

序號	作者姓名	書名（含ISBN）	出版地	出版社	出版年月
049	張漢良 蕭蕭	《半流質的太陽》（編選） ISBN 9575305000	臺北	幼獅 文化公司	1994.03
050	蕭蕭	《八十二年散文選》（編選） ISBN 9575602986	臺北	九歌出版社	1994.04
051	蕭蕭	《47歲的蘇東坡・47歲的我》（散文） ISBN 9576391369	臺北	爾雅出版社	1994.06
052	蕭蕭	《預約一個亮麗的生命》（編選） ISBN 9575305744	臺北	幼獅 文化公司	1994.09
053	蕭蕭	《詩儒的創造——瘂弦詩作評論集》（編選） ISBN 9575478851	臺北	文史哲 出版社	1994.09
054	蕭蕭	《詩癡的刻痕——張默詩作評論集》（編選） ISBN 957547886X	臺北	文史哲 出版社	1994.09
055	蕭蕭	《禪與心的對話》（散文） ISBN 9789575603410	臺北	九歌出版社	1995.03
056	蕭蕭	《永遠的青鳥——蓉子詩作評論集》（編選） ISBN 9575479408	臺北	文史哲 出版社	1995.04
057	張默 蕭蕭	《新詩三百首》（編選） ISBN 957-560-386-9（上） ISBN 957-560-387-7（下）	臺北	九歌出版社	1995.09
058	蕭蕭	《緣無緣》（新詩） ISBN 9576391962	臺北	爾雅出版社	1996.03
059	蕭蕭	《心中昇起一輪明月》（散文） ISBN 9525604326	臺北	九歌出版社	1996.04
060	蕭蕭	《八十五年散文選》（編選） ISBN 9789575604783	臺北	九歌出版社	1997.03
061	余光中 蕭蕭	《八十五年詩選》（編選） ISBN 957999417X	臺北	現代詩 季刊社	1997.06
062	蕭蕭	《雲端之美・人間之真》（評論） ISBN 9789579549158	臺北	駱駝出版社	1997.06
063	蕭蕭	《現代詩遊戲》（評論） ISBN 9576392357	臺北	爾雅出版社	1997.11
064	蕭蕭	《黃衫客——景美女中文學選集》（編選） ISBN 9579297088	臺中	文學街 出版社	1998.05

序號	作者姓名	書名（含ISBN）	出版地	出版社	出版年月
065	蕭蕭	《雲邊書》（新詩） ISBN 9575605411	臺北	九歌出版社	1998.07
066	蕭蕭	《詩從趣味始》（評論） ISBN 9789575740252	臺北	幼獅文化公司	1998.07
067	蕭蕭	《千針萬線紅書包》（編選） ISBN 957-574-071-8	臺北	幼獅文化公司	1999.03
068	蕭蕭	《中學生現代散文手冊》（編選） ISBN 957-790-214-2	臺南	翰林出版公司	1999.09
069	蕭蕭	《中學生現代詩手冊》（編選） ISBN 957-790-315-0	臺南	翰林出版公司	1999.09
070	蕭蕭	《皈依風皈依松》（新詩） ISBN 957549265X	臺北	文史哲出版社	2000.02
071	蕭蕭	《詩人的幽默策略》（散文） ISBN：9579680922	臺北	健行公司	2000.03
072	蕭蕭	《凝神》（新詩） ISBN 9575492846	臺北	文史哲出版社	2000.04
073	蕭蕭	《蕭蕭‧世紀詩選》（新詩） ISBN 9576392918	臺北	爾雅出版社	2000.05
074	蕭蕭	《現代詩縱橫觀》（評論） ISBN 957-547-052-4	臺北	文史哲出版社	2000.06
075	蕭蕭	《我是西瓜爸爸》（新詩） ISBN 9571432970	臺北	三民書局	2000.09
076	蕭蕭	《八十九年詩選》（編選） ISBN 9573046202	臺北	臺灣詩學季刊社 爾雅出版社	2001.04
077	蕭蕭	《父王‧扁擔‧來時路》（散文） ISBN 9576393256	臺北	爾雅出版社	2001.12
078	蕭蕭	《蕭蕭短詩選》（新詩） ISBN 9624751625	香港	銀河出版社	2002.06
079	蕭蕭 白靈	《新詩讀本》（編選） ISBN 9868044197	臺北	二魚文化公司	2002.08
080	蕭蕭	《詩話禪》（散文） ISBN 9867753089	臺北	健行文化公司	2003.01
081	蕭蕭	《暖暖壺穴詩》（散文） ISBN 9867885104	臺北	紅樹林文化公司	2003.04
082	蕭蕭	《飛翔的姿勢：成長散文集》（編選） ISBN 957574442X	臺北	幼獅文化公司	2003.04

序號	作者姓名	書名（含ISBN）	出版地	出版社	出版年月
083	蕭蕭	《臺灣新詩美學》（評論） ISBN 9576393785	臺北	爾雅出版社	2004.02
084	蕭蕭	《壓力變甜點：幽默散文集》（編選） ISBN 9575744934	臺北	幼獅 文化公司	2004.03
085	向陽 林黛嫚 蕭蕭	《臺灣現代文選》（編選） ISBN 957-14-4360-3	臺北	三民書局	2004.05
086	蕭蕭	《與自然談天：生態文集》（編選） ISBN 9575745299	臺北	幼獅 文化公司	2004.10
087	蕭蕭	《開拓文學沃土》（編選） ISBN 957522521X	臺北	聯合文學 出版社	2005.03
088	蕭蕭	《攀登生命巔峰》（編選） ISBN 9575225228	臺北	聯合文學 出版社	2005.03
089	蕭蕭	《新詩體操十四招》（評論） ISBN 98672370702	臺北	二魚 文化公司	2005.05
090	蕭蕭	《臺灣現代文選散文卷》（編選） ISBN 9571443115	臺北	三民書局	2005.06
091	蕭蕭	《我們就在光之中》（編選） ISBN 9575496426	臺北	文史哲 出版社	2005.10
092	蕭蕭	《現代詩學》（評論） ISBN 957192833X	臺北	東大 圖書公司	2006.06
093	蕭蕭	《揮動想像翅膀》（編選） ISBN 9575226178	臺北	聯合文學 出版社	2006.06
094	蕭蕭	《優游意象世界》（編選） ISBN 9575226186	臺北	聯合文學 出版社	2006.06
095	蕭蕭	《2005臺灣詩選》（編選） ISBN：9867237331	臺北	二魚 文化公司	2006.07
096	蕭蕭	《生命的學徒：生命散文集》（編選） ISBN 9575746090	臺北	幼獅 文化公司	2006.10
097	蕭蕭	《放一座山在心中》（散文） ISBN 9574443567	臺北	九歌出版社	2006.11
098	蕭蕭	《老子的樂活哲學》（評論） ISBN 9861331700	臺北	圓神出版社	2006.11
099	蕭蕭	《九十五年散文選》（編選） ISBN 9574443918	臺北	九歌出版社	2007.03
100	蕭蕭	《現代新詩美學》（評論） ISBN 9789576394508	臺北	爾雅出版社	2007.07

序號	作者姓名	書名（含ISBN）	出版地	出版社	出版年月
101	蕭蕭	《土地哲學與彰化詩學》（評論） ISBN 9789861771373	臺中	晨星出版公司	2007.07
102	蕭蕭	《活著就是愛：勵志散文集》（編選） ISBN：9789575746841	臺北	幼獅文化公司	2007.10
103	蕭蕭	《後更年期的白色憂傷》（新詩） ISBN 9789867021809	臺北	唐山出版社	2007.12
104	蕭蕭 白靈	《儒家美學的躬行者》（編選） ISBN 9789577396181	臺北	萬卷樓圖書公司	2007.12
105	蕭蕭	《草葉隨意書》（新詩） ISBN 9789577396402	臺北	萬卷樓圖書公司	2008.10
106	蕭蕭 李佳蓮	《錦連的時代──錦連新詩研究》（編選） ISBN 9789861772394	臺中	晨星出版公司	2008.12
107	蕭蕭	《溫情的擁抱：經典親情散文集》（編選） ISBN 9789575747275	臺北	幼獅文化公司	2009.03
108	蕭蕭	《林亨泰的天地》（編選） ISBN 97898617730010	臺中	晨星出版公司	2009.10
109	管管 蕭蕭	《管簫二重奏》（散文） ISBN 9789574446292	臺北	九歌出版社	2009.10
110	蕭蕭 方明	《現代詩壇的孫行者──管管作品學術研討會論文集》（編選） ISBN 9789577396662	臺北	萬卷樓圖書公司	2009.12
111	蕭蕭 陳憲仁	《翁鬧的世界》（編選） ISBN 9789861773261	臺中	晨星出版公司	2009.12
112	蕭蕭 王若嫻	《溫馨的愛：現代親情散文集》（編選） ISBN 9789575747725	臺北	幼獅文化公司	2010.04
113	蕭蕭	《蕭蕭教你寫詩、為你解詩》（評論） ISBN 9789574446902	臺北	九歌出版社	2010.06
114	蕭蕭	《少年蕭蕭》（散文） ISBN 9789575747893	臺北	幼獅文化公司	2010.11
115	蕭蕭 羅文玲 黎活仁	《雪中取火且鑄火為雪──周夢蝶新詩論評集》（編選） ISBN 9789577396976	臺北	萬卷樓圖書公司	2010.12

序號	作者姓名	書名 （含ISBN）	出版地	出版社	出版年月
116	蕭蕭	《情無限・思無邪》（新詩） ISBN 9789868698277	臺北	釀出版 （秀威資訊科技公司）	2011.03
117	蕭蕭 羅文玲	《生命意象的霍霍湧動 ——張默新詩評論集》（編選） ISBN 9789577397089	臺北	萬卷樓 圖書公司	2011.05
118	蕭蕭 羅文玲	《都市心靈工程師 隱地的文學心田》 （編選） ISBN 9789576395246	臺北	爾雅出版社	2011.06
119	蕭蕭 羅文玲	《悅讀隱地・創造自己》（編選） ISBN 9789576395291	臺北	爾雅出版社	2011.10
120	蕭蕭	《Taiwan 城市流轉》（編選） ISBN 9789575748470	臺北	幼獅 文化公司	2011.11
121	蕭蕭	《後現代新詩美學》（評論） ISBN 9789576395352	臺北	爾雅 出版社	2012.02
122	蕭蕭 白靈	《悅讀王鼎鈞・通澈文心》（編選） ISBN 9789576395406	臺北	爾雅出版社	2012.04
123	蕭蕭 羅文玲	《閱讀琦君・筆燦麒麟》（編選） ISBN 9789576395505	臺北	爾雅出版社	2012.12
124	蕭蕭 白靈 羅文玲	《臺灣生態詩》（編選） ISBN 9789576395512	臺北	爾雅出版社	2012.12
125	蕭蕭	《雲水依依－蕭蕭茶詩集》（新詩） ISBN 9789865976897	臺北	釀出版 （秀威資訊科技公司）	2012.12
126	黃金明 施榆生 白靈 羅文玲	《網路世紀・故里情懷論文集》（編選） ISBN 9789577397805 （此書蕭蕭未掛名）	臺北	萬卷樓 圖書公司	2012.12
127	蕭蕭	《稻香路－蕭蕭農村散文新選》（散文） ISBN 978957444-8661	臺北	九歌出版社	2013.02
128	蕭蕭 白靈 羅文玲	《錯誤的驚喜：鄭愁予詩學論集1》（編選） ISBN 9789577398048	臺北	萬卷樓 圖書公司	2013.05
129	蕭蕭 白靈 羅文玲	《無常的覺知：鄭愁予詩學論集2》（編選） ISBN 9789577398055	臺北	萬卷樓 圖書公司	2013.05

序號	作者姓名	書名（含ISBN）	出版地	出版社	出版年月
130	蕭蕭 白靈 羅文玲	《愁予的傳奇：鄭愁予詩學論集3》（編選） ISBN 9789577398062	臺北	萬卷樓圖書公司	2013.06
131	瘂弦 張默 蕭蕭	《天下詩選全集》（共二冊）（編選） ISBN 4711225319537	臺北	天下文化公司	2013.06
132	蕭蕭	《我夢周公周公夢蝶》（評論） ISBN 9789577398215	臺北	萬卷樓圖書公司	2013.11
133	蕭蕭	《閱讀余秋雨‧生命譜新曲》（編選） ISBN 9789577398215	臺北	爾雅出版社	2013.11
134	蕭蕭 白靈 羅文玲	《衣鉢的傳遞：鄭愁予詩學論集4》（編選） ISBN 9789577398352	臺北	萬卷樓圖書公司	2013.12
135	蕭蕭	《創世紀60社慶論文集》（編選） ISBN 9789577398833	臺北	萬卷樓圖書公司	2014.10
136	蕭蕭 白靈 嚴忠政	《創世紀60年詩選（2004-2014）》（編選） ISBN 9789574449606	臺北	九歌出版社	2014.10
137	蕭蕭	《月白風清》（新詩） ISBN 9789865696917	臺北	釀出版（秀威資訊科技公司）	2015.03
138	蕭蕭	《松下聽濤》（新詩） ISBN 9789864450206	臺北	釀出版（秀威資訊科技公司）	2015.07
139	蕭蕭 羅文玲 陳靜容	《草原的迴聲：席慕蓉詩學論集》（編選） ISBN 9789577399700	臺北	萬卷樓圖書公司	2015.09
140	蕭蕭	《快樂工程》（散文） ISBN 9789864500314	臺北	九歌出版社	2016.01
141	蕭蕭 謝瑞隆 羅文玲	《踏破荊棘，締造桂冠：王白淵文學研究論集》（編選） ISBN 9789864780051	臺北	萬卷樓圖書公司	2016.06
142	蕭蕭 羅文玲 陳靜容	《江河的奔向：席慕蓉詩學論集II》（編選） ISBN 9789864780013	臺北	萬卷樓圖書公司	2016.07

序號	作者姓名	書名（含ISBN）	出版地	出版社	出版年月
143	蕭蕭 謝瑞隆	《島與半島的新詩浪潮》（編選） ISBN 9789864780310	臺北	萬卷樓圖書公司	2016.09
144	蕭蕭	《天風落款的地方》（新詩） ISBN 978-986-94177-0-9	臺北	新世紀美學出版社	2017.01
145	張默 蕭蕭	《新詩三百首百年新編》臺灣篇I（編選） ISBN 978-986-450-106-9	臺北	九歌出版社	2017.02
146	張默 蕭蕭	《新詩三百首百年新編》臺灣篇II（編選） ISBN 978-986-450-107-6	臺北	九歌出版社	2017.02
147	張默 蕭蕭	《新詩三百首百年新編》五四時期‧域外篇（編選） ISBN 978-986-450-108-3	臺北	九歌出版社	2017.02
148	蕭蕭	《亂中有序：詩人與詩人的第一類接觸》（散文） ISBN 978-986-93635-9-4	臺北	新世紀美學出版社	2017.02
149	蕭蕭	《空間新詩學》（評論） ISBN 978-986-478-090-7	臺北	萬卷樓圖書公司	2017.04
150	蕭蕭	《物質新詩學》（評論） ISBN 978-986-478-091-4	臺北	萬卷樓圖書公司	2017.05
151	蕭蕭	《心靈新詩學》（評論） ISBN 978-986-478-092-1	臺北	萬卷樓圖書公司	2017.06
152	蕭蕭	《蕭蕭截句》（新詩） ISBN 978-986-326-463-7	臺北	秀威資訊科技公司	2017.09
153	蕭蕭	《新詩創作學》（評論） ISBN 978-986-95667-3-5	臺北	秀威資訊科技公司	2017.12

▌蕭蕭評論書目

01・1977.04.《鏡中鏡》，臺北，幼獅文化公司，ISBN無。

02・1979.04.《青紅皂白：中國古典詩中的色彩》，臺北，故鄉出版社，ISBN無。

03・1980.04.《燈下燈》，臺北，東大圖書公司，ISBN 9571907138。

04・1982.02.《現代詩入門》，臺北，故鄉出版社，ISBN無。

05・1987.04.《現代詩學》，臺北，東大圖書公司，ISBN 9789571928333。

06・1989.01.《青少年詩話》，臺北，爾雅出版社，ISBN 9576394414。

07・1991.06.《現代詩縱橫觀》，臺北，文史哲出版社，ISBN 9789575470524。

08・1991.07.《現代詩創作演練》，臺北，爾雅出版社，ISBN 957-639-035-4。

09・1993.02.《從鍾嶸詩品到司空詩品》，臺北，文史哲出版社，ISBN 9575471938

10・1993.06.《現代詩廊廡》，彰化，彰化縣立文化中心，ISBN 957-00-2674-X。

11・1994.01.《青紅皂白──中國古典詩中的色彩》，臺北，新自然主義 ISBN 957-696-359-1。

12・1997.03.《雲端之美・人間之真》，臺北，駱駝出版社，ISBN 957-9549-15-X。

13・1997.11.《現代詩遊戲》，臺北，爾雅出版社，ISBN 957-639-235-7。

14・1998.07.《詩從趣味始》，臺北，幼獅文化公司，ISBN 9575740254。

15・2000.06.《現代詩縱橫觀》，臺北，文史哲出版社，ISBN 957-547-052-4。

16・2004.02.《臺灣新詩美學》，臺北，爾雅出版社，ISBN 978-957-639-378-5。

17・2005.05.《新詩體操十四招》，臺北，二魚文化公司，ISBN 986-7237-07-02。

18・2006.04.《現代詩學》，臺北，東大圖書公司，ISBN 957-19-2833-X。

19・2006.11.《老子的樂活哲學》，臺北，圓神出版社，ISBN 986-133-170-0。

20・2007.07.《土地哲學與彰化詩學》，臺中，晨星出版社，ISBN 978-986-177-137-3。

21・2007.07.《現代新詩美學》，臺北，爾雅出版社，ISBN 978-957-639-450-8。

22・2010.06.《蕭蕭教你寫詩、為你解詩》，臺北，九歌出版社，ISBN 978-957-444-690-2。

23・2012.02.《後現代新詩美學》，臺北，爾雅出版社，ISBN 978-957-639-535-2。

24・2013.11.《我夢周公周公夢蝶》，臺北，萬卷樓，ISBN 978-957-739-821-5。

25・2017.05.《空間新詩學》，臺北，萬卷樓，ISBN 978-986-478-090-7。

26・2017.05.《物質新詩學》，臺北，萬卷樓，ISBN 978-986-478-091-4。

27・2017.05.《心靈新詩學》，臺北，萬卷樓，ISBN 978-986-478-092-1。

28・2017.12.《新詩創作學》，臺北，秀威資訊科技，ISBN 978-986-95667-3-5

秀威經典　　　　　　　　　　　　臺灣詩學論叢06　PG1934

新詩創作學

作　　　者／蕭　蕭
主　　　編／李瑞騰
責任編輯／徐佑驊
圖文排版／楊家齊
封面設計／蔡瑋筠

出版策劃／秀威經典
發 行 人／宋政坤
法律顧問／毛國樑　律師
印製發行／秀威資訊科技股份有限公司
　　　　　114台北市內湖區瑞光路76巷65號1樓
　　　　　電話：+886-2-2796-3638　傳真：+886-2-2796-1377
　　　　　http://www.showwe.com.tw
劃撥帳號／19563868　戶名：秀威資訊科技股份有限公司
　　　　　讀者服務信箱：service@showwe.com.tw
展售門市／國家書店（松江門市）
　　　　　104台北市中山區松江路209號1樓
　　　　　電話：+886-2-2518-0207　傳真：+886-2-2518-0778
網路訂購／秀威網路書店：http://store.showwe.tw
　　　　　國家網路書店：http://www.govbooks.com.tw

2017年12月　BOD一版
定價：350元
版權所有　翻印必究
本書如有缺頁、破損或裝訂錯誤，請寄回更換

國家圖書館出版品預行編目

新詩創作學 / 蕭蕭著. -- 一版. -- 臺北市：秀
威經典, 2017.12
　　面；　公分. -- (臺灣詩學論叢；6)
　BOD版
　ISBN 978-986-95667-3-5(平裝)

　1. 臺灣詩　2. 新詩　3. 詩評

863.21　　　　　　　　　　106021492

讀者回函卡

感謝您購買本書,為提升服務品質,請填妥以下資料,將讀者回函卡直接寄回或傳真本公司,收到您的寶貴意見後,我們會收藏記錄及檢討,謝謝!
如您需要了解本公司最新出版書目、購書優惠或企劃活動,歡迎您上網查詢或下載相關資料:http:// www.showwe.com.tw

您購買的書名:＿＿＿＿＿＿＿＿＿＿＿＿＿＿＿＿＿＿＿＿＿＿＿＿＿

出生日期:＿＿＿＿＿年＿＿＿＿＿月＿＿＿＿＿日

學歷:□高中 (含) 以下　　□大專　　□研究所 (含) 以上

職業:□製造業　□金融業　□資訊業　□軍警　□傳播業　□自由業
　　　□服務業　□公務員　□教職　　□學生　□家管　□其它＿＿＿＿

購書地點:□網路書店　□實體書店　□書展　□郵購　□贈閱　□其他

您從何得知本書的消息?

　　□網路書店　□實體書店　□網路搜尋　□電子報　□書訊　□雜誌
　　□傳播媒體　□親友推薦　□網站推薦　□部落格　□其他＿＿＿＿＿＿

您對本書的評價:(請填代號　1.非常滿意　2.滿意　3.尚可　4.再改進)

　　封面設計＿＿＿　版面編排＿＿＿　內容＿＿＿　文／譯筆＿＿＿　價格＿＿＿

讀完書後您覺得:

□很有收穫　□有收穫　□收穫不多　□沒收穫

對我們的建議:＿＿＿＿＿＿＿＿＿＿＿＿＿＿＿＿＿＿＿＿＿＿＿

＿＿＿＿＿＿＿＿＿＿＿＿＿＿＿＿＿＿＿＿＿＿＿＿＿＿＿＿＿＿＿＿

＿＿＿＿＿＿＿＿＿＿＿＿＿＿＿＿＿＿＿＿＿＿＿＿＿＿＿＿＿＿＿＿

＿＿＿＿＿＿＿＿＿＿＿＿＿＿＿＿＿＿＿＿＿＿＿＿＿＿＿＿＿＿＿＿

11466

台北市內湖區瑞光路 76 巷 65 號 1 樓

秀威資訊科技股份有限公司　　　收

BOD 數位出版事業部

....

（請沿線對折寄回，謝謝！）

姓　　名：＿＿＿＿＿＿＿＿　年齡：＿＿＿＿　性別：□女　□男

郵遞區號：□□□□□

地　　址：＿＿＿＿＿＿＿＿＿＿＿＿＿＿＿＿＿＿＿＿＿＿＿

聯絡電話：(日)＿＿＿＿＿＿＿＿＿＿　(夜)＿＿＿＿＿＿＿＿＿＿

E-mail：＿＿＿＿＿＿＿＿＿＿＿＿＿＿＿＿＿＿＿＿＿＿＿